Taras Augen

Die Arbeit der Autorin am vorliegenden Buch wurde
vom Deutschen Literaturfonds e.V. gefördert.

Leopoldstraße 25, 80801 München
www.mixtvision.de

Umschlaggestaltung: Zero Werbeagentur GmbH
Innentypografie: Anke Elbel
Druck und Bindung: CPI books GmbH, Leck

MIX
Papier aus verantwortungsvollen Quellen
FSC® C083411

MIXTVISION DRUCKT IN DEUTSCHLAND

ISBN: 978-3-95854-181-8
Auch als E-Book erhältlich

TARAS AUGEN

Katharina Bendixen

MIXTVISION
Weiter. Erzählen.

Die Sache ging so schnell, dass ich nicht mehr sagen kann, wo genau wir waren. Unser Bus war auf der Strecke zwischen Rekan und Nipad, das weiß ich noch. Und ich erinnere mich an den Knall. Eigentlich war es kein Knall. Es war eher das laute Stottern, das Mamas Motorsäge von sich gibt, wenn der Akku ausgeht. Mama steht dann immer ganz still vor der Figur, an der sie gerade arbeitet. Sie klammert sich an der Säge fest und kann es nicht fassen, dass sie ihre Arbeit schon wieder unterbrechen muss.

Bei diesem Stottern stand aber nichts still. Bei diesem Stottern ging alles weiter.

»Siehst du das auch?«, fragte Tulip auf dem Sitz neben mir.

Ich löste den Blick von meinem SigPhone und drehte mich um. Hinter uns am Himmel stand eine kleine schwarze Wolke.

»Wird das ein Gewitter?«, fragte ich.

Ein Mann schräg vor uns zog sich sein T-Shirt über die Nase und eine Frau holte ihr SigPhone raus und fing an zu fotografieren. Sie hatte dieses Klicken eingestellt, das nur die absolut antiken Kameras von sich geben. Es klickte und klickte, und obwohl sich der Bus von der schwarzen Wolke entfernte, wurde sie größer.

»Das ist doch keine Gewitterwolke«, sagte Tulip.

»Schau dir lieber das an.« Ich hielt ihm mein SigPhone unter die Nase.

Letzte Woche hatte eine Schwimmerin aus der A-Jugend über fünfzig Meter Kraul einen neuen Rekord aufgestellt und ich hatte aus dem Clip eine Wende rausgeschnitten und in Endlosschleife montiert. Es war nicht zu fassen, wie schnell diese Schwimmerin von der Rolle in die Drehung kam. Auch nach der fünfzigsten Wiederholung hatte ich den Trick noch nicht durchschaut und dann hielten wir am ersten Busstopp von Nipad. Es war der Industrial Park, an dem immer sehr viele sehr müde Erwachsene zustiegen. Meistens dauerte es eine halbe Ewigkeit, bis der Bus sich wieder in den Verkehr einfädeln konnte.

Heute dauerte es noch länger. Eine Frau stand in der Tür und redete auf ihren Mann ein, weil der nicht einsteigen wollte. Die Frau wurde immer lauter und ich drehte mich noch mal um. Die Wolke war mittlerweile ziemlich groß und sie war ziemlich schwarz. Aber weder ihre Form noch ihre Farbe konnten etwas daran ändern, dass am Wochenende dieser wichtige Wettkampf stattfand. Sowohl Tulip als auch ich hatten gute Chancen auf eine Medaille, und wenn das da vorn noch lange dauerte, hatten wir ein Problem. Um Punkt drei Uhr mussten wir im Wasser sein. Wir hatten noch sechzehn Minuten und dreißig Sekunden, dann machte Henk uns die Hölle heiß.

Endlich ging es weiter, aber nach ein paar Hundert Metern kam der Bus schon wieder zum Stehen. Neben uns öffneten und schlossen sich die Glastüren des Campo Hospital und vor uns stand ein Geländewagen mit getönten Scheiben und bewegte sich nicht, genau wie alle anderen Autos in Sichtweite. Ich ließ mich gegen die Sitzlehne fallen. Schon klar: Die Wolke war nicht besonders ansehnlich und sie schwebte offenbar über Galapa, wo die Factory 11 stand. Aber selbst wenn es dort einen kleinen Zwischenfall gegeben hatte, musste deshalb doch nicht der gesamte Verkehr zum Erliegen kommen. Wenn die Leute unbedingt was Aufregendes sehen wollten, konnten sie dann nicht einfach auf ihre Monitore glotzen?

Ich ging nach vorn und drückte den Contact-Button.

»District Bus Operator«, meldete sich eine freundliche Stimme aus mehreren Kilometern Entfernung. »Mein Name ist Jul und ich helfe Ihnen gern.«

»Würden Sie mal kurz die Türen entsperren?«, fragte ich.

»Das ist zwischen zwei Stopps nicht möglich«, sagte Jul mit ihrer freundlichen Stimme.

»Wir stecken hier fest und ich muss dringend raus.«

»Ich darf die Türen leider nur an den Stopps öffnen.«

»Das habe ich kapiert«, sagte ich. »Aber meinem Freund ist schlecht. Er kotzt gleich den ganzen Bus voll.«

»Wenn ich die Türen öffne, verliere ich meine Lizenz.« Juls Stimme war jetzt nicht mehr so freundlich.

»Und wenn Sie die Türen nicht entsperren, schreie ich.«

»Wenn jemand schreit, verliere ich nicht meine Lizenz.«

Als ich losschrie, gab Jul ein kleines, erstauntes Geräusch von sich. Sie tat mir leid. Noch mehr taten mir die Leute im

Bus leid, aber glücklicherweise wurden sie schnell erlöst: Ein paar Sekunden später standen Tulip und ich auf der Straße.

»Das kannst du nicht bringen, Tara«, sagte er. »In einer Stunde ist Jul ihren Job los und du hast eine Verwarnung.«

»Wolltest du lieber im Bus verschmoren?«

»Vielleicht stecken wir aus gutem Grund fest. Vielleicht ist wirklich was passiert.«

»Ganz genau.« Ich rannte schon die South Street hoch. »Wir werden gerade Augenzeugen der größten Havarie in der Geschichte unseres District. Merk dir alles, damit du davon später deinen Enkeln erzählen kannst.«

Wir sprinteten, auch wenn das unsere Zeiten im Becken nach unten ziehen würde. Nach wenigen Metern kamen wir am unbedeutendsten Auffahrunfall vorbei, den ich je gesehen hatte. Offenbar hatte ein Motorradfahrer etwas mehr auf die schwarze Wolke geachtet und etwas weniger auf die silberne Protzkarre vor sich. Wegen so einem Idioten würde ich ganz sicher nicht meinen Platz im Team aufs Spiel setzen. Wir waren nicht die Einzigen, die rannten. Ein Mann zerrte ein kleines Mädchen hinter sich her. Eine Frau rannte, ohne dabei wirklich schnell zu sein. Es gab aber auch Leute, die seelenruhig ihre Einkäufe nach Hause trugen oder ihre Hunde ausführten und auf den bunten Liegestühlen vor dem Weezie schlürften ein paar Mädchen ihre Frozen Juicys.

Wir erreichten den Swimmingpool um zwei Uhr neunundfünfzig. Im Vorraum war es schon dunkel, aber wir fanden uns darin auch blind zurecht. Am Automaten zogen wir die Chips für die Spinde, dann hielten wir unsere SigPhones ans

Drehkreuz. In der Mädchenumkleide brannte wieder Licht. Ich konnte mich nicht erinnern, wann ich hier zuletzt allein gewesen war. Es war wahnsinnig still und ich hielt einen Moment inne, ehe ich mir die Klamotten vom Körper riss und erst in den neuen blauen Badeanzug stieg und danach in die zwei grauen.

Tulip stand schon am Beckenrand und dehnte sich und ein paar Meter neben ihm stand ein Aushilfstrainer. Die roten Fliesen ließen ihn fast freundlich wirken. Er deutete auf die Uhr und ich zeigte nach oben zum Glasdach. Die Wolke war mittlerweile so groß, dass man sie als Entschuldigung einfach durchgehen lassen musste.

»Lass dir was Besseres einfallen«, rief der Aushilfstrainer mir zu.

»Wo ist Henk?«, rief ich zurück.

»Sponsorentermin.« Er tippte irgendwas in sein SigPhone. »Und jetzt ab.«

Es war klar, dass der Aushilfstrainer mich melden würde. Vielleicht textete er Henk genau in diesem Moment. Nein – wie ich den Aushilfstrainer kannte, würde er zehn Minuten warten und mich in seiner Message noch später kommen lassen.

Wir waren heute auf der zweiten Bahn und ich spuckte in meine Schwimmbrille und reihte mich hinter Kira ein. Kira schwamm gewohnt schlampig. Sie dachte immer noch, dass das beim Einschwimmen keine Rolle spielte. Ich überholte sie am Ende der Bahn mit einer Wende, die ich wie in dem Clip zu machen versuchte. Ganz so elegant war ich nicht, das lag aber auch an dem Widerstand, den die drei Badeanzüge erzeugten. Meine linke Schulter tat schon wieder weh, dennoch spürte ich, dass ich heute gute Zeiten machen konnte. Aus dem Augenwinkel bekam ich mit, dass Tulip sich schonte. Ich dagegen drehte noch mehr auf und wahrscheinlich merkte ich deshalb als eine der Letzten, dass das Training unterbrochen worden war.

Die anderen bildeten eine kleine Traube um den mittleren Startblock. Die Wolke war jetzt viel heller, was aber hauptsächlich daran lag, dass sie sich über den ganzen Himmel verteilt hatte. Ich war mir nicht sicher, ob sie inzwischen wirklich eine rötliche Farbe angenommen hatte oder ob das von den neuen Fliesen kam.

»Begeben Sie sich sofort in ein geschlossenes Gebäude.« Der Aushilfstrainer hockte am Beckenrand, er las die Worte von seinem SigPhone ab.

»Sind wir doch.« Ich schwamm zu Tulip. »Was ist überhaupt los?«

»In der Factory 11 hat es einen Unfall gegeben«, sagte Tulip. »Der District hat eine Sammelmessage verschickt.«

»Schließen Sie Türen und Fenster.« Der Aushilfstrainer las weiter. »Schalten Sie Ventilatoren und Klimaanlagen aus. Suchen Sie einen Raum ohne Außenfenster auf.«

»Ich sehe Außenfenster.« Ein Schwimmer aus der B-Jugend schaute nach oben zum Glasdach.

»Gibt's hier auch eine Klimaanlage?«, fragte eine Schwimmerin, die erst seit ein paar Wochen in unserem Team war.

»Die kann ich ausschalten.« Der Aushilfstrainer schob sein SigPhone in die Tasche. »Danach machen wir weiter.«

Er verschwand im Funktionsraum und ich umklammerte die Trennleine. Meine Schulter tat immer noch weh und ich wollte weiterschwimmen. Ich wollte in den Schmerz hineinschwimmen, bis ich ihn nicht mehr spürte.

»Ich muss gucken, ob meine Eltern getextet haben«, sagte Kira. »Meint ihr, das geht?« Sie sprach sehr leise und mir fiel ein, dass sie in Galapa wohnte. Sie war in unserem Team längst nicht die Einzige von dort.

»Bei Henk würde das gehen«, sagte ich.

»Du und dein Henk.«

»Mein Bruder soll heute am Galapa Bus Terminal ankommen«, sagte eine Schwimmerin aus der C-Jugend und ihre beste Freundin nickte: »Ich will auch mein SigPhone checken.«

Neben mir, ungefähr auf der Höhe meines Bauchnabels, schwebte ein Pflaster. Wenn ich meine Beine bewegte, zitterte es, und als die anderen aus dem Wasser zu klettern begannen, schwamm es davon.

Ich verließ das Becken als Letzte. Die drei Badeanzüge waren jetzt sehr eng und auf dem Weg zur Umkleide rollte ich mir die beiden oberen auf die Hüfte.

Die Sammelmessage vom District blinkte auch auf meinem SigPhone und darunter blinkten drei Messages von Mama.

Mama textete mir fast nie, und wenn sie es doch einmal tat, schickte sie die Message immer dreimal los – das erste

Mal absichtlich, das zweite Mal zur Sicherheit und das dritte Mal versehentlich.

Diesmal hatte ich jedoch drei verschiedene Messages bekommen.

Lass das Training sausen, mein Stern, und komm nach Hause. Das war die erste Message.

Nimm dir ein Taxi, wenn es nicht anders geht. Beer hat noch etwas Guthaben auf seinem SigPhone. Das war die zweite.

Was ist los bei dir? Bist du beim Training? Unsere Nachbarn sind schon abgehauen, Beer und ich wollen auch weg. Komm nach Hause! Das war die dritte.

Erst da ging mir auf, dass da draußen wirklich etwas passiert war, und erst in diesem Moment dachte ich an Alún.

Tara, wo steckst du?

Das habe ich direkt nach der Explosion gedacht. Ich habe in meinem Zimmer gesessen und irgendwas gezeichnet und plötzlich gab es diesen Knall. Ich setzte den Fineliner ab und schaute zum Fenster. Am Himmel wuchs eine schwarze Wolke und ich habe nicht gleich an die Factory 11 gedacht. Mir war aber schon klar, dass irgendwas passiert sein musste, und ich scannte mit drei Blicken den Nachbargarten. Taras Laube. Ainos Werkstatt. Das Haus. Im Erdgeschoss waren zwei Fensterscheiben geplatzt und Tara konnte ich nirgendwo entdecken.

Natürlich habe ich nicht *irgendwas* gezeichnet.

Ich checkte mein SigPhone, ob irgendwer getextet hatte – meine Eltern, die Districtverwaltung, wer auch immer. Das Display zeigte nur ein paar Fotos, die Streak mir geschickt hatte. Es waren Aufnahmen vom Itapu Bus Terminal, die er mit einem Filter verfremdet hatte, was ziemlich genial aussah. Genauer konnte ich mir das nicht anschauen. Ich musste jetzt etwas unternehmen. Ausnahmsweise musste ich das Richtige tun. Da draußen brannte es, und wenn es brannte, brauchte man Wasser. Ich rannte ins große Bad, stöpselte die Badewanne zu und drehte den Hahn auf. Das Wasser rauschte in die Wanne und bei diesem Geräusch fiel mir ein, wo sich Tara vermutlich aufhielt: Garantiert stand bei ihr mal wieder ein wichtiger Wettbewerb an und sie absolvierte gerade das obligatorische Intensivtraining in Nipad. Das war zum Glück ein ganzes Stück von der Factory 11 entfernt.

Ich drückte mich hoch und schloss das Badezimmerfenster. Man musste sich vor Rauch schützen, wenn es brannte, und was tat man danach? War das da draußen überhaupt ein Brand? Sonst war ich froh, wenn ich allein in unserem Haus rumhängen konnte, jetzt fand ich das nicht so optimal. Meine Eltern waren noch arbeiten und Liva verbrachte neuerdings fünfundzwanzig Stunden pro Tag mit Jasser. Außer mir war nur Lone hier und Lone war erfahrungsgemäß keine große Hilfe.

Moment mal. Wenn es brannte, sollte man vielleicht seine kleine Schwester in Sicherheit bringen.

Ich rannte nach unten und riss die Haustür auf. Die Wolke war mittlerweile auf die Größe eines Einfamilienhauses angewachsen. Lone schaute aber nicht die Wolke an. Sie stand im Sandkasten und starrte auf unser Küchenfenster. Die Scheibe war geplatzt, im Beet darunter lagen unzählige Glasscherben.

»Ich war das nicht«, sagte sie. »Glaubst du mir das, Alún?«

Ich schnappte sie mir und trug sie nach drinnen und mal wieder wunderte ich mich, wie leicht sie war. Ich platzierte sie auf der Couch und hockte mich neben sie. Noch einmal checkte ich mein SigPhone, aber ich erfuhr nur, dass Frntnrf auf dem Cover seines neuen Albums in Boxershorts abgebildet sein würde. Draußen rannten zwei Jungen über die Main Road, weiter vorn stand Karmiel und hielt sein SigPhone auf die Wolke. Er stand an der denkbar ungünstigsten Stelle. Wenn er nur ein paar Schritte weiterginge, hätte er ein Spitzdach im Vordergrund und das käme garantiert besser als die Bäume.

»Meinst du, Mama und Papa schimpfen?«, fragte Lone neben mir.

»Warum sollen sie schimpfen?«

»Wegen dem Fenster.« Lones Stimme war dünn. »Ich war das wirklich nicht.«

Ich schaltete den Monitor ein, auch dort war Frntnrf in Boxershorts zu sehen. Schnell klickte ich zu einem Zeichentrickfilm. Es war gut, dass Lone erst mal abgelenkt war. Und jetzt? Wieso gellten da draußen keine Sirenen? Wieso war außer den piepsigen Trickfilmstimmen rein gar nichts zu hören?

Ich zuckte zusammen, als die Haustür aufgerissen wurde. Liva warf ihren Rucksack in eine Ecke und zog ihr SigPhone raus.

»Ein Glück, dass du kommst!« Ich sprang auf. »Ich habe keine Ahnung, was ich machen soll.«

»Kannst du dich irgendwo anders abreagieren?«

»Hast du den Knall nicht gehört?«

»Ich will nur mein SigPhone aufladen, dann bin ich wieder weg.« Liva zeigte auf die schwarze Wolke. »Genau dort ist Jasser heute mit seinem Chemiekurs und ich kann ihn nicht erreichen.«

»Also glaubst du auch, dass es was Schlimmes ist?«

»Kommt drauf an, was du unter schlimm verstehst.« Livas Blick ging nach unten. »Das da finde ich zum Beispiel nicht schlimm, aber unsere Eltern rasten garantiert aus.«

Ich schaute auf meine Schuhe. Sie saugten sich gerade mit Wasser voll. Was war eigentlich mit mir los?

Ich rannte nach oben und drehte den Wasserhahn zu. Dann rannte ich wieder runter und schnappte mir den Küchenschwamm, nur um ihn wieder fallen zu lassen und lieber Eimer und Lappen aus dem kleinen Bad zu holen. Vater hasste es, wenn der Geschirrschwamm sich dem Fußboden auch nur näherte. Ich musste das Wasser aufwischen, ehe es das Parkett ruinierte. Ich musste den Teppich einrollen. Ich musste die Staubsaugerroboter retten. In meiner Hosentasche summte das SigPhone. Als ich es mit der freien Hand herauszog, rutschte es mir fast aus den Fingern.

Die Districtverwaltung informiert: Durch einen Unfall in der Factory 11 wurde ein Gefahrstoff freigesetzt.

Solche Messages bekamen wir alle paar Monate zu Testzwecken und mit so etwas hätte ich auch jetzt gerechnet. Das stand dort aber nicht. Die Message war von Vater.

Kommt sofort raus. Nichts einpacken, einfach kommen.

Vaters Wagen stand in der Einfahrt, aber er war gar nicht ausgestiegen. Er saß hinter dem Lenkrad und wedelte mit den Armen, als wäre er mitten auf dem Zigosee und könnte nicht schwimmen.

»Ich habe das Gefühl, dass er uns irgendwas sagen will.« Liva stöpselte ihr SigPhone aus.

»Ich habe doch gewusst, dass etwas passiert ist.« Ich umklammerte den Lappen.

»Könnt ihr leiser reden?«, fragte Lone von der Couch. »Ich verstehe überhaupt nichts mehr.«

Auf dem Monitor kletterte eine Trickfilmkatze einen Wolkenkratzer hinauf und mir fiel Io ein, der durch unseren Garten streifte. Mir fiel die neue Kansaii ein, die ich zum fünfzehnten Geburtstag bekommen hatte und die im Wäschekorb lag. Mir fielen meine Sketchos ein und mir fiel ein, dass es diese praktischen Gegenstände gab, in denen man die Dinge verstauen konnte, die einem wirklich etwas bedeuteten.

Wenn ich auch nur zu einem vernünftigen Gedanken fähig wäre, hätte ich jetzt mit einem Rucksack auf dem Rücken nach draußen gehen können. Stattdessen hielt ich einen Wischlappen in der Hand.

Liva war schon am Wagen. Sie wechselte ein paar Worte mit Vater, ehe sie einstieg. Ich steckte Lone in eine dünne Jacke, zog sie nach draußen und platzierte sie in ihrem Sitz.

Ich weiß noch, dass zwei Jungen am Busstopp saßen und Pink Lemonade tranken, und im Minishop waren Drachenfrüchte und Fensterreiniger im Angebot.

»Wohin fahren wir?«, fragte ich. »Was ist überhaupt passiert?«

»Wir müssen eure Mutter holen«, sagte Vater. »Als ich los bin, hat sie noch operiert.«

»Und danach fahren wir nach Galapa und suchen Jasser.« Liva wischte auf ihrem SigPhone rum. »Du hattest ausnahmsweise recht, in der Factory ist wirklich was passiert.«

»Können wir noch mal umdrehen?« Lone weinte fast. »Ich habe Io sein Futter noch nicht hingestellt.«

Im Spielzeugnetz steckte das Buch über Fap und Fop, die zwei Riesen, und auf der Schmutzfangmatte lag ein Plastikmodell der Sunset. Ich musste beim Einsteigen draufgetreten sein, das Schaufelrad war abgebrochen. Zum Glück hatte Lone das noch nicht bemerkt. Ich schaute nach links. Liva sah nicht so aus, als hätte sie gerade freie Kapazitäten für ihre kleine Schwester. Also schnappte ich mir das Buch und schlug die erste Seite auf.

Der Highway nach Nipad war leer, und dass Vater wesentlich schneller fuhr als erlaubt, machte mich nicht gerade ruhiger. Hatte ich auch den zweiten Staubsaugerroboter auf die Kommode gestellt? Hatte ich den Wasserhahn richtig zugedreht? Ich gab mir Mühe, mich auf die Geschichte zu konzentrieren. Gerade schichteten Fap und Fop ein Lagerfeuer aus Baumstämmen auf. Bevor sie es anzünden konnten, sagte Lone, dass ich alle Geschichten mit Feuer überblättern sollte.

Aus Itapu kam uns ein Drohnenschwarm entgegen. Wahrscheinlich war es ein gutes Zeichen, dass es sich nur um Watcher handelte. Ich wollte es jedenfalls für ein gutes Zeichen halten. Vielleicht war gar nichts Schlimmes passiert. Vielleicht war Vater nur so nach Hause gekommen und jetzt holte er rein zufällig seine Frau von der Arbeit ab.

Mutter wartete auf dem Parkplatz. Sie öffnete die Wagentür nur einen Spalt und zwängte sich hinein. Bevor sie sich anschnallte, beugte sie sich nach vorn und schaltete die Klimaanlage aus.

»Wie wäre es mit Umluft gewesen?«, fragte sie.

»Ich möchte dich mal sehen, wenn du in so einer Situation allein nach Rekan fährst, um drei Kinder einzusammeln«, sagte Vater.

Livas Mundwinkel hob sich um einen Millimeter, was wohl bedeutete, dass sie diese Familie zum ersten Mal seit langer Zeit wieder feierte. Dann senkte sie den Blick wieder auf ihr SigPhone.

Vater wendete den Wagen. Er musste eine Weile warten, bis er den Parkplatz verlassen konnte. Weiter vorn war ein Motorrad in einen silbernen Rennschlitten gekracht, die Autos standen dicht an dicht. Der ganze Himmel war jetzt grau, das Glasdach des Swimmingpools wirkte wie schraffiert.

Am Kreisverkehr nahm Vater die erste Ausfahrt.

»Du bist falsch abgebogen«, sagte Liva. »Wir müssen nach rechts.«

Vater schüttelte den Kopf. »Wir fahren nach Tonfato.«

»Ich denke, ihr müsst nach Galapa.«

»Es sind schon genügend Ärzte zur Factory unterwegs«, sagte Mutter.

»Aber Jasser ist dort.«

»Liva, wir können jetzt nicht nach Galapa.« Vater umklammerte das Lenkrad so fest, dass seine Fingerknöchel ganz weiß waren. »Sie haben alle verfügbaren Ärzte angefordert. Es muss eine Havarie gegeben haben.«

»Das kann nicht euer Ernst sein.« Livas Stimme wackelte. »Ihr nutzt Docwarn, um euch abzusetzen?«

»Es geht um euch.« Vater war ganz ruhig. »Wir bringen euch in Sicherheit.«

»Ich will aussteigen«, sagte Liva. »Halt an.«

»Denkst du, in Tonfato werden keine Ärzte gebraucht?«, fragte Mutter.

»Halt sofort an.«

»Ich will zu Io«, sagte Lone.

»Ich muss auch noch mal zurück«, sagte ich.

Ich musste unbedingt den Wasserhahn im großen Bad kontrollieren, und ehe meine Eltern das Haus betraten, musste ich das Wasser aufwischen. Der Himmel färbte sich langsam rötlich, und als ich mir über die Lippen leckte, schmeckten sie bitter. Tara, dachte ich, hast du auch diesen bitteren Geschmack auf den Lippen? Tarita, wo steckst du? Wenn ich vor einem halben Jahr nicht den größten Fehler meines Lebens begangen hätte, wäre ich jetzt bei dir.

ERSTER TEIL

TARA

Das hier ist der erste Tag von meinem dritten Leben. Er beginnt damit, dass ich warte, und ich würde nicht Tara Rubina Doron heißen, wenn Warten nicht das Schlimmste für mich wäre. Kommt gleich nach zu warmem Wasser im Fünfzig-Meter-Becken und Mamas Lupinenburger. Oder sind ihre getrockneten Fische schlimmer? Immerhin habe ich gerade Zeit, um mir über die großen Rätsel meines kleinen Universums mal so richtig den Kopf zu zerbrechen. Mit Mama und Beer und einer Handvoll anderer Leute stehe ich auf Level C, Plattform 17, Sektor 2 der Tonfato Central Station und unser Zug taucht nicht auf. Bisher haben weder das Scoreboard noch unsere SigPhones einen Kommentar dazu abgegeben. Mama und Beer streiten, ob einer von uns nach oben zum Operator gehen soll oder ob das zu gefährlich ist, weil der Zug genau in diesem Moment eintreffen könnte. Dann streiten sie über die Qualität der Teigbällchen von Mister Better, und bevor uns das zu langweilig wird, werfe ich unser Lieblingsthema ein – ob Mama vor fünf Monaten alle Türen abgeschlossen hat oder nicht. Mama meint ja, ich meine nein und Beer schimpft, dass Mama in dem Chaos nach der Explosion garantiert nur an ihre Werkstatt gedacht hat. Abgesehen von dem leeren Gleis ist also alles in Ordnung: Beer ist mein Opa und wir drei zoffen uns ständig. Erst wenn wir nicht mehr streiten, muss ich anfangen, mir Sorgen zu machen.

Allerdings mache ich mir langsam trotzdem Sorgen, und zwar darüber, ob dieser Zug noch kommt. Ich habe nämlich nicht das geringste Interesse, mein zweites Leben fortzusetzen. Auf keinen Fall bleibe ich eine weitere Nacht im Linden Home, der Notunterkunft, in der wir die letzten fünf Monate verbracht haben. Nie wieder stelle ich mich unter die wechselwarmen Duschen und schon heute Morgen habe ich mich geweigert, mich für das übliche Plastikessen anzustellen. Noch einmal hätte ich es nicht geschafft, meinen Ärger über die notorischen Vordrängler runterzuschlucken.

»Wenn das noch lange dauert, muss ich mir was zu essen besorgen«, sage ich.

Mama runzelt die Stirn. »Was willst du hier holen?«

»Ist doch klar«, sage ich. »Teigbällchen.«

»Zu teuer.« Beer schüttelt den Kopf. »Wer weiß, was wir in Rekan alles neu anschaffen müssen.«

»Du meinst, nachdem die Plünderer unser Haus leergeräumt haben, weil jemand nicht abgeschlossen hat?«

»Ich habe abgeschlossen!«

Beer und ich müssen lachen, auch wenn das alles andere als lustig ist. In den vergangenen fünf Monaten hatte ich jedoch reichlich Gelegenheit zu lernen, dass die traurigen Dinge lustig werden, wenn man sie nur von der richtigen Seite betrachtet. Und wenn sie nicht lustig werden, dann werden sie zumindest absurd oder interessant oder wenigstens schräg. Es gibt natürlich auch traurige Dinge, die traurig bleiben. Von denen rede ich jetzt aber nicht, denn das hier ist der erste Tag von meinem dritten Leben. Ich glaube fest daran, dass dieses Leben genial wird, und deshalb werde ich höchstens minimal wehmütig, als Mama mit dem Kopf auf das Scoreboard deutet. Schwarz auf grau ist dort plötzlich zu lesen: *Speedtrain nach Itapu, Einfahrt um 11.02 Uhr. Bitte begeben Sie sich in den vorgesehenen Sektor.* Mama greift nach meiner Hand, was sie schon lange nicht mehr getan hat, und zieht mich an sich. Sie riecht genau, wie sie riechen soll, und sie lässt mich erst wieder los, als der Zug vor uns zum Stehen gekommen ist. Ehe ich einsteige, werfe ich einen letzten Blick auf die gläserne Dachkonstruktion, durch die man sogar die Spitze des Tonfato Tower erkennen kann. Ich glaube, diese Silhouette ist so ziemlich das Einzige, was ich vermissen werde.

Es ist seltsam, denselben Weg wie vor fünf Monaten zu nehmen, nur in die entgegengesetzte Richtung. Damals wären die Leute sogar auf den Dächern mitgefahren, wenn die Securities sie nur gelassen hätten. Von den zwei Dutzend Menschen, die bei der Evakuierung gestorben sind, sind allein drei im Zug erstickt. Heute haben wir den Wagen fast für uns allein, es taucht nicht mal ein Controller auf. Langsam verschwindet der Tonfato Tower hinter der überdimensionalen Glaskuppel von Banvío. Danach dünnt das Gleisnetz aus und kurz darauf sind wir schon im Campo District. Mir ist noch nie aufgefallen, wie viele Strommasten hier in den

Himmel ragen. Sie glitzern so grell in der Sonne, dass mir das Geblinker von Tonfato nicht mehr ganz so sensationell vorkommt.

»Wenn wir in Rekan sind, streiche ich als Erstes Florazul neu«, sage ich. »Was haltet ihr von Knallrot?«

»Rot passt zu deiner Laube«, sagt Mama. »Ich will zuerst etwas essen, was nicht nach Plastik schmeckt.«

»Genau«, sage ich. »Und zwar von Porzellantellern.«

»Wie wäre es mit Kakisorbet?«, fragt Beer.

»Perfekt«, sage ich. »Und danach schwimme ich im Zigosee.«

Damit hat Mama nicht gerechnet und ich sehe ihr an, dass sie schon den nächsten Streit anfangen will. Seit wir erfahren haben, dass Henk sich zum Zeitpunkt der Explosion in der Factory 11 aufgehalten hat, um mit dem PR-Manager dort den Schriftzug auf unseren neuen Schwimmanzügen zu besprechen, ist sie allerdings vorsichtig geworden. Sie hat mich sogar alle Schwimmclubs von Tonfato abklappern lassen, auch wenn ziemlich schnell klar war, dass man mich sowieso nirgends aufnehmen wird, weil ich zwar unheimlich gut schwimme, möglicherweise aber *verstrahlt* bin. Und sie hat mir weiterhin die Haare millimeterkurz geschnitten, obwohl sie diese Frisur vom ersten Tag an gehasst hat. Bisher habe ich über Henks Tod nur mit Beer geredet. Er hat mir versprochen, dass der Schmerz nachlassen wird, und jetzt erklärt er mir, dass wir uns vorerst sowieso nicht länger als dreißig Minuten im Freien aufhalten dürfen. Das hat er irgendwo gelesen, damit fällt mein Ausflug zum Zigosee also flach. Am liebsten würde ich ihn fragen, welche Regeln er mir noch verschwiegen hat und ob wir jetzt so was wie Versuchskaninchen sind. Es ist allerdings nicht so, dass wir eine Wahl hätten. Als der Großteil des Campo District wieder geöffnet wurde, war klar, dass wir zurückkehren würden. Den meisten Umsiedlern wurde damit nämlich auch das Entschädigungsgeld gestrichen, und wenn wir zu denen gehört hätten, die sich eine Wohnung in Tonfato leisten können, hätten wir nach fünf Monaten sicher nicht mehr im Linden Home gewohnt. Vermutlich hätten wir dann nach der Explosion auch nicht zwei Tage lang in Itapu ausharren müssen, bis wir endlich in einen Zug steigen konnten.

Auch der Rückweg führt über Itapu, heute sind die Bahnsteige jedoch leer. Ein Security reißt die Zugtüren auf. Er kann nicht viel älter sein als ich, das erkenne ich trotz seiner Atemmaske.

»Brauchen wir so was auch?«, fragt Beer.

»Bitte begeben Sie sich zum Bus Terminal.« Die Stimme des Security ist dumpf unter dem weißen Vlies.

»Uns wurde ein Messgerät versprochen«, sagt Mama. »Kriegen wir das von Ihnen?«

»Sie müssen zum Bus Terminal.« Der Security zeigt zum Ausgang, als wäre es möglich, sich in dieser Bahnhofsminiatur zu verlaufen. »Sie verpassen sonst den Bus.«

Vor fünf Monaten war der President Square noch ein normaler Bahnhofsvorplatz mit zwei Elektrotankstellen und unzähligen Verbotsschildern und diesen unvermeidlichen Blumenkübeln. Jetzt ist dieser Platz so was wie ein Blumenbeet. Die Pflanzen haben die vergangenen Monate genutzt, um ihre Kübel zu verlassen und sich überallhin auszubreiten. Ich zücke mein SigPhone und wische mich zur Kamera. Beim Fotografieren achte ich darauf, dass auf den Bildern wirklich nur die Blumen zu sehen sind und nicht die ineinandergeschobenen Autos oder die vielen zerschlagenen Fensterscheiben. Bevor ich die Bilder an Jenita und Mai schicken kann, hat Mama mich schon weitergezogen. Ganz vorn warten mit laufenden Motoren drei Busse.

Wir sind die Einzigen, die in den Bus nach Rekan steigen, und nach wenigen Minuten beginnt nicht nur der Highway, sondern auch das, was bis vor Kurzem noch als Rote Zone galt und nun die sogenannte Gelbe Zone ist. Die Betonspinnen wurden einfach an den Straßenrand geschoben und es hat sich auch niemand die Mühe gemacht, die Schilder zu entfernen. *Entry Forbidden,* lese ich, *Danger of Life.* Ich schaue zu Mama und Beer, ihr Blick ist nicht auf die Schilder gerichtet. Sie betrachten die Kuppel, die in den Weizenfeldern aufgetaucht ist. Früher ragten neben Galapa zwei gedrungene Schornsteine in den Himmel, jetzt schimmert dort Stahl, grau und mächtig wie ein Urzeittier. Während wir den Highway Richtung Rekan fahren, bleibt die Kuppel, mit der TNE die Überreste der Factory 11 gesichert hat, die ganze Zeit in unserem Blick. Erst hinter Nipad gelingt es mir endlich, den Blick abzuwenden.

Am Busstopp von Rekan hüpfe ich buchstäblich auf die Straße. Hinter mir steigen Mama und Beer aus und zuletzt eine alte Frau, die ich vorher nicht gesehen habe, weil sie ganz hinten im Bus gesessen hat: Mit Manar habe ich noch nie ein Wort gewechselt, aber wie alle Leute aus Rekan kenne ich sie. Sie war ständig auf der Dorfstraße zugange, prüfte die Tonnen, ehe der Müllbus kam, und ging fünfmal täglich in den Minishop, um eine Winzigkeit zu kaufen. Dabei wackelte sie immer mit dem Kopf, wie ein kleiner Vogel, der Angst vor dem Habicht hat. Aber es ist mir egal, dass ich gemeinsam mit jemandem wie Manar zurückgekehrt bin. Ab sofort ist mir auch egal, dass mir niemand erklären kann, warum ein Grenzwert erst als unverrückbar gilt und dann von heute auf morgen einfach verzwanzigfacht wird. Oder warum die Zone, die durch dieses Rechenspiel geöffnet werden kann, danach immer noch als gelb bezeichnet werden muss und nicht einfach als grün. Oder warum die Leute, die im Gegensatz zu Mama und Beer vernünftige Jobs und genügend Geld besitzen, lieber in Tonfato bleiben, wenn es in dieser Gelben Zone doch angeblich so ungefährlich ist. Oder was geschehen würde, wenn wir die Rote Zone rund um Galapa betreten, die wir vom Bus aus gesehen haben. Ich strecke den Rücken und drehe die Schultern zurück, wie ich es früher auf dem Startblock gemacht habe. Ich werde die Horrorzeit im Linden Home jetzt vergessen. Ich bin Tara Rubina Doron, in meiner Laube Florazul hängen zwei Gold-, zwei Silber- und drei verdammte Bronzemedaillen und mein Leben beginnt genau – jetzt.

Allerdings ist das, was ich von diesem Leben sehe, erst mal nicht sonderlich genial. Ich sehe das Gestrüpp auf dem TNE Square, ich sehe die aufgebrochene Tür des Minishops.

Ich sehe den aufgeklappten Koffer in Vics Garten, dessen Inhalt der Wind oder ein Tier in den letzten fünf Monaten verteilt hat. Ich sehe die Arztkittel auf der Leine und frage mich, warum Vic das Durcheinander in seinem Garten nicht beseitigt. Dann sehe ich, dass die Wäsche steif ist vor Dreck, und mir fällt ein, dass Vic gar nicht hier sein kann, denn Mama, Beer und ich sind mit dem ersten Zug gekommen. Wir sind die ersten, wirklich die allerersten Rückkehrer und Vic hat bestimmt irgendwo anders eine neue Praxis eröffnet.

Mama und Beer haben unser Grundstück schon fast erreicht. Sie laufen schnell über die Main Road und auch ich gehe schneller. Ich sehe, dass unser Haus bis auf die zwei geplatzten Fensterscheiben im Erdgeschoss unversehrt ist, ich sehe Mamas Figuren, für die sich natürlich kein Plünderer interessiert hat. Ich höre, wie Mama und Beer die Stimmung hier als erholsam bezeichnen, dabei ist es in Wirklichkeit unheimlich still. Genauso unheimlich ist, dass Mama und Beer sich gerade jetzt einig sein müssen. Aber ehe ich mich noch mehr gruseln kann, ist mein Blick schon dorthin gewandert, wohin er immer wandert – wohin er wandert, seit ich denken kann. Vor einem Jahr habe ich beschlossen, mir diesen Blick abzugewöhnen, weil mir komplett egal ist, was ich da sehe. Aber schon damals ist mir das nicht gelungen und auch jetzt bleibt mein Blick wieder an einem ganz bestimmten Fenster unseres Nachbarhauses hängen. Es müsste dunkel sein wie die restlichen Fenster in Rekan, denn unsere Nachbarn sind garantiert nicht in einer Notunterkunft gelandet. Unsere Nachbarn haben garantiert längst eine neue Wohnung und neue Jobs gefunden und ihre drei Kinder gehen garantiert auf neue Schulen, die sie an renommierte Colleges führen werden, wo sie sich in dieselben Eisblöcke verwandeln, wie ihre Eltern es sind.

Wie von selbst ist mein Blick zu Alúns Fenster gewandert: In Alúns Zimmer brennt Licht.

ALÚN

Ich renne.

Das Dream Center hinter mir glitzert, die Schaufensterpuppen neben mir glotzen und ich renne. Die Kapuze auf meinem Kopf dämpft die Geräusche, der Rucksack auf meinem Rücken springt auf und ab und ich renne. Ich renne schneller als die Autos auf der Central Ave, aber das heißt gar nichts, die stecken wie immer im Stau. Vor mir rennt ein Mädchen mit raspelkurzen Haaren und einem roten T-Shirt, hinter mir rennen zwei Securities. Dazwischen renne ich.

Was davor geschehen ist: Ich hole die Fliese und den Kleber aus meinem Rucksack. Ich halte die Fliese in der hohlen Hand und verteile den Kleber auf der Rückseite. Ich schaue mich um, dabei klopft mein Herz an einem Ort, an den es eindeutig nicht gehört. Ich ignoriere das Klopfen, so gut es geht, und drücke die Fliese an die glitzernde Haut des Dream Center. Ich trete zurück und denke: Wie genial ist das denn? Dann rutscht die Fliese wie in Zeitlupe runter und ich denke: Wie bescheuert ist das denn? Ich will die Fliese gerade wieder hochschieben, da höre ich die Stimme: »Hau ab!«

Es war das Mädchen mit den raspelkurzen Haaren, das mir diese zwei Wörter zugerufen hat. Zwei Meter vor mir schiebt sie sich geschickt durch den Strom der Passanten. Keine Ahnung, wer sie ist. Ihre Frisur erinnert mich zwar an ein Mädchen, das ich ziemlich gut kenne, aber das ist unmöglich. (Wunsch und Wirklichkeit stimmen in meinem Leben selten überein.) Das Mädchen vor mir nutzt jede Lücke, sieht jedes Zögern, jedes Stehenbleiben voraus. Sie hat noch niemanden angerempelt, während ich wie zugedröhnt durch die Menge torkele. Es geht vorbei an einem dezenten Trenchcoat. Bei dreißig Grad im Schatten ein Trenchcoat? Vorbei an einem Hukji, der mit drei Schlössern gesichert ist. Warum nicht gleich vier? Vorbei an einem schreiend bunten Plakat, das wofür wirbt? Für Sushi-Messer? Brauche ich Sushi-Messer?

»Nach rechts!«, ruft das Mädchen und verschwindet selbst nach links in einer Unterführung.

Es vergehen zwei wertvolle Sekunden, bis ich kapiere, dass das Mädchen nicht an einer Links-rechts-Schwäche leidet. Nein, sie will, dass wir uns trennen, damit wenigstens einer von uns durchkommt. Das war vermutlich die kürzeste Beziehung meines Lebens. Ein Speeddate an einem warmen Apriltag im Zentrum von Tonfato. Ich habe nicht mal ihr Gesicht gesehen, aber im Moment habe ich definitiv andere Probleme. Zum Beispiel die zwei Securities, die nicht mehr weit entfernt sein können. Oder die Straße rechts von mir – eine dieser menschenleeren Gassen. Soll ich meinem Speeddate echt vertrauen? Im Gewühl der Central Ave bin ich doch viel sicherer. Aber gerade wurde ich erwischt, ich selbst bin also nicht gerade der Security-Versteher.

Ich wende mich nach rechts. Mit einem Zipfel meines Bewusstseins nehme ich flache Holzhäuser wahr und eine schwarze Schrift auf gelbem Grund. Freezone. Mein restliches Bewusstsein ist damit beschäftigt, den Sauerstoff aus meiner Lunge in meine Beine zu pumpen. Ich glaube, das Mädchen hat meine Kondition etwas überschätzt. Klar, diese Gasse ist so leer, dass ich aufdrehen könnte. Das Problem ist nur: Ich kann nicht aufdrehen. Trotz meiner langen Beine bin ich die absolute Laufnull. So hat unsere Sportlehrerin in Rekan mich gern genannt. Und im Moment bin ich eine Laufnull, die in eine Sackgasse rennt. Wie dumm bin ich eigentlich? Dieses Mädchen wollte ihre eigene Haut retten und das geht natürlich am besten, indem sie mich den Securities zum Fraß vorwirft.

Ich reiße eine mächtige Holztür auf, stolpere in klamme Luft, lehne mich gegen eine kühle Wand. Für einen Moment bin ich nichts als heftiges Keuchen. Seit wann sind die Häuser in Tonfato unverschlossen und war da draußen eigentlich noch jemand hinter mir, höre ich da schnelle Schritte? Mein Blick wandert durchs Treppenhaus. Schiefe Stufen, ein abgegriffener Handlauf und ein großes Fenster, das zum Hof zeigt. Ich nehme immer zwei Stufen auf einmal – ein Schritt, ein zweiter, ein dritter –, dann reiße ich das Fenster auf und springe. Der Aufprall kommt schnell und ist härter als erwartet.

Einen Moment bleibe ich hocken. Sind da immer noch Schritte oder hämmert in meinen Ohren nur mein Puls? Der Hof steht voller Mülltonnen, dazwischen blüht ein Kirschbaum, als wäre das hier ein Gemälde von Dato Cal. Aus der

Baumkrone wächst die Spitze des Tonfato Tower, dahinter öffnet sich ein schmaler Gang. Ich renne durch diesen Gang, meine Schritte knallen wie Schüsse. Securities, habt ihr mich alle gehört? Ich wette, in der Geschichte von Tonfato hat es keine unkoordiniertere Flucht gegeben.

Dann stehe ich plötzlich auf dem Democracy Square, auf dem sich vielleicht hundert Menschen versammelt haben. Ich schiebe mir die Kapuze vom Kopf und drängle mich in die Menge. Oberarme. Funktionsrucksäcke. Sonnenbrillen. Erst jetzt beginnen meine Beine zu zittern, und um nicht in den Knien einzuknicken, klammere ich mich an das nächstbeste T-Shirt. Der Mann, der in diesem T-Shirt steckt, dreht sich erstaunt zu mir um. Er ist so alt wie mein Vater, aber seine Augen blicken freundlich.

»Kann ich irgendwas für dich tun?«, fragt er.

»Alles«, keuche ich. »Nichts.«

»Ein Schluck Wasser?«

Ich nippe an seiner Flasche, danach brennt meine Lunge noch mehr. Immerhin nimmt mein Hirn seine Arbeit wieder auf. Ich scheine jetzt ein Demonstrant zu sein, dem das Thema dieser Demo echt am Herzen liegt. Was ist doch gleich das Thema?

Die meiste Zeit hasse ich meinen Körper dafür, dass er sich auf zwei Meter Länge ausdehnen musste. Hier haben wir einen der seltenen Momente, in dem ich ihm dankbar bin. *TNE muss zahlen!*, lese ich auf einem Transparent. Auf einem anderen steht: *Keine Kinder in die Gelbe Zone!* Und: *Holm Stepovic vor Gericht!*

Keine Kinder in die Gelbe Zone? Kapiere ich nicht. Meinen die damit Rekan und das restliche Gebiet rund um die Factory 11? Vater sagt, dass der Großteil des Campo District auf Jahrzehnte gesperrt bleiben wird. Jeden, der etwas anderes behauptet, bezeichnet er als gedrosselt und merkt nicht, dass es mindestens genauso gedrosselt ist, wie er Tag für Tag vor seinem Rechner hockt und das halbe Netz ausdruckt, bloß weil in Tonfato zufällig kein Chefarztposten für ihn frei ist. Und darunter macht es Doktor Singalov natürlich nicht. Mir erscheinen die Leute auf dem Democracy Square nicht sonderlich gedrosselt. Die meisten wirken sogar echt seriös, eine Kapuzenjacke trägt hier jedenfalls niemand. Vielleicht sollte ich meine Kapuzenjacke besser in meinen Rucksack stopfen und dann sollte ich den Rucksack samt Kleber loswerden. Sollte ihn an Ort und Stelle fallen lassen oder, besser noch, im nächsten Mülleimer versenken. Aber der Kleber hat mich ein Viertel meines Guthabens gekostet, außerdem surrt über uns eine Drohne.

»Und dann hat er mich rausgeschmissen«, sagt eine Frau neben mir.

»Jeden Tag haben sie die gleichen Sandwiches im Angebot«, sagt ein Mann.

»Müssen wir nicht irgendwas rufen?«, fragt ein anderer Mann.

»Mörder! TNE! Mörder! TNE!«, ruft eine Frau, aber niemand macht mit.

Dann setzt sich die kleine Menschenmenge in Bewegung. Ich habe keine Ahnung, ob ich mitlaufen oder mich aus dem

Staub machen soll. Beides kommt mir verdächtig vor. Inmitten von hundert Demonstranten gehe ich die Außenspur der sechsspurigen Democracy Avenue entlang. Ungerührt ziehen die Autos an uns vorbei, die Leute darin wischen auf ihren SigPhones rum, telefonieren, texten. Niemand wirft auch nur einen Seitenblick auf diesen kümmerlichen Zug.

Als die National Library in Sicht kommt, lasse ich mich unauffällig ans Ende der Demo fallen. Das ist meine Lieblingsmetrostation, vielleicht sollte ich hier verschwinden. Schon sehe ich die Rolltreppen, dann weht die feuchte Metroluft mich an. Ich halte mein SigPhone an den Sensor und achte darauf, so zielstrebig wie die anderen zur Rolltreppe zu gehen. Unter der Decke ziehen sich neongrüne Röhren entlang. Wie das Wurzelwerk eines Baumes werden sie lichter, je tiefer man in den Boden eindringt. Ganz kurz flackert vor meinem inneren Auge die Fliese auf, die im Schneckentempo die Metallhaut des Dream Center runterrutscht. Das habe ich mal wieder ordentlich verrissen, denke ich. Ohne dieses kurzhaarige Mädchen säße ich jetzt in einer Office. Wer war dieses Mädchen und warum warnt sie mich erst und schickt mich dann in diese verdammte Sackgasse?

Auf der Plattform fährt gerade eine Metro ein. Damit ich den Kameras nicht auffalle, schenke ich dem alten Mann neben mir keinen Millimeter.

TARA

»Was machst du da?«

»Wonach sieht es denn aus?«

»Es sieht aus, als würdest du in einem Garten, der dir nicht gehört, auf einem Holzstuhl sitzen, der dir ebenfalls nicht gehört.«

»Wem gehört er?«

»Und kann es sein, dass du gestern Abend in einem Zimmer gehockt hast, das dir erst recht nicht gehört?«

Meine Stimme ist schrill. Sie ist viel zu schrill dafür, dass dieser rothaarige Junge einfach nur in Singalovs Garten sitzt. Soll er doch früh um sieben seine dünnen Beine in die Sonne halten, soll er doch seine Lippen spitzen und in Alúns Lieblingstasse pusten.

Sein Gesicht kommt mir bekannt vor, aus Rekan kenne ich es aber nicht. Genau wie seine Arme und Beine ist es ungewöhnlich hell und mit Sommersprossen in allen Goldtönen gesprenkelt. Der Typ wirkt durchsichtig, wie aus Glas, und auch seine Stimme klingt hell wie Glas, als er zu mir sagt: »Du musst Tara sein.«

»Wer will das wissen?«

»Ich bin –« Der Junge zögert. »Ich bin Ste.«

Er stellt seine Tasse beiseite und kommt auf mich zu. Offenbar hat er beschlossen, meine Angriffe einfach an sich abprallen zu lassen. Als er den Zaun fast erreicht hat, bemerke ich meinen Irrtum: Ste ist kein Junge, sondern ein Mädchen – ein Mädchen mit einer hellen Stimme, ein Mädchen, das etwas größer ist als ich. Viel älter kann sie jedoch nicht sein und wahrscheinlich sollte ich mich jetzt über die Aussicht freuen, meine Tage nicht ausschließlich mit Mama und Beer zu verbringen, von Manar ganz zu schweigen.

»Ist die Gelbe Zone jetzt offen?«, fragt sie mit ihrer hellen Stimme. »Meinst du, die Singalovs kehren auch zurück?«

»Hoffentlich nicht.« Ich presse die Lippen aufeinander. Das hier ist der Campo District und nicht irgendeine Zone und die Singalovs sollen bleiben, wo sie sind.

»Echt?« Ste wirkt überrascht. Sie hebt ihre rechte Hand und kreuzt Zeige- und Mittelfinger. »Und ich dachte, Alún und du, ihr wärt so.«

»Du kennst Alún?«

»Ich kenne sein Zimmer. Das mir nicht gehört, da hast du recht.« Nervös fährt sie sich durch die Haare. »Habt ihr euch noch vor dem Unfall verstritten oder erst danach?«

»Lange davor.« Eilig suche ich nach einer anderen Frage. »Ist das eine Kansaii aus der Limited Edition?«

»Kann sein.« Ste schaut an sich herab, als würde ihr erst jetzt auffallen, dass sie eine dieser perfekten Shorts trägt. Der Stoff soll unendlich weich sein, aber das weiß ich nur vom Hörensagen.

»Nur bei der Limited Edition ist das Logo in Rot gestickt.«

»Wusste ich nicht.« Ste zuckt mit den Schultern. »Mein Vater hat sie mir geschenkt.«

»Du hast eine Kansaii Limited und weißt nichts davon?«

»Ich glaube, ich habe insgesamt drei.«

»Du hast drei Limiteds? Was ist dein Vater? Der General Manager von Kansaii?«

»Wenn du die so gut findest, schenke ich dir eine.«

»Im Ernst«, sage ich und suche Stes Blick. »Du bist doch nicht aus Rekan. Woher kommst du?«

Ste hebt den Arm und zeigt irgendwohin.

»Aus Tonfato? Und was hast du dort gemacht?«

»Das Übliche«, sagt Ste. »Das ist aber schon eine ganze Weile her.«

»Und was sagen deine Eltern dazu, dass du deine Kansaii-Kollektion eingepackt hast und damit in eine Sperrzone gepilgert bist?«

»Nicht sehr viel.« Ste tritt von einem Fuß auf den anderen. »Verrätst du mir, warum du dich mit Alún verstritten hast?«

»Aus reinem Spaß.« Mit schnellen Schritten gehe ich auf unser Haus zu. Als ich die Klinke runterdrücke, merke ich, dass meine Hände zittern. Ganz kurz drehe ich mich um. »Wie kommst du auf die Idee, dass dich das irgendwas angeht?«

Meine Hände zittern noch, als ich in der Küche ein Schälchen aus dem Schrank nehme und es mit Müsli fülle, und sie zittern, als ich den Kühlschrank öffne, um die Milch rauszuholen. Aber im Kühlschrank steht natürlich keine Milch, und selbst wenn dort Milch stünde, sollte ich sie keinesfalls trinken. Das Müsli aus meinem Schälchen sollte ich auch nicht essen und wieso habe ich mit diesem fremden Mädchen draußen im Garten überhaupt so lange gesprochen? An der Spüle wasche ich mir Hände und Gesicht, dann setze ich mich an den Küchentisch und frage mich, wie viel es bringt, wenn ich mich mit dem Wasser aus der Leitung wasche. Ste steht immer noch in Singalovs Garten, als gäbe es keine Gelbe Zone und keine Grenzwerte. Kann es wirklich sein, dass sie schon länger hier lebt? Mein Blick geht weiter zur Main Road. Dort liegt ein umgekippter Kinderwagen, dahinter erkenne ich das Dach des Southern Campo District Educational Center. Irgendwann haben Alún und ich ausgerechnet, dass wir mit achtzehn Jahren fünfunddreißig Prozent unseres Lebens dort verbracht haben werden, und wir waren uns einig, dass das die deprimierendste Zahl war, die jemals auf unseren SigPhones aufgeleuchtet hat. Mein Prozentsatz wird sich in den kommenden Wochen höchstwahrscheinlich verringern. Wann die Schule weitergeht, steht in den Sternen, und ich habe nicht vor, sonderlich viel Zeit auf die Worksheets zu verwenden, die ab sofort auf meinem SigPhone eintrudeln werden. Gestern habe ich mich noch darauf gefreut, dass ich endlich das machen kann, was ich will. Und klar, ich könnte mich in Florazul legen und *Lucifer's Paradise* schauen. Ich könnte zum Haus von Jenitas Eltern gehen und nachschauen, ob im Baumhaus noch unsere Kansaii-Kataloge liegen. Ich könnte die Stille genießen: Auf der Main Road fährt immer noch kein Auto und am Himmel surrt keine Drohne.

Ich könnte mich auch freuen, dass wir diese nervigen Teile endlich los sind. Stattdessen finde ich das mindestens so beklemmend wie die Tatsache, dass ich am ersten Morgen meines dritten Lebens in unserer Küche sitze und mich nicht in unseren Garten traue, vom Nordwald oder dem Zigosee ganz zu schweigen.

»Du bist ja schon wach, mein Stern«, sagt Mama, als sie hundert Stunden später die Küche betritt. »Alles klar?«

»Könnte nicht klarer sein«, sage ich.

Der Schwindel kommt im Laufe des Nachmittags und am nächsten Tag gesellt sich dazu eine Müdigkeit, die auch durch Schlafen nicht vergeht. Kann sein, dass der merkwürdige Geruch in unserem Haus daran schuld ist. Kann genauso gut sein, dass mich das ständige Händewaschen ermüdet. Beer und Mama müssen mich dazu nicht mal ermahnen. Ich bleibe auch freiwillig im Haus, weil die versprochenen Atemmasken einfach nicht eintreffen. Vielleicht bin ich auch so müde, weil wir uns ausschließlich von Konserven ernähren. Am dritten Tag fasst Mama sich ein Herz und leiht sich, ohne ihn fragen zu können, Vics Jeep, um zum Maximarkt nach Itapu zu fahren. Als sie zurückkommt, macht Beer den besten Obstsalat der Welt und danach scheint ein Bann gebrochen.

Drei Stunden lang kämpfen wir im Garten mit der schwarzen Plane, die Beer vor die geplatzten Fensterscheiben kleben will. Danach schnappen wir uns Schaufeln, um die oberste Erdschicht in unserem Garten abzutragen und in blauen Säcken zu verstauen. Vorher binden wir uns Tücher vor Mund und Nase, aber die machen das Atmen so beschwerlich, dass wir sie bald wieder ablegen. Wir mähen den Rasen und befreien Beers Beete von Unkraut und Mama und ich wählen in ihrer Werkstatt schon mal eine Farbe für Florazul. Danach sortiert Mama die restlichen Farben und schichtet das Holz um, und als sie anfängt, ihre Pinsel mit Terpentin zu reinigen, ist mir klar, dass ich sie in absehbarer Zeit nicht mehr zu Gesicht kriegen werde. Die Serie, an der sie zum Zeitpunkt der Explosion in ihrer Werkstatt gearbeitet hat, hieß *Männer meiner Träume*, was etwas verzweifelt klingt angesichts der Tatsache, dass ich Mama, seit ich denken kann, noch nie mit einem Mann gesehen habe. Ihre Figuren sind allerdings alles andere als verzweifelt, die sind echt radikal. Und im Linden Home hat sie so viele Skizzen für neue Figuren angefertigt, dass sie wahrscheinlich monatelang beschäftigt sein wird.

Erst abends kommt sie wieder rüber in die Küche und es fühlt sich ziemlich schräg an, meine Abende mit ihr und mit Beer zu verbringen. Aber wenn ich allein in Florazul rumhängen würde, wäre das noch schräger. Besser als im Linden Home ist es allemal. Alles ist besser als das Linden Home und bestimmt wird es hier irgendwann noch genial. Der Abend, an dem wir zu dritt *Lucifer's Paradise* schauen, ist schon mal ziemlich lustig. Nach einer halben Folge wird Mama und Beer die Handlung zu psycho.

»Kapiere ich nicht«, sage ich. »Was habt ihr gegen Untote, die durch die Zeit reisen?«

»Vielleicht hätten wir doch versuchen sollen, eine Wohnung in Tonfato zu finden«, sagt Mama. »Dort gab es wenigstens Leute in deinem Alter.«

»Meinst du die aus der Schule, die meine Turnsachen mit Chlorlauge getränkt haben, weil ich angeblich verstrahlt bin?«

»Wirklich? Das hast du uns gar nicht erzählt, mein Stern.« Mama streicht mir über die Haare. »Also bist du auch froh, dass wir wieder hier sind? Ich habe meine Werkstatt jedenfalls vermisst. Kaum war ich hier, hatte ich eine Idee für eine neue Serie.«

»Echt?«, frage ich. »Stoßen wir darauf an?«

»Das ist zu früh«, sagt Mama. »Lasst uns lieber darauf trinken, dass wir gesund bleiben.«

»Und dass wir nicht die Einzigen bleiben«, sagt Beer.

»Du hast Manar vergessen.« Ich grinse.

»Und was ist mit dem neuen Nachbarsmädchen?«, fragt Beer. »Sie ist sehr freundlich.«

»Und so hübsch«, sagt Mama.

»Zuletzt haben wir mit den Bewohnern dieses Hauses nicht die besten Erfahrungen gemacht«, sage ich und das lässt Mama und Beer verstummen.

Sie können Ste meinetwegen nett finden. Ich halte mich von ihr fern, und zwar nicht nur deshalb, weil sie sich in Alúns Zimmer eingenistet hat. Ich bleibe auch auf Abstand, weil ich das Gefühl nicht loswerde, dass irgendwas mit ihr nicht stimmt. Es ist doch nicht normal, in eine Sperrzone zu kommen, bevor die offiziell geöffnet wird. Nur nachts beobachte ich, wie Ste das Licht an- und ausschaltet, und dann stelle ich mir vor, dass mir in Wirklichkeit Alún über die vielen Kilometer, die uns trennen, zublinzelt.

»Krass!«, schreit Jenita, als ich die Kamera durch Florazul schwenke. »Du bist echt zurück! Und? Geht es dir gut?«

»So gut wie nie!«, rufe ich. »Die Luft hier macht einen richtig high.«

»Echt jetzt?«

»War nur Spaß.« Ich versuche zu lachen. »Eigentlich ist es wie früher.«

»Warst du schon bei mir?«, fragt Mai. »Wurde unser Haus geplündert?«

»Soll ich etwa reingehen?«

»Klar sollst du reingehen!« Mais Stimme überschlägt sich. »Ich will wissen, ob mein Zimmer noch steht.«

»Ich auch«, sagt Jenita. »Außerdem habe ich meine Tagebücher vergessen.«

»Soll ich die euch zuschicken? Zusammen mit unseren Kansaii-Katalogen?«

»Das haben wir dir noch gar nicht gezeigt.« Ein Foto von Jenita und Mai ploppt auf. »Wir haben jetzt beide eine Limited. In den Secondhandshops hier kriegst du alles.«

»Außerdem werden Pakete aus der Gelben Zone nicht zugestellt«, sagt Mai.

Einen Moment ist es still. Über achthundert Kilometer hinweg schauen wir uns in die Augen und wissen zum ersten Mal, seit wir uns kennen, nichts zu sagen. Jenita und Mai sind nach der Explosion bei Verwandten in Belo untergekommen und verbringen nach wie vor jede freie Minute zusammen. Erst war ich neidisch, dann habe ich gemerkt, dass ich die Sache damit noch schlimmer mache. Seit ich versuche, mich für sie zu freuen, ist es etwas leichter geworden. Allerdings war ich bei unserem letzten Telefonat noch in Tonfato und nicht an einem Ort, von dem aus ich ihnen nicht mal ein Paket schicken kann.

Zum Glück fängt Jenita jetzt von Bandi an, einem Typen aus ihrem Literaturkurs, den sie neulich zu einem Frozen Juicy eingeladen hat. Sie schicken mir Fotos von drei Typen und ich soll raten, wer Bandi ist. Genau in dem Moment, in dem ich tippe, ist die Verbindung weg. Als ich die beiden am Abend wieder auf dem SigPhone habe, stellt sich raus, dass sie noch in der Schule waren und wegen des Telefonats eine gelbe Karte bekommen haben. Und ich habe nicht auf Bandi getippt, sondern auf ihren neuen Musiklehrer.

»Der ist auch nicht schlecht, oder?« Mai kichert. »Er analysiert mit uns die Songs von Frntnrf.«

»Übrigens kann es sein, dass Tulip demnächst in Rekan aufschlägt«, sagt Jenita. »Unsere Mütter haben neulich telefoniert.«

»Warum sollte mich das interessieren?«

»Weil ihr das perfekte Paar seid«, sagt Jenita.

»Sagt wer?«

»Komm schon, Kleines. Gib ihm eine letzte Chance. Er ist garantiert noch in dich verknallt.« Mai haucht die Worte in ihr SigPhone, aber sie meint das ernst. Wahrscheinlich haben die beiden recht, wahrscheinlich wären Tulip und ich wirklich ein tolles Paar. Dafür wäre es nur praktisch, wenn ich etwas für ihn empfinden würde.

»Okay.« Ich seufze. »Wenn Tulip zurückkommt, mache ich mit ihm ein Wettschwimmen im Zigosee. Möglicherweise schaue ich mit ihm auch die neue Staffel von *Lucifer's Paradise* – ich meine so gegen Mittag, wenn ihr gerade in die After School geht. Vormittags verlasse ich mein Bett natürlich nicht.«

»Fies!«

»Falls Tulip wirklich hier aufkreuzt, schieße ich ihn nicht sofort in den Wind. Dafür müsst ihr mir aber versprechen, dass wir demnächst in Tonfato shoppen gehen. Wie wäre es mit einem Wochenende während des Summer Sale?«

»Ein ganzes Wochenende in Tonfato?«, sagt Jenita. »Wie soll ich das meinen Eltern erklären?«

»Wenn du Tulip und mich zum Traualtar begleiten willst, musst du dich eben ins Zeug legen. Deal?«

ALÚN

Direkt vor mir fliegen drei Kühe durch die Luft. Sie haben ihre Vorderbeine angezogen und schauen ziemlich dumm aus der Wäsche, so als würden sie sich über ihre Luftfahrt selbst am meisten wundern. Nur ihre Ohren sind ein bisschen kurz geraten und ihre Hufe sind perspektivisch falsch. Die drei Kühe sind aus Papier, sie kleben neben dem Schaufenster eines Alarm Shops. Darin liegen Kameras in allen Größen. Ich sehe mir die Kühe nur aus dem Augenwinkel an, als wäre schon das Hinschauen strafbar. So cool wie meine Fliesen sind sie nicht, aber an dieser lauten Straße machen sie gute Laune. Und im Gegensatz zu meiner Fliese kleben sie, wenn auch sicher nicht mehr lange. Ich sitze auf der Netzbox an der Ota North Metro Station, aus der auch heute um 7.22 Uhr zwei aufgestylte Anzugmenschen kommen werden, dann ein uniformierter Verkäufer von Mister Better und danach Kent und Dror. Die beiden wohnen im Norden, Kent in Patache und Dror in Banvío, und seit ein paar Wochen laufen wir die fünfhundert Meter zur Ota High gemeinsam.

Außer Dror und Kent redet kaum jemand mit mir und zuerst hatte ich die beiden im Verdacht, dass sie sich nur mit mir abgeben, weil das zu ihrem Image passt. Sie inszenieren sich als die nerdigsten Nerds der Ota High und ihre Inszenierung kann nur authentischer werden, wenn sie den verstrahlten Mitschüler adoptieren, der sein früheres Leben verloren hat. (Niemand weiß, dass ich mein Leben schon sechs Monate vor dem Unfall verloren habe, als ich mit der schlimmsten Aktion meines Lebens das Zeitalter des absoluten Schweigens eingeläutet habe.) Mittlerweile ist mir klar, dass Dror und Kent mich aus anderen Gründen aufgelesen haben: Erstens hatten sie freie Kapazitäten. Zweitens haben sie gesehen, dass wir auf dem Coolnesslevel ungefähr auf derselben Stufe stehen – knapp oberhalb der Mitte, was für mich komplett okay ist. Und drittens sind sie wirklich nett. Klingt langweilig, ist aber nicht zu unterschätzen an der Ota High, an der die meisten Gespräche darin bestehen, mit möglichst banalen Infos von sich abzulenken. Um solche Gespräche zu führen, ist mir die Luft zu schade. Dror und Kent dagegen labern nicht, sie *reden*. Dror redet vom Kleinkrieg zwischen seinen Eltern, Kent redet von Trix, bei der er nicht weiß, ob sie eine Frau ist. Wenn er von Trix erzählt, steckt er sein SigPhone in ein Case, als würde sich irgendwer da draußen für sein Liebesleben interessieren – wenn man bei einer Bekanntschaft aus einem ominösen Forum überhaupt von Liebesleben sprechen kann.

Dieses Case könnte ich auch gebrauchen, wenn ich den beiden gleich von gestern erzähle. Was ich aber nicht tun werde. Welches Motiv die Fliesen zeigen und warum ich sie überhaupt klebe, geht niemanden etwas an. Außerdem redet

Dror schon wieder von diesem mysteriösen Game, das er letzte Woche entdeckt hat. Es heißt Tapefato, lässt ihn durch halb Tonfato irren und ich habe den tieferen Sinn dahinter noch nicht durchschaut.

»Gestern habe ich Tocalma ausgecheckt«, sagt Dror. »Was soll ich sagen, Leute? Ich habe mich verlaufen.«

»Klingt analog«, sage ich. »Was hattest du in Tocalma verloren?«

»April-Challenge, Tape Nummer drei.«

»Checke ich nicht«, sage ich.

»Hauptsache, du bist vom Rechner weg.« Kent wendet sich an mich. »Drors Hobby ist es nämlich, Daten zu verschenken.«

»Und Kents Hobby sind Verschwörungstheorien.« Dror grinst. »Und was geht bei dir?«

»Ich mache mir Sorgen um Lone.«

»Deine Freundin?«, fragt Dror. »Raus mit den Details.«

»Lone ist meine kleine Schwester.« Eigentlich will ich nicht mal, dass Dror und Kent von meinen zwei Schwestern wissen. »Seit wir hier sind, hat sie diesen krassen Hautausschlag.«

»Wegen der Explosion?«

»Meine Eltern meinen, dass das damit nichts zu tun hat.« Ich schüttle den Kopf. »Ich glaube, es liegt eher daran, dass sie hier nicht klarkommt.«

»Wie soll man in dieser Welt auch klarkommen?«, fragt Dror. »Mir persönlich sind Klarkommer grundsätzlich suspekt.«

Bevor Dror noch philosophischer werden kann, haben wir die Ota High erreicht. Wir halten unsere SigPhones an den Sensor und schieben uns gemeinsam mit weiteren dreihundert übermüdeten Körpern durch die Flure. Die meisten Jungs tragen zusammengeklappte Roller unter dem Arm, die meisten Mädchen haben diese unvermeidlichen dreifarbigen Frisuren. Raspelkurze Haare hat hier jedenfalls niemand. Ob ich das Mädchen von gestern jemals wiedersehe?

Erst als ich unter meinen Turnschuhen den kotzgelben Bodenbelag der Science Section erkenne, fällt mir das Matheexamen wieder ein. Kurvendiskussion. Extrempunkte, Wendetangenten, und mein Kopf ist eher für simplere Rechnungen gemacht. Zum Beispiel für die hier: An meinem ersten Tag an der Ota High hat Aldo mich über meine fünfmonatige Schonfrist informiert. Fünf Monate habe ich Zeit, dann muss ich in allen Kursen das Lernprofil der anderen erreicht haben. Diese Schonfrist ist seit einer Woche vorbei.

»SigPhones weg, Rechner an«, sagt Aldo, ohne uns zu begrüßen. Er gibt die Datei frei und zieht sich hinter sein Pult zurück.

Was in allen Schulen der Welt gleich zu sein scheint: das Gedrängel auf den Fluren, der Geruch auf den Klos und der Gesichtsausdruck von Mathelehrern während eines Tests: Langeweile, gepaart mit einer Prise Masochismus.

Man kann nicht gerade sagen, dass die anderen begeistert rechnen. Aber die meisten tippen von Zeit zu Zeit schon auf ihren Computern herum. Ich sollte wenigstens so tun, als würde ich rechnen. Vielleicht setze ich mit dieser Simulation sogar meine Hirnzellen in Gang und sie verraten mir die Lösung der ersten Aufgabe, die erfahrungsgemäß die einfachste ist. Es ist kühl im Zimmer, durch die Fenster dringt eine Sirene. Vielleicht gilt sie mir. Vielleicht reißen gleich zwei Securities die Tür auf, um mich in die nächste Office zu befördern. Auf dem Weg dorthin kann ich mir dann aussuchen, ob ich mir eine Verteidigungsstrategie für die Fliese zurechtlege oder lieber eine überzeugende Erklärung erfinde, warum ich gestern an dieser Minidemo teilgenommen habe. So langsam befürchte ich, dass meine Nerven zum Kleben nicht gemacht sind. Vielleicht sitzt in der Office wenigstens dieses geheimnisvolle Mädchen und ich kann sie endlich fragen, warum sie mich erst rettet und dann doch ans Messer liefert.

Als Aldo das Ende der Stunde ankündigt, stelle ich fest, dass ich weder eine Zahl eingegeben noch einen Graphen gezeichnet habe. Stattdessen habe ich in das Koordinatensystem ein ziemlich geniales Bild gemalt, einen Wolkenkratzer mit unzähligen Fenstern und einem Werbebanner, von dem drei Kühe direkt in den Himmel fliegen. Ich will es löschen, aber die Datei ist schon gesperrt.

Ehe ich mich aus dem Mathesaal stehlen kann, legt Aldo mir eine Hand auf die Schulter. »Alún, hast du noch eine Minute?«

»Klar.« Was soll ich sonst sagen? Und vielleicht ist heute ja mein Glückstag. Vielleicht verlängert Aldo meine Schonfrist um einen Monat und fängt nicht wieder mit seinem Kunstkurs an. Seit meiner ersten Woche an der Ota High will er mich überzeugen, dass ich daran teilnehme.

»Hast du noch mal über die Sache mit dem Kunstkurs nachgedacht?« Volltreffer. »Es wäre eine Bereicherung für den ganzen Kurs, wenn du vorbeischaust. Du hast wirklich Talent.«

Talent habe ich, das stimmt. Und keinen Bock, nachmittags in der Art Section abzuhängen und Ölgemälde zu pinseln.

»Das hier ist mal wieder der Beweis.« Aldo hat meine Datei geöffnet. Auf dem großen Lehrermonitor wirkt mein Bild ganz anders, am liebsten würde ich es sofort löschen. Sieht Aldo nicht, dass die Fenster perspektivisch ungenau sind? »Und was hast du sonst noch fabriziert? Schau mal, die erste Ableitung ist doch gar nicht so kompliziert. F Strich ist drei x Quadrat minus zwei.« Entweder träume ich oder Aldo tippt gerade die Lösung ein. »Und die zwei Nullstellen sind auch leicht berechnet. Das reicht jetzt aber, mehr als zwanzig Prozent wären zu auffällig. Der Wechsel nach Tonfato war nicht leicht für dich, oder? Wie gehen deine Eltern damit um?«

»Sie kommen zurecht«, murmle ich. »Zumindest meine Mutter.«

»Hast du eigentlich mitbekommen, dass ein Großteil des Campo District wieder offen ist?«

Mein Kopf geht mit einem Ruck nach oben. Also stimmt es, wogegen diese Demonstranten gestern protestiert haben? Als Aldos Blick mich trifft, lasse ich den Kopf wieder sinken.

»Der halbe Campo District heißt jetzt Gelbe Zone«, sagt Aldo. »Und weißt du auch, wer den zulässigen Janoxol-Grenzwert nach oben korrigiert hat? Das war natürlich TNE höchstselbst. Die ersten Leute sind schon zurückgekehrt und ich fürchte, dass sie keine Ahnung haben, worauf sie sich da einlassen.«

»Wir bleiben hier.« Ich sehe ganz knapp an Aldo vorbei. »Der Campo District spielt für uns keine Rolle mehr.«

»Ich verstehe.« Aldo manipuliert irgendwas an der Uhrzeit seines Monitors, dann sperrt er die Datei. »Wir sehen uns also morgen beim Kunstkurs. Und falls du nicht kommst, dann statte wenigstens dem National Art Museum einen Besuch ab. Irgendwas musst du aus deinem Talent machen.«

Am Samstagmorgen habe ich die Qual der Wahl. Entweder ich begleite Vater und Lone zum Wasserspielplatz im Palast-Garden, wo sie den kaputten Miniaturdampfer aus Rekan fahren lassen wollen, oder ich helfe Mutter mit dem neuen Badregal. Ich entscheide mich für Möglichkeit Nummer drei und murmle etwas von einem Projekt, das wir demnächst in Freework präsentieren müssen und für das ich noch nicht mal den Hauch einer Idee habe. Dass wir dafür noch zehn Wochen Zeit haben, behalte ich für mich.

Manchmal habe ich das Gefühl, dass meine Eltern richtig glücklich sind, dass wir vor fünf Monaten alles zurücklassen mussten. Dank des Unfalls können sie stundenlang im Netz nach neuen Möbeln recherchieren und sie können stundenlang auf mich einreden, dass auch ich mir neue Möbel aussuchen soll. Sie können auch stundenlang vom offenen Wohnkonzept unserer neuen Wohnung schwärmen: Der Eingangsbereich geht nahtlos in den Arbeitsbereich über, der sich seinerseits nahtlos an den Kochbereich anschließt, der ebenso nahtlos vom Essbereich gefolgt wird, und – Preisfrage – was kommt dahinter? Der Wohnbereich. Wahrscheinlich können Liva, Lone und ich von Glück sagen, dass unsere Zimmer Türen besitzen.

Insgesamt würde ich das hier eher als offenes Überwachungskonzept bezeichnen. Deshalb muss ich auch warten, bis ich aus dem Bad das Sirren des Akkuschraubers höre. Erst dann hebele ich den Lüftungsschacht auf und hole meine Sketchos und die Fliesen raus. Mit einem Fineliner mache ich so lange Skizzen, bis meine Finger locker sind. Dann schnappe ich mir die Acrylmarker und bemale die nächste Fliese. Auf meiner Liste schaue ich nach, wo ich sie kleben muss: am Market Square, ganz in der Nähe vom National Art Museum.

Mit klopfendem Herzen steige ich in die total überfüllte Blue Line. Geschlagene vier Stationen steht direkt neben mir ein knutschendes Pärchen, die ganze Zeit höre ich die Schmatzgeräusche. Nicht dass ich nicht wüsste, wie viel Spaß das machen kann, aber haben die wirklich kein Mitleid mit uns Singles? Ich bin echt erleichtert, als ich endlich am Market Square bin. Zwar sind die Temperaturen auf mindestens dreißig Grad gestiegen und die Gebäude rund um den Platz spenden kaum Schatten. Aber immerhin erschlägt mich die Architektur hier nicht und ich sehe auch nur eine Kamera. Sie ist über einer glatten schwarzen Fassade befestigt. Direkt unter dieser Kamera bleibt mein Blick hängen: An der Hauswand kleben drei papierne Enten, die gut gefüllte

Einkaufswagen schieben. Die Enten wurden von derselben Hand gezeichnet wie die fliegenden Kühe, das sehe ich unter anderem deshalb, weil auch hier die Füße missraten sind. Unwillkürlich mache ich einen Schritt auf die Enten zu und in diesem Moment sehe ich sie.

Das Mädchen mit den raspelkurzen Haaren rennt nicht, läuft aber zügig. Am liebsten möchte ich ihr hinterherstürzen. Aber das wäre viel zu auffällig. Außerdem habe ich keine Ahnung, was ich zu ihr sagen soll. *Wer bist du? Danke für neulich?* Ich weiß ja nicht mal, ob sie mich überhaupt retten wollte. An der Stirnseite des Market Square biegt das Mädchen ab, ich folge ihr langsam. Als ich die Straßenmündung erreiche, sehe ich sie in einem gläsernen Gebäude verschwinden. Erst als sich die Schiebetüren hinter mir schließen, merke ich, wohin ich ihr gefolgt bin: ins National Art Museum.

Wie in den meisten Museen, in denen ich bisher gewesen bin, verhält sich auch hier das Alter der Kunstwerke umgekehrt proportional zu der Etage, in der sie hängen. Sprich: Für die interessanten Arbeiten muss man Treppen steigen. Das Mädchen denkt aber gar nicht daran. Eine halbe Ewigkeit hängt sie im Erdgeschoss rum. Vor einem Gemälde mit zwei toten Vögeln setzt sie sich sogar auf eine Bank. Vom Türrahmen aus versuche ich herauszufinden, warum sie dort sitzt. Okay, die Vögel sind tot und ja, sie liegen auf Fliesen. Und sonst so? Eine Weile betrachte ich die kleinen Holzpapageien, die an den Ohren des Mädchens baumeln. Wer bist du, Mädchen mit den raspelkurzen Haaren, und was willst du hier?

Endlich erreichen wir die vierte Etage und hier bewegt sich das Mädchen für meinen Geschmack zu schnell. Der erste Raum ist voller Schienen, die wie Mikadostäbe aufeinanderliegen, im zweiten Raum hängen winzige, aus Haaren gestickte Bilder. Im dritten Raum blähen sich weiße Blasen zu einem überdimensionalen Schaumbad auf. Die Blasen bewegen sich nicht und doch habe ich den Eindruck, als würden sie mich gleich verschlingen. Auf der Bank vor den Blasen sitzt das Mädchen und jetzt dreht sie sich um. Sie hat schmale Augen, eine gerade Nase und einen großen Mund, den ich am liebsten wegradieren und neu zeichnen würde, weil er zum restlichen Gesicht nicht passt. Das heißt aber nicht, dass sie nicht hübsch ist. Sie ist hübsch, vor allem aber ist sie älter, als ich gedacht habe. Sie muss mindestens zwanzig sein und sie winkt jemanden zu sich heran. Außer mir ist allerdings niemand hier.

Mir ist flau, als ich mich neben sie setze, vielleicht eine verzögerte Reaktion auf die toten Vögel.

»Hi«, murmle ich wie der letzte Idiot.

»Die Skulptur würde sich im Zentrum gut machen, findest du nicht? Stell dir diese Blasen mal am Dream Center vor. Allerdings wäre es dann noch schwieriger wegzurennen.«

»Danke erst mal.« Ich komme mir immer dümmer vor.

»Darüber reden wir später. Bist du häufiger hier?«

»Zum ersten Mal.«

»Offenbar hast du auch zum ersten Mal jemanden verfolgt.« Das Mädchen zieht die Nase kraus. »Dass du es bei den Vögeln so lange aushältst, hätte ich nicht gedacht.«

»Hast du meinetwegen dort gesessen?«

»Meinst du, ich stehe auf tote Vögel?« Das Mädchen grinst und prompt werde ich rot. »Normalerweise gehe ich sofort nach oben – obwohl man tote Fasane natürlich nicht unterschätzen sollte.«

Jetzt muss ich auch grinsen. »Oder vertrocknete Blumen.«

»Oder vergammeltes Obst.« Das Mädchen steht auf. »Mal sehen, wobei wir noch derselben Meinung sind. Wir fahren jetzt zum Freezone und du lädst mich ein.«

Das Mädchen heißt Rose und Rose interessiert sich für Rekan oder die Ota High nicht die Bohne. Sie will nicht mal wissen, wo ich zum Zeitpunkt des Unfalls war, was sonst die Standardfrage ist. Während wir auf die Metro warten, erklärt Rose mir, dass die Blasenskulptur von Anse Len Griven ist. Sie kann es nicht fassen, dass ich diesen Namen noch nie gehört habe. Anse Len Griven hat auch meine Lieblingsmetrostation an der National Library entworfen und bei ihr studiert Rose seit zwei Jahren.

»Also machst du Skulpturen?«, frage ich.

»Habe ich schon gemacht, ja.«

»Oder malst du?«

»Gemalt habe ich auch schon.«

»Und woran arbeitest du gerade?«

Rose sieht an mir vorbei. »An einer künstlerischen Krise, wenn du es genau wissen willst. Deswegen hänge ich auch ständig im Museum ab.«

Am Dream Center steigen wir aus und Rose lotst mich in dieselbe Gasse wie am Donnerstag. Zuerst erkenne ich die Holzhäuser wieder, danach das Schild mit der Aufschrift Freezone. Direkt hinter der beeindruckenden Holztür steht ein Kühlschrank, in den Rose ihr SigPhone legt. So selbstverständlich wie möglich tue ich ihr das nach.

Im Freezone riecht es nicht nach Desinfektionsmitteln wie sonst überall und statt Kameras gibt es hier Bilder ohne Ende. Sie nehmen alle Wände ein, sogar unter der Decke hängen welche. Ich sehe einen Baum, aus dessen Krone ein Wolkenkratzer wächst. Ein Mädchen mit Messer und Gabel in den Händen und einem Skorpion in dem Schälchen vor sich. Die Silhouette der Factory 11 und darüber eine dunkelrote Wolke.

Rose bemerkt meinen Blick. »Noch ein erstes Mal?«

Ich nicke.

»Also bist du am Donnerstag nicht im Freezone verschwunden?«

»Sollte ich das?«

Rose verdreht die Augen. »Da überlässt man dir den perfekten Fluchtweg und du merkst es nicht mal. Das Freezone wird vom Hillside Complex betrieben, deswegen kommen die Securities hier extrem selten rein.«

Rose steuert einen Tisch in der Ecke an. Als wir die Bar passieren, bestellt sie zwei Getränke, und nachdem wir uns gesetzt haben, fragt sie mich, als würde ihr Leben von der Antwort abhängen: »Und jetzt raus damit: Wo hast du das gelernt?«

»Habe ich *was* gelernt?«

»Deinen Strich. Deine Genauigkeit. Diesen *Ausdruck.*« Auf einmal wirkt Rose verlegen, als wäre sie diejenige, die noch auf die High School geht. »Ich kenne tausend Leute, die zeichnen können. Aber darunter ist niemand, der einem so kleinen Bild so viel Leben einhauchen kann. Das Auge auf deiner Fliese berührt mich. Ich will sofort wissen, wem es gehört, und ich will von diesem Menschen angeschaut werden. Das kannst du dir unmöglich selbst beigebracht haben.«

Damit habe ich nicht gerechnet. Okay, jetzt heißt es, die Wahrheit zurechtzubiegen, ohne dass ich Rose vor den Kopf stoße, und vor allem, ohne dass ich zu tief in meine Vergangenheit eintauchen muss.

»Ich hatte eine gute Lehrerin«, sage ich ausweichend.

»Eine Frau also.« Rose schaut zufrieden. »Das habe ich mir gedacht. Meinst du, sie würde mich auch unterrichten?«

»Unwahrscheinlich.«

»Gib mir einfach ihre Signatur, dann frage ich sie.«

»Ich weiß nicht mal, wo sie gerade lebt.«

»Habt ihr euch gestritten? Vielleicht, weil du besser geworden bist als sie?«

»Daran liegt es nicht.« Langsam steigt ein Fluchtreflex in mir auf. »Ich habe keinen Kontakt mehr zu ihr.«

»Wer ist es?« Rose lässt nicht locker. Den Kellner, der zwei Gläser mit einer gelben Flüssigkeit auf unserem Tisch abstellt, würdigt sie keines Blickes. »Ist sie erfolgreich?«

»Sie ist das Gegenteil davon.«

»Das ist leider das Schicksal der Besten unter uns.« Rose nimmt ihr Glas in die Hand. »Darauf stoßen wir an.«

Obwohl ich nur einen Schluck von der gelben Flüssigkeit trinke, kriege ich einen regelrechten Erstickungsanfall.

Dieses Zeug ist so scharf, dass es mich nicht wundern würde, wenn es mir gerade sämtliche Geschmacksnerven weggeätzt hätte.

Rose muss lachen. »Magst du keinen Ingwer?«

»Und verhört werde ich auch nicht so gern«, keuche ich.

»Dann solltest du nicht mehr im Zentrum kleben.« Rose hat ihr Glas schon zur Hälfte geleert, was mir ein mittelgroßes Rätsel ist. »Ich verrate dir ein Geheimnis: Das ganze Zentrum ist voller Kameras, du wirst also unter Garantie erwischt. Und selbst wenn du nicht erwischt wirst, werden deine Arbeiten innerhalb von vierundzwanzig Stunden entfernt.«

»Das ist mir egal.« Ich nehme noch einen Schluck. Diesmal weiß ich, was mich erwartet, und ich muss mich nur räuspern. »Ich klebe nur für mich.«

»So was macht niemand für sich – am wenigsten die Leute, die es behaupten.«

»Lernt ihr solche Weisheiten bei deiner Anse? In diese Schubladen passe ich nicht.«

»Das ist nicht von Anse.« Rose funkelt mich wütend an. »Aber wenn du lieber erwischt wirst, dann helfe ich dir eben nicht.«

»Du willst mir helfen?«

»Ich schlage dir einen Deal vor.« Rose schaut mir direkt in die Augen. »Du zeigst mir deine Technik und ich zeige dir, wie man klebt. Du wirst in ganz Tonfato keine bessere Lehrerin finden.«

Ich zögere. Das mit den Fliesen ist eigentlich mein ganz privates Ding. Die Sache habe ich mir ja genau deshalb überlegt, weil ich mir die Vergangenheit endlich aus dem Hirn schlagen muss. Oder weil ich mich ein letztes Mal entschuldigen will, das weiß ich selbst nicht so genau. Andererseits bringt das nicht viel, wenn ich bei der nächsten Fliese wieder erwischt werde.

»Woher weißt du, wie man klebt?«, frage ich.

»Das erzähle ich dir ein andermal. Heute verrate ich dir nur Lektion Nummer eins: Wenn du auf Metall klebst, musst du zuerst zwei Pads befestigen, sonst rutscht dir die Fliese runter. Es sei denn, du hast fünf Minuten Zeit, um sie anzudrücken, aber am Dream Center ist das eher unwahrscheinlich.« Rose schaut mich triumphierend an. »Lektion Nummer zwei kann ich dir auch schon verraten: Ingwerjuice schmeckt schrecklich, macht aber gute Laune, und die ist beim Kleben nicht zu unterschätzen.«

»Ich muss aber im Zentrum kleben. Die Fliesen müssen unter anderem an den Century Square, an das Sunshine Building und an den Magdalena Place.«

»Du bist verrückt.« Rose schüttelt den Kopf. »Dafür musst du mir alle deine Tricks verraten. Wir treffen uns heute in einer Woche am Century Square. Du musst kommen, meine Signatur kriegst du nämlich nicht. Wenn wir zusammen kleben gehen, dürfen wir nicht texten. Und jetzt muss ich los, sonst macht Maira mir die Hölle heiß.«

Ehe ich fragen kann, wer Maira ist, ist Rose schon aufgestanden und hat ihr SigPhone aus dem Kühlschrank genommen. Sie öffnet die Tür zur Straße und ich sehe die Holzhäuser, an denen ich vor zwei Tagen vorbeigerannt bin.

Waren sie da auch schon so schön? Roses zweite Lektion stimmt schon mal: In der letzten Stunde ist meine Laune beträchtlich gestiegen.

TARA

Und irgendwann reicht es mir. Irgendwann habe ich keine Lust mehr auf meine Angst. Irgendwann will ich wieder die Tara Rubina Doron von früher sein und ich springe auf und lasse den TNE Square hinter mir, lasse Jenitas Haus hinter mir, lasse die Weizenfelder und den Nordwald hinter mir. Die Birken sehen aus wie immer, mit den Kiefern aber stimmt etwas nicht. Ihre Äste wirken schwer, die Nadeln daran schimmern rötlich. Aber darum soll sich jemand anderes kümmern. Ich renne über den Parkplatz des Leisure Park, setze meine Füße auf die erstbeste Kiefer und klettere über den Zaun. Watcher können mich nicht filmen, dafür wischen mir Kiefernzweige durchs Gesicht und ich reibe mir roten Staub aus den Augen. Auf der anderen Seite des Zauns lasse ich mich fallen, der Sand federt meine Landung. Ich streife mir T-Shirt und Hose ab und schlüpfe in meinen blauen Badeanzug. Im nächsten Moment umschließt mich das Wasser. Ich schwimme bis zum Ende der Seebrücke und vorbei an der Sunset, diesem ultracoolen Ausflugsdampfer, auf den ich noch nie einen Fuß gesetzt habe. Dann hole ich Luft und tauche. Mit offenen Augen schwimme ich nach unten, so lange, bis das Wasser über mir die Sonne verschluckt.

Für einen Moment weiß niemand, wo ich bin. Nicht mal ich selbst bin mir ganz sicher, wo ich bin. Ich könnte überall auftauchen, sogar in meinem ersten Leben, im Swimmingpool von Nipad, mitten in einem Wettkampf, den ich mit absoluter Sicherheit gewinne. Erst als mir die Luft knapp wird, lasse ich mich zurück nach oben tragen und dann kraule ich los. Im Nu bin ich vorbei an den Bojen, die die Verbotszone markieren, und ich schwimme einfach weiter, Richtung Juka. Ich kann es noch, natürlich kann ich es noch. Ganz umsonst habe ich befürchtet, das Wasser und ich würden nicht mehr eins.

Später liege ich erschöpft im Sand und denke nicht an die Wettkämpfe, die ich gerade verpasse, nicht an irgendwelche Grenzwerte, nicht an den Schwindel und die Müdigkeit und nicht an die Worksheets, die Tag für Tag auf meinem SigPhone eingehen und von denen ich noch kein einziges gelöst habe. Stattdessen versuche ich, mich zu freuen, dass der Leisure Park jetzt mir gehört. Früher konnte ich mir pro Sommer nicht mehr als zwei Tickets leisten und dann war es doch immer enttäuschend, sich zwischen fünfhundert anderen Leuten in den Sand zu quetschen oder am Beach Shop stundenlang für einen Frozen Juicy anzustehen. Jetzt habe ich den gesamten Strand für mich. Ich könnte vor Freude schreien. Ich könnte nackt in der Sonne tanzen. Ich könnte den ganzen Tag hier verbringen und doch schaffe ich es so gut wie nie, länger als ein paar Minuten liegen zu bleiben. Fast jedes Mal jogge ich sofort zurück nach Rekan, um mit Jenita und Mai zu telefonieren oder um Beer mit seinen Beeten zu helfen oder um mit Mama in ihrer Werkstatt einen Kakao zu trinken. Und wenn sie mich zum zehnten Mal fragt, ob ich es wirklich für eine gute Idee halte, im Zigosee zu schwimmen, dann antworte ich: »Natürlich nicht, aber was soll ich deiner Meinung nach sonst den ganzen Tag tun?«

Zumindest mache ich das so bis zu dem Morgen, als ich aus dem Wasser steige und meine Klamotten nicht mehr finde.

Ich wische mir das Seewasser aus den Haaren und schaue mich um. Vor wenigen Tagen wäre es noch komplett unproblematisch gewesen, im Badeanzug über den Highway zurück nach Rekan zu spazieren. Aber in letzter Zeit sind tatsächlich ein paar Leute zurückgekehrt und dazu kommen die Bagger, die den Asphalt der Main Road aufbrechen, und die Journalisten, die durch Rekan schleichen und alle dieselben Motive filmen – zuerst die Stahlkuppel, danach das Educational Center und zuletzt unseren Garten, der schon wieder ziemlich vorzeigbar aussieht. Ich habe jedenfalls keine Lust, in meinem Badeanzug über die Monitore des gesamten District zu flimmern.

Mit weichen Knien laufe ich durch den Sand. Habe ich meine Sachen vielleicht anderswo abgelegt, kann der Wind sie weggeweht haben? Als ich zwischen den Kiefern ein Geräusch höre, bleibe ich stehen. Sofort ärgere ich mich. Ich darf nicht ängstlich wirken und ich bin auch nicht ängstlich. Wahrscheinlich war das nur ein Tier. Ich hebe den Kopf und lausche in die Stille. Kaum setze ich mich in Bewegung, raschelt es wieder. Irgendwer lauert am Zaun und trotz meines Badeanzugs fühle ich mich plötzlich nackt. Vielleicht bleibe ich besser am Strand, immerhin liegt hinter mir der perfekte Fluchtweg. Selbst nach dem Training bin ich im Wasser noch schneller als die meisten. Und ich habe Zeit, Jenita und Mai sind heute auf Exkursion und ich habe nichts weiter vor, als sehr eventuell Florazul zu streichen. Das wollte ich allerdings auch schon gestern und vorgestern tun, also kann ich es genauso gut auf morgen oder übermorgen verschieben. Ich halte länger durch als der, der zwischen den Kiefern hockt und worauf-auch-immer wartet.

Ich weiß nicht, wie lange ich mit hämmerndem Herzen im Sand sitze. Die ganze Zeit höre ich nichts außer dem leisen Plätschern, mit dem die Wellen gegen die Wand der Sunset schlagen. Als ich endlich aufstehe, ist auch dieses Geräusch wieder da, und dann fliegt etwas auf mich zu. Ehe ich mich ducken kann, ist es in meinem Gesicht gelandet. Es ist mein Dino-Shirt, ich reiße es mir von den Augen und renne los. Die ersten Schwimmzüge mache ich unter Wasser, das mir viel kälter vorkommt als am Morgen. Beim Auftauchen drehe ich mich auf den Rücken. Am Ufer stehen Amber und Lex und kriegen sich vor Lachen gar nicht mehr ein.

»Mit uns hast du nicht gerechnet, gib's zu!«, ruft Amber.

»Hattest du etwa Angst?« Lex wedelt mit meinen Shorts.

Langsam schwimme ich ans Ufer zurück.

»Sehr lustig.« Ich verschränke die Arme über meinem nassen Badeanzug. »Seit wann seid ihr zurück?«

»Seit gestern Abend«, sagt Amber. »Unsere Mutter hat uns im Morgengrauen aus den Betten geworfen, damit wir ihr helfen, den Minishop wieder einzurichten. Als wir dich auf der Main Road gesehen haben, haben wir uns aus dem Staub gemacht.«

»Und ich hatte die Hoffnung, dass irgendwer Normales zurückkehrt.« Ich reiße den beiden meine Shorts und die Sandalen aus der Hand. Schon im Educational Center hat Amber immer die schlechtesten Witze gerissen und ihr kleiner Bruder hat darüber am lautesten gelacht. »Irgendwer, mit dem ich das Leben hier genießen kann.«

»Was genau willst du hier genießen?«, fragt Lex. »Die geschlossenen Clubs?«

»Clubs sind überbewertet«, sage ich. »Dafür gehört jetzt alles andere uns.«

»Und während wir das feiern, werden wir langsam, aber sicher vergiftet.«

»Du spinnst«, sage ich. »Unsere neue Nachbarin ist schon länger hier und sie wirkt ziemlich gesund.«

»Machst du Witze?«, fragt Lex. »Die ist doch total verstrahlt.«

»Immerhin hat sie eine Kansaii Limited«, sagt Amber. »Aber die können wir uns auch besorgen. Ich sage nur: Selbstbedienung.«

»Willst du etwa in die leeren Häuser einsteigen?«

Amber zeigt auf die Sunset. »Jetzt steigen wir erst mal dort ein.«

Die Gangway schwankt unter unseren Schritten und es ist nicht schwer, über die Absperrung zu klettern.

Nach wenigen Tagen kennen wir die Gänge und Treppen der Sunset mindestens so gut wie die Straßen von Rekan und wir sind im Besitz von unzähligen Handtüchern, die wir in diversen Abstellräumen gefunden haben, den absurdesten Aufblastieren und so viel Lemonade, dass wir uns um die Getränkeversorgung vorerst keine Sorgen machen müssen. Im Laufe der Woche schlägt auch Sorjana im Leisure Park auf und in der Woche darauf kommt Karmiel, der zuerst die Soundanlage der Sunset anwirft und sich dann in den Maschinenraum verzieht. Wenn wir ihn doch mal sehen, sind seine Hände schwarz vor Schmiere. Er sagt, dass er den Motor in Gang bringen will. Aber vielleicht braucht er auch nur eine Ausrede dafür, dass er nicht ins Wasser geht. Wahrscheinlich würde er im Boden versinken, wenn er wüsste, dass seine Mutter jeden Morgen nackt in den Zigosee taucht. Während ich meine Kilometer wegkraule, schwimmt sie auf dem Rücken. Sie schwimmt unendlich langsam, aber ihre Technik ist nicht mal schlecht.

Wir anderen hängen meistens auf dem Freideck ab. Amber konstruiert ein aberwitziges Sprungbrett, Sorjana füllt tatsächlich ihre Worksheets aus und Lex will herausfinden, wie schnell er eine Dose Devil auf ex trinken kann. Gegen Mittag stecken wir unsere Füße in den winzigen Swimmingpool, dessen Wasser rötlich schimmert. Schon um diese Zeit brennt die Sonne so heiß vom Himmel, wie sie es sonst erst in den Nachmittagsstunden tut. Die Monitore nennen das den Sommer des Jahrtausends und wir sind die Einzigen, die diesen Sommer auf der Sunset verbringen können. Klar, unsere besten Freunde werden wir so schnell nicht wiedersehen, und klar, schwindlig ist uns immer noch. Aber wirklich gefährlich scheint es in der Gelben Zone nicht zu sein und vor allem haben wir hier unsere Ruhe. Niemanden interessiert es, dass wir die Spielautomaten knacken und die harten Sachen aus der Bar probieren. Die Erwachsenen sind weit entfernt und vielleicht springen wir deshalb alle auf, als eine Männerstimme von der Seebrücke aus ruft: »Jemand da?«

Auf der Seebrücke steht einer von diesen Journalisten. Er ist hochgewachsen und schlank, sein Gesicht wirkt zu jung dafür, dass sich durch seine Haare schon weiße Strähnen ziehen, und sein Blick ist verhältnismäßig ehrlich, was bei einem Journalisten allerdings nicht viel heißt.

»Ich bin Silver«, sagt er. »Würdet ihr mir ein paar Fragen beantworten?«

»Kommt drauf an«, sagt Amber.

»Keine Sorge«, sagt Silver. »Im Gegensatz zu meinen Kollegen drehe ich keinen Zweiminüter, der die Zuschauer zur Rückkehr animieren soll. Ich bereite einen richtig intensiven Beitrag über die Gelbe Zone vor. Verratet ihr mir, was ihr hier den ganzen Tag macht?«

Silvers Kamera ist so alt, dass ich mich nicht gleich entscheiden kann, ob ich ihn sympathisch oder lächerlich finden soll. Die anderen haben sich offensichtlich schon entschieden: Karmiel erzählt irgendwas vom fantastischen Gefühl absoluter Freiheit und Amber und Lex sagen, dass sie jeden Morgen zur Factory 11 joggen.

»Und jetzt stellt euch vor, ihr könntet den Verantwortlichen von TNE etwas sagen.« Trotz unserer absurden Antworten macht Silver einfach weiter. »Was wäre das?«

»Sie meinen Holm Stepovic? Was sollen wir dem schon sagen, nachdem er seine Factory in die Luft fliegen lassen hat? Ich finde, Fresse polieren reicht.« Plötzlich klingt Karmiels Stimme bitter und zum ersten Mal merke ich ihm an, dass sein Vater einer der Arbeiter ist, die bei der Explosion ums Leben gekommen sind.

»Passen unsere Antworten in Ihr Konzept?«, frage ich und lächle Silver direkt ins Gesicht. »Wer strahlt Ihren *richtig intensiven Beitrag* eigentlich aus?«

»Ich arbeite für Green News.«

»Green News?« Ich behalte mein Lächeln im Gesicht. »Ist das die Samstagabendshow für Zimmerpflanzen?«

»Du bist Ainos Tochter, oder?« Falls ihn das allgemeine Gelächter irritiert, lässt Silver sich das nicht anmerken. »Deine Mutter hat schon vermutet, dass du es sein wirst, die mich wegschickt.«

»Und genau das mache ich jetzt auch.«

In aller Ruhe packt Silver seine antike Kamera ein und läuft durch den Sand davon, so als hätte er sich längst daran gewöhnt, dass er in seinem Job von Zeit zu Zeit das Gesicht verliert.

Als er weg ist, klatschen wir uns ab. Nur Sorjana macht nicht mit.

»Der hat sich doch Mühe gegeben«, sagt sie. »Außerdem wäre ich gern mal auf den Monitoren gewesen.«

»Dann renn ihm hinterher«, sage ich. »Erzähl ihm, dass du Angst hast, weil die Supermärkte immer noch geschlossen sind und weil hier nur fahrerlose Baumaschinen eingesetzt werden. Sag ihm, dass du neidisch auf die Bonzenkinder bist. So was findet er bestimmt super.«

»Wenn hier irgendwas super ist, dann das da unten.« Ambers Stimme ist ungewöhnlich eng.

Wir folgen ihrem Blick: Am Ufer steht Tulip und schirmt mit der Hand seine Augen ab.

Tulip hat immer noch seine Scheinwerferaugen und er hat auch noch seine Märchenlocken. Er hatte immer die schönsten Schultern im Team und einmal habe ich ein Mädchen aus der B-Jugend sagen hören, dass ich auf Frauen stehen muss, weil ich immer noch nicht mit ihm zusammen bin. Kaum hat er die Sunset betreten, kommt er auf mich zu. Ich denke an das erste Gespräch mit Jenita und Mai und falle ihm um den Hals. Ich werde meinen Teil des Deals jedenfalls erfüllen. Wenn Tulip immer noch in mich verliebt ist, werde ich mich auf ihn einlassen. Es wird Zeit, mit Jenita und Mai mal wieder einen Frozen Juicy zu trinken und nicht immer nur am SigPhone über Ambers Witze und Sorjanas Arbeitswut zu lästern.

Keine Minute später nehmen Tulip und ich Anlauf und sprengen unser Spiegelbild im Zigosee. Ohne dass wir uns darüber verständigen müssen, schwimmen wir in einer Geschwindigkeit, die wir beide einen halben Tag durchhalten können.

Henk würde sich jetzt freuen, allerdings würde er meinen Beinschlag korrigieren. Ich merke selbst, dass ich die Knie nicht richtig durchdrücke. Aber ich brauche meine Kraft für später. Als wir die Bojen erreichen, zögert Tulip und diesen Moment nutze ich. Ich hole tief Luft und kraule los. Diesmal kraule ich nicht geradeaus, Richtung Juka, sondern nordwärts, zum Roten Felsen. Tulip braucht nur wenige Meter, um zu mir aufzuschließen, und als er eine Länge vor mir liegt, geht er in Schmetterling über. Schmetterling ist seine Disziplin, darin holt ihn niemand ein. Außerdem bin ich heute schon neunzig Minuten geschwommen. Aber ich schneide gar nicht so schlecht ab. Er erreicht den Felsen höchstens drei Längen vor mir.

Nebeneinander treten wir Wasser, bis wir wieder sprechen können.

»Die Teams der anderen Districts haben sich zwei vielversprechende Schwimmer durch die Lappen gehen lassen«, sage ich. »Meinst du eigentlich, es ist hier tief genug?«

»Tief genug wofür?«

Ich lasse meinen Blick nach oben wandern, zum Plateau des Roten Felsens. Vor der Explosion habe ich dort manchmal gesessen, obwohl der Aufstieg streng verboten war. Einmal bin ich sogar mit Alún dort gewesen und dabei habe ich gelernt, dass eine Sache sowohl die beste als auch die schlechteste Idee aller Zeiten sein kann.

Tulip ist meinem Blick gefolgt. »Du willst springen? Wieso?«

»Weil es jetzt geht.« Ich sehe ihm an, dass er meine Antwort nicht mal ansatzweise kapiert. »Wie tief muss das Wasser sein?«

»Hör auf mit dem Quatsch.« Tulip dreht sich um. »Schwimmen wir zurück?«

Auf der Sunset lassen wir uns in zwei Liegestühle fallen. Früher konnten wir uns nach dem Training nicht ausruhen. Wenn ich damals aus dem Wasser kam, musste ich mir sofort kalte Kompressen aus dem Funktionsraum holen und zu Hause ging es mit Wärme weiter. Früher hat mir immer etwas wehgetan. Erst jetzt fällt mir auf, dass das aufgehört hat. Ich könnte Tulip fragen, ob es ihm genauso geht. Ich könnte auch meinen Liegestuhl etwas näher zu ihm schieben, so lange, bis ich die Wärme seines Körpers spüre. Bis Tulip die Wärme meines Körpers spürt, oder soll ich damit warten, bis wir allein hier sind?

Dass sich auch Ste auf der Sunset aufhält, kriege ich anfangs gar nicht richtig mit. Nur halb registriere ich, wie sie einen riesigen Werkzeugkoffer in den Bauch des Dampfers trägt, und einmal hat sie einen Stapel Limited Disks dabei, die ich vor sehr langer Zeit in unserem Nachbarhaus gehört habe. Sie schleppt auch Decken und Geschirr heran und an einem Nachmittag steht ihr Liegestuhl plötzlich neben meinem. Nach wenigen Minuten hat ihre Haut sich hellrot gefärbt.

»Pass auf«, sage ich. »Du kriegst Sonnenbrand.«

Ste betrachtet ihre Arme. »Das geht bei mir immer total schnell.«

»Hast du keine Sonnencreme?«, frage ich. »In unserem Nachbarhaus gibt es doch alles.«

»Kann es sein, dass du dort früher ziemlich oft zu Besuch warst?«

»Das kann sein.«

Es sind Ste und ich, die die Sofas und Sessel aus dem Steuerraum nach draußen wuchten, und es sind wir beide, die die Hängematten auf dem Freideck anbringen. Aus einer Hängematte fällt ein goldener Ring, den Ste mir auf den Mittelfinger steckt. Genau wie Sorjana und Karmiel geht auch Ste nicht ins Wasser. Sie trägt aber immer diesen korallenroten Bikini, der ihre Haut fast weiß wirken lässt, und dazu ein Cap, mit dem sie trotz des Bikinis wie ein Junge aussieht. Die anderen halten sich von Ste fern und das liegt nicht unbedingt daran, dass sie neu in Rekan ist. Alle merken, dass Ste etwas mit sich herumträgt. Über irgendwas Dunkles schweigt sie sich aus. Seltsamerweise stört mich das von Tag zu Tag weniger. Da ist nämlich auch ihre helle Seite: Ste weiß über mich Dinge, die sie eigentlich nicht wissen kann. Sie kennt meine Ungeduld, meine beste Zeit auf fünfzig Meter und meine Verachtung für Silber- und Bronzemedaillen. Sie weiß, wann sie aufhören muss zu fragen, und wenn sie Musik aussucht, schlägt sie fast immer Songs von meiner Playlist vor. Manchmal habe ich in ihrer Nähe das Gefühl, dass der Eisklumpen in meiner Brust sich eines Tages wieder in ein Herz verwandeln kann.

Oft sind Ste und ich die Letzten auf der Sunset. Wir reden über die neue Staffel von *Lucifer's Paradise* oder betrachten die Sonne, die jeden Abend mit einem spektakulären Farbspiel hinter Rekan versinkt. An dem Abend, an dem wir das Winseln hören, gibt sich die Sonne besondere Mühe. Das Winseln klingt so kläglich, dass ich augenblicklich aufspringe und zur Reling laufe. Trotz der Dämmerung entdecke ich den kleinen Schatten vorn im Sand sofort. Ste ist schon auf der Seebrücke, und als sie auf das Tier zuläuft, ergreift es nicht die Flucht. Ste nimmt es hoch, aber ich erkenne es erst, als ich direkt neben ihr stehe. Ste hält eine Katze fest, allerdings nicht irgendeine Katze. Das ist Io, Singalovs Kater. Io ist schnell und scheu, ein richtiger Wildkater, der sich nur ungern streicheln lässt. Vor allem Alúns Eltern hat er gemieden.

Jetzt hält Io ganz ruhig. Ste redet leise auf ihn ein, aber Io winselt weiter. Er ist mager, sein Fell ist verfilzt, seine Vorderpfote geknickt. Aber deswegen weint er nicht. Es liegt an seinen Augen, die von einer rötlichen Schicht überzogen sind. Ios Pupillen sind dahinter verschwunden und die unruhige Art, mit der er den Kopf bewegt, lässt keinen Zweifel zu: Io ist blind.

ALÚN

Metros rasen. Autos flitzen. Drohnen surren durch die Luft. Anzugmenschen hasten in ihre Büros, der Lift bringt mich in Sekundenschnelle zu unserer Wohnung im sechzehnten Stock und unser Sportlehrer treibt uns an, weil wir für seinen Geschmack zu lahm sind. Es ist ihm komplett egal, dass der Sommer bereits im Mai ausgerufen wurde und uns schon beim bloßen Rumstehen der Schweiß ausbricht. Alles in Tonfato geht unheimlich schnell und doch vergeht diese Woche so langsam, dass ich kurz davor bin durchzudrehen. Ich will Rose wiedersehen, ich will endlich mit den Fliesen vorankommen. Aber die Stunden tröpfeln einfach nur dahin. Das einzige Highlight sind die drei ausgeschnittenen Papierkatzen, die jemand auf die Bambusstäbe der Ota High geklebt hat. Die Tiere stehen auf einem Sprungbrett, aber in ihren Augen ist nicht zu erkennen, ob sie sich wirklich trauen zu springen.

Ein zweites Highlight (oder eher ein Downer) ist der Krach zwischen Dror und Kent. Bisher habe ich gedacht, dass Dror sich mit diesem mysteriösen Game namens Tapefato nur die Zeit vertreibt und dass Kent sich eher einen Spaß daraus macht, den Datenschutzbeauftragten zu spielen. Aber plötzlich wird beides furchtbar ernst und das auch noch mitten in der Cafeteria. Gerade ging es noch um unsere Gruppenpräsentation, für die Dror ein Fact Sheet zusammenstellen sollte. Das hat er vergessen und von einem Moment auf den anderen herrscht dicke Luft.

»Aber das Final Tape hast du gefunden, oder?«, zischt Kent.

»Tapefato ist geil«, zischt Dror. »Früher wärst du dabei gewesen.«

»Ich habe mich eben weiterentwickelt«, zischt Kent.

»Echt?«, zischt Dror. »So sehr, dass du keinen Schimmer hast, ob du in ein Girl oder einen Typen verknallt bist?«

»Trix ist ein Mädchen«, zischt Kent.

»Das weißt du doch gar nicht«, zischt Dror.

»Sie hat auf meine Message reagiert«, zischt Kent.

»Das sagst du erst jetzt?«, zischt Dror.

»Leute«, schalte ich mich ein. »Worüber streitet ihr eigentlich?«

»Halt dich da raus«, zischt Dror.

»Wie das geht, kannst du dir von Dror abschauen«, zischt Kent.

»Was soll das heißen?«, zischt Dror.

»Dass du echt gut im Raushalten bist«, zischt Kent.

»Und du bist der totale Bremser«, zischt Dror.

»Ich bin realistisch«, zischt Kent.

»Du bist paranoid«, zischt Dror. »Wann checkst du das?«

Worum es wirklich geht, kapiere ich bis zuletzt nicht. Ich kapiere nur, dass die Sache ernst ist, und weil ich mich nun in jeder Pause entscheiden muss, mit wem der beiden ich abhänge, freue ich mich umso mehr aufs Wochenende.

Und das Wochenende beginnt großartig. Am Freitagabend fährt Mutter zum Nachtdienst und Vater sitzt wie immer im Arbeitsbereich und baut aus seinen Papierstapeln über den Unfall eine neue, noch fragilere Skulptur. Nachdem ich Lones Ausschlag eingecremt, sie ins Bett gesteckt und ihr zum x-ten Mal das Buch über die Riesen Fap und Fop vorgelesen habe, öffne ich den Lüftungsschacht und hole Sketchos, Fliesen und Acrylmarker hervor. Ich habe mir in den Kopf gesetzt, dass alle Fliesen gleich aussehen müssen. Jede Fliese zeigt ein Auge und die Augen müssen identisch sein. Die Lider, die Wimpern. Die Pupille, die Regenbogenhaut, das Weiß darum. Und vor allem der Blick, der daraus entsteht. Ein wacher Blick. Ein mutiger Blick. Ein Blick, der seinem Gegenüber vertraut. (Ein Blick, der mir mal vertraut hat.)

Allerdings ist das gar nicht so leicht. Was nämlich nicht identisch ist, das sind die Fliesen. Leider wurden mir nicht in allen Baumärkten, die ich abgeklappert habe, dieselben Musterexemplare geschenkt. Im Lüftungsschacht lagert ein regelrechtes Sammelsurium und so richtig gut haften die Acrylmarker nur auf der rauen Keramik. Trotzdem bin ich zufrieden, als ich im weißen Licht der Laternen fünf neue Fliesen in den Lüftungsschacht schiebe. Hoffentlich reichen die für das erste Treffen mit Rose.

Vier Stunden lang schlafe ich wie ein Stein, dann weckt mich Geschirrklappern. Ich schlüpfe in eine Jogginghose und ziehe mir ein frisches Shirt über, im Bad schrubbe ich mir die

Acrylspuren von den Fingern. Sauber und müde hocke ich mich in den Essbereich und schaufle mir Reis und Gemüse in meine Schale. Früher hatten meine Eltern manchmal gemeinsam Nachtdienst und ich mochte die Morgen danach, sofern man in dieser Familie von *mögen* reden kann. Mutter und Vater haben vom Wok-to-go ein Frühstück für uns alle mitgebracht und sie haben uns ausnahmsweise in Ruhe gelassen. In Rekan waren meine Eltern, wenn sie müde waren, so weich wie Anse Len Grivens Blasenskulptur. Jetzt ist Mutter selbst in diesem Zustand ein exakt gemeißelter Stich. Sie kann kaum die Augen offen halten und doch muss sie genau jetzt Lones Ausschlag eincremen, obwohl Lone gerade komplett darin aufgeht, die neue Frisur ihrer Joja-Puppe zu filmen. Diese kleinen Clips scheinen ihr neues Hobby zu sein, sie schickt sie sogar an mich. Mutter weist Lone fünfmal darauf hin, dass sie die Gabel richtig halten soll, und dann fängt sie an, mich auszufragen. Dass ich müde aussehe, ob ich gestern lange unterwegs war? Ach so, ich war gar nicht weg? Wo man hier eigentlich hingeht, wenn man weggeht? Das weiß ich nicht? Dann fängt sie wieder mit den neuen Möbeln für mein Zimmer an und ich bin beinahe froh, als der Sensor brummt und Liva im Essbereich auftaucht, auch wenn mir klar ist, dass Livas Auftritt dieses Essen in ein komplettes Desaster verwandeln wird. Zum Glück kann ich mich gleich verdünnisieren.

»Hi Leute«, sagt Liva, als wäre sie nicht zum ersten Mal seit fünf Tagen wieder zu Hause. »Fällt für mich auch was zu futtern ab?«

Seit Wochen habe ich Liva nur aus der Ferne gesehen, in der Cafeteria oder auf den Fluren der Ota High. Im hellen Licht unseres offenen Wohnkonzepts finde ich sie richtig hübsch. Sie hat ihre Haare mit Kabelbindern hochgesteckt und die schwarzen Ringe, die in den Wochen nach dem Unfall (und nach dem Tod ihres Freundes) unter ihren Augen lagen, scheinen langsam zu verblassen. Um den Hals trägt sie sogar eine zarte Goldkette, die ich noch nie gesehen habe. Von wem könnte sie sein? Ist Liva schon so weit, dass sie sich wieder auf jemanden einlassen kann? (Werde ich mich jemals wieder auf jemanden einlassen können?)

»Wir haben gerade über Alúns Zimmer gesprochen«, sagt Mutter. »Er braucht endlich Möbel, findest du nicht?«

»Mir egal.« Statt sich eine Schale zu holen, zieht Liva eine Wok-to-go-Box zu sich heran. »Ich habe echt andere Probleme.«

»Du meinst, dass du es nicht einmal schaffst, dir eine Schale aus der Küche zu holen?« Mutter kann es einfach nicht lassen.

»Ich meine die Gelbe Zone«, sagt Liva mit vollem Mund. »Wahlweise auch freiwillige Evakuierungszone, was nichts anderes bedeutet, als dass alle Umsiedler, die ohne das Entschädigungsgeld in Tonfato nicht klarkommen, zur Rückkehr gezwungen sind. Habt ihr noch gar nicht mitbekommen, dass Rekan wieder bewohnt ist?«

Lone legt ihre Gabel beiseite. »Also können wir jetzt Io holen?«

»Was?« Liva schaut sie entgeistert an.

»Ich meine, wenn man wieder nach Rekan kann, da können wir doch endlich Io holen.«

»Wenn du willst, dass dein Ausschlag noch schlimmer wird, dann solltest du in den nächsten Speedtrain steigen.« Liva nimmt sich schon die nächste Box.

»Wieso sagst du so was?« Mutter schüttelt den Kopf. »Mach dir keine Sorgen, Lone. Deinen Ausschlag kriegen wir schon in den Griff. Und wenn der District das so entschieden hat, wird es in der Gelben Zone wohl kaum gefährlich sein.«

»Rein zufällig hat der District seine Entscheidung aufgrund einer Studie getroffen, die von TNE durchgeführt wurde. Und ganz bestimmt ist es auch nur Zufall, dass allen Rückkehrern schwindlig ist.« Liva will sich noch eine Box schnappen, aber Mutter zieht sie einfach weg. »Die Gelbe Zone ist komplett vergiftet, da kann Holm Stepovic erzählen, was er will.«

Jetzt hat Liva die Box doch zu sich gezogen. Mutter müsste aufstehen und den Tisch umrunden, um sie ihr wieder wegzunehmen. Eins zu null für Liva, würde ich sagen.

»Deiner Meinung nach ist Holm Stepovic ein Lügner? Du willst wirklich, dass die Umsiedler in den Notunterkünften bleiben? Das ist für die meisten doch viel schlimmer.« Mutter wendet sich an Vater. »Wieso sagst du eigentlich nichts?«

»Alún ist auch mal wieder sehr gesprächig«, sagt Liva.

Sie sieht mich herausfordernd an. Was soll ich schon sagen? Dass ich mir gerade vorstelle, wie die Familien in den elf Etagen über und den fünfzehn Etagen unter uns genauso dasitzen, an dem gleichen Tisch, auf den gleichen Stühlen, mit den gleichen Mienen und vor dem gleichen Essen, das in den gleichen Schalen liegt? Die Fenster unseres Hochhauses sind bodentief, für die Kamera gegenüber muss das aussehen wie eine Bildstörung.

»Mich würde interessieren, was Holm Stepovic zu der Datei sagen würde, auf die ich im Netz gestoßen bin.« Vater schaut uns an, als wären wir Fremde. Sein Blick erinnert mich an das Bild mit dem Mädchen, das den Skorpion in seinem Schälchen betrachtet hat. »Ich habe ein Verzeichnis aller Medikamentenstudien gefunden, die TNE angemeldet hat. Für die nächsten zwei Jahre hat der Konzern fünfzehn Versuchsreihen mit neuen Wirkstoffen geplant, aber offiziell haben die Wissenschaftler von TNE nur an acht neuen Wirkstoffen geforscht.«

»Also wurden in der Factory 11 nicht nur Schmerzpflaster hergestellt?«, fragt Liva. »Du meinst, dass dort ein neuer Wirkstoff entwickelt wurde, von dem noch niemand etwas wusste?«

»Möglich ist es«, sagt Vater. »Leider ist Pharmakologie nicht gerade mein Spezialgebiet. Um die Daten zu verstehen, bräuchte ich Zuarbeiten von einigen Kollegen.«

»Das bringt doch nichts.« Mutter schüttelt den Kopf. »Wie konntest du die Datei überhaupt öffnen?«

»Mein Log-in von Campo Hospital funktioniert noch.«

»Ist das nicht illegal?«, fragt Mutter.

»Was soll illegal daran sein, seinen eigenen Log-in zu verwenden?«, fragt Liva.

Zwei zu null.

»Mit so einem Verzeichnis kann man überhaupt nichts rausfinden«, sagt Mutter. »Du solltest dich lieber nach einer Stelle umsehen.«

»Lass ihn doch, wenn er sich dafür interessiert.« Livas Stimme ist ganz leise. »Wenn du es nicht aushalten kannst, dass jemand anderer Meinung ist, dann musst du dich eben einfrieren lassen.«

Die Zeit gerät nur für eine Sekunde aus dem Takt, dann steht Mutter auf und geht in den Kochbereich. Sie kommt mit fünf Kiwis zurück, als wäre nichts passiert. Lone ist quasi erstarrt und ich würde zu gern wissen, wie dieses Gespräch weitergeht. Aber wenn ich Rose nicht verpassen will, muss ich mich schleunigst auf den Weg machen. Und ich darf sie nicht verpassen, schließlich habe ich nicht mal ihre Signatur.

Ich schiebe meinen Stuhl zurück. Bevor ich aufstehen kann, legt sich eine Hand auf meinen Oberschenkel. Mutters Finger sind verdammt kalt, das spüre ich sogar durch meine Jogginghose.

»Niemand steht auf, bevor Liva sich nicht entschuldigt hat«, sagt sie.

»Ich muss aber los«, sage ich, und als niemand reagiert, füge ich hinzu: »Wegen des Projekts.«

»Am Samstag?«

»Ich will was über das National Art Museum machen.«

»Das musst du mit Liva klären«, sagt Mutter.

Ich schaue zu Liva. Seelenruhig zieht sie sich die vierte Wok-to-go-Box heran und isst weiter, und wenn vor sechs

Monaten nicht ihr Freund ums Leben gekommen wäre, könnte man das Kräuseln ihrer Lippen glatt für ein Lächeln halten, das tief aus ihrem Herzen kommt.

»Gab's Probleme?«

Mir fällt ein Stein vom Herzen, als ich Rose am Century Square entdecke. Wieder ist Samstag, wieder ist es zwölf Uhr und Rose trägt wieder ihren grünen Faltenrock. Auch das rote T-Shirt hat sie wieder an und unter ihren Ohren schaukeln diesmal kleine Katzenköpfe. Jeden Nachmittag in dieser Woche war ich kurz davor, ins Freezone zu gehen und nach Rose zu fragen. Aber etwas hat mir gesagt, dass Rose davon nicht sonderlich begeistert wäre.

»Familienkram«, sage ich.

»Was Ernstes?«

Eine Sekunde lang will ich Rose alles erzählen, will mich so richtig über meine Eltern auskotzen. Aber das muss Rose nicht erfahren, außerdem klingt diese Geschichte in den Ohren einer Kunststudentin wahrscheinlich ziemlich albern. Eltern, die ihre Kinder nicht aufstehen lassen – geht's eigentlich noch?

»Das Übliche.« Ich zucke mit den Schultern.

»Redest du nicht gern über deine Familie?«

»Du hast es erfasst.«

»Weil vor einem halben Jahr was Schlimmes passiert ist?«

»Das hat mit dem Unfall nichts zu tun.« Ich schlucke. »Können wir uns jetzt auf unseren Plan konzentrieren? In meinem Rucksack habe ich alles, was wir brauchen.«

»Du hast es ja eilig.« Rose zwinkert mir zu. »Ich glaube nicht, dass wir heute schon Party machen gehen.«

»Was denn sonst?«

»Heute bereiten wir die Party erst mal vor.«

In den vergangenen zwei Wochen habe ich mir hundert verschiedene Versionen dieses Treffens ausgemalt. Ich habe mir vorgestellt, dass Rose mir erzählt, wie sie seit Jahren Metros sprayt, zum Beispiel, und dass ich erst mal hunderttausend Fotos von gelackten Zügen bewundern muss. Oder dass Rose mich auslacht, weil ich nur fünf Fliesen dabeihabe. Dass Rose vom Kleben keine Ahnung hat und mir stattdessen ihre eigenen Arbeiten unter die Nase hält, die ungefähr so inspiriert sind wie die Werbung auf den Monitoren. Oder dass wir schon bei der ersten Fliese erwischt werden und diesmal tatsächlich in einer Office landen.

Das Einzige, womit ich nicht gerechnet habe, ist dieser Nachmittag. Es ist der langweiligste Nachmittag meines Lebens.

»Schau dir alles an«, sagt Rose. »Ich stelle dir gleich ein paar Fragen.«

Ich betrachte den Century Square, auch wenn ich das meiste gar nicht sehen will. Pärchen, die ihre Markensachen spazieren tragen. Ein Reinigungsroboter, der kopfüber eine Fassade abfährt. Eine Frau, die sich auf eine Bank setzt, um ihre alten Sandalen gegen brandneue zu tauschen. Drei Werbedrohnen, die vom neuen Cream Juicy erzählen und nebenbei vermutlich sämtliche SigPhones registrieren. Mir ist klar, dass es Rose nicht nur um diese Drohnen geht. Nach einer Viertelstunde habe ich alle Kameras entdeckt, selbst die Kamera im Auge des hässlichen Reiterstandbilds, und nach einer weiteren Viertelstunde ist mir klar, dass der Platz von vier uniformierten Securities und zwei weiteren in Zivil überwacht wird.

»Wie viele Kameras?« Ich zucke zusammen, als Rose mich anspricht.

»Acht«, sage ich.

»Zwölf.« Rose grinst. »Wie viele Securities?«

»Sechs.«

»Neun. Wie viele Cruiser?«

»Was sind Cruiser?«

Ohne eine Antwort bedeutet Rose mir, ihr zu folgen. Wir sitzen eine weitere Stunde in der Central Ave und dann noch eine Stunde am Democracy Square, auf dem ich vor zweieinhalb Wochen versehentlich an dieser Minidemo teilgenommen habe. Jedes Mal stellt Rose mir danach dieselben Fragen und jedes Mal liege ich daneben.

In den nächsten Tagen geht es so weiter. Von der Ota High fahre ich direkt ins Zentrum, um mich mit Rose in der Bank Street oder am Future Monument zu treffen. Roses Fragen ändern sich nicht und zuerst komme ich mir dumm vor. Dann werde ich wütend. Wenn Rose sich über mich lustig machen will, kann sie das schneller haben. Sie kann auf meine viel zu langen, viel zu dünnen Beine zeigen oder mich fragen, wann ich zuletzt geküsst habe, von Sex ganz zu schweigen. Nach zehn dieser Nachmittage bin ich kurz davor aufzugeben. Wenn Rose mir nicht die Securities zeigt, die ich übersehen habe, wie soll ich da etwas lernen? Warum sagt sie mir nicht einfach, woran ich die Cruiser erkenne? Und wenn sie mich in ihr Geheimwissen nicht einweihen will, warum zwingt sie mich dann, mir ein todsicheres Versteck für die Fliesen zu überlegen?

Kent kneift die Augen zusammen, als ich ihn frage, ob er etwas für mich aufbewahren kann. »Warum ich?«

»Ist so ein Gefühl«, sage ich.

»Bei solchen Sachen sind Gefühle das Falsche.«

»Kannst du oder kannst du nicht?«

»Kann ich nicht«, sagt er. »Aber ich kann dir helfen.«

Nach der letzten Stunde wartet Kent vor den Spinden auf mich. Er lässt sich mein SigPhone geben und konfiguriert einen leeren Spind, den – wie er sagt – außer mir garantiert niemand mehr öffnen kann. Die Fliesen klirren leise gegeneinander, als ich sie zusammen mit meinen Sketchos und den Acrylmarkern hineinschiebe.

Und als hätte das neue Versteck meine Sinne geschärft, merke ich es plötzlich. Am selben Nachmittag beginnt die Stadt, mit mir zu reden.

Es fängt damit an, dass ich eine Werbedrohne höre, bevor ich sie sehe. Nein, ich höre sie nicht, dafür ist es unter dem Television Tower zu laut. Ich *spüre* sie. Als ich den Kopf hebe, weiß ich, dass sie gleich über Rose und mir auftauchen wird, und drei Sekunden später ist sie da.

»Geht doch«, flüstert Rose.

Dann entdecke ich in einem Werbemonitor ein Segment, das die Sonne anders reflektiert als seine Umgebung. Als ich genauer hinschaue, fällt mir das Kameraauge darin auf. Ein paar Tage später habe ich das Muster durchschaut, nach dem diese versteckten Kameras angeordnet sind, und plötzlich erfasse ich die toten Winkel in den Straßen mit einem einzigen Blick. Irgendwann gelingt es mir, das sanfte Surren der Cruiser aus dem Motorengeräusch der anderen Fahrzeuge zu filtern, und ab da bekomme ich ein Gefühl für die Frequenz, mit der diese fahrerlosen Kamerawagen durch die Straßen kreisen.

»Und ich dachte schon, du schnallst es nicht«, sagt Rose, als ich ihre drei Fragen zum ersten Mal richtig beantworte. »Jetzt geht die Party los.«

Und dann gehört die Stadt uns.

Wir kleben am Century Square und in der Freedom Avenue, wir kleben am Sunshine Building und an der Music Hall. Wir ersetzen sogar die Fliese am Dream Center, einfach, weil wir wissen, wie es geht. Rose lässt ihr SigPhone vor dem Kleben in einem Supercase verschwinden und für mich treibt sie immerhin ein Billigcase auf. Damit wir nicht markiert werden, hat sie jedes Mal neue gefakte SigPhones dabei. (Sie nennt sie SickPhones, was ziemlich lässig klingt. Leider sind die meisten negativ gerankt.) Rose erklärt mir, dass ich immer nur eine Fliese in meinem Rucksack tragen darf und dass ich meinen Fliesenkleber komplett vergessen kann, denn Montagekleber trocknet viel schneller. Sie zeigt mir die Untergründe, die ich vor dem Kleben mit zwei Pads präparieren muss, und sie zeigt mir die richtige Höhe: Die Fliesen müssen gut sichtbar sein und gleichzeitig hoch genug, dass die Securities sie nicht sofort entfernen können. Sobald der Kleber trocken ist, wird das Entfernen nämlich kompliziert, und es soll ja kompliziert sein. Meine Körpergröße macht mich zum perfekten Streetartisten.

Die erste Fliese rutscht mir fast aus den Händen und ich kann nicht behaupten, dass die Angst im Laufe der Wochen kleiner wird. Ich gewöhne mich nicht ans Kleben, ich gewöhne mich eher an die Angst. Und ich gewöhne mich an das geniale Gefühl nach dem Kleben – diese schwerelosen Beine, das Kribbeln im Bauch, das unbändige Verlangen, dem nächstbesten Security ins Gesicht zu grinsen. Einmal nimmt Rose meine Hand, um für eine Kamera frisch verliebt zu spielen, aber da kribbelt mein Bauch definitiv nicht.

Dabei bin ich gern mit Rose zusammen und das liegt nicht an ihren raspelkurzen Haaren, die falsche Erinnerungen in mir wecken. Nachdem sie mich in den ersten anderthalb Wochen angeschwiegen hat, erzählt sie mir jetzt alles, egal, ob ich es mich interessiert oder nicht. Bald weiß ich nicht nur, dass Rose stets pünktlich ist und offenbar nur einen Rock (den grünen Faltenrock) besitzt. Ich weiß auch, dass sie sich, seit sie von zu Hause ausgezogen ist, mit ihren Eltern wunderbar versteht, dass sie ihre Ohrhänger zusammen mit Maira bastelt und dass sie im Gegensatz zu den meisten Frauen nicht vor ihrer Regel mies drauf ist, sondern erst an den Tagen danach. Nur über ihre Kunst schweigt Rose sich aus und sie will mir auch nicht verraten, woher sie so viel über das Kleben weiß. Irgendwann höre ich auf, danach zu fragen. Vielleicht reicht es zu wissen, dass Rose genial ist.

Sie checkt sogar die Super-Sonder-Rabatt-Verkäufe aus, weil wir in der Menschenmenge besonders gut untertauchen können. Vorher haben mich die Menschen, die unbedingt Staubsaugerroboter oder fangfrische Langusten brauchten, genervt. Jetzt bin ich ihnen fast dankbar.

Erst nachts, wenn die Stadt still ist und ich in meinem Zimmer neue Fliesen male, kommen die Zweifel. Warum ich mich freiwillig in diese Gefahr begebe. Wohin das Kleben überhaupt führen soll. Warum ich auch noch eine Kunststudentin in meinen Plan reinziehe. Selbst im Morgengrauen, wenn ich in einen leichten Schlaf falle, verschwinden diese Zweifel nicht. Immer wieder reißen sie mich aus dem Schlaf oder ich schrecke hoch, weil Liva sich in die Wohnung schleicht oder weil Lone im Schlaf wimmert oder weil ich schon wieder an Rose denken muss. An Rose, die sich trotz ihrer neunzehn Jahre mit mir abgibt. An Rose, die die Nase krauszieht, wenn sie etwas nicht fassen kann. An Rose, die die Fliesen mit mir klebt, als wäre es ihr eigenes Ding. Oder als würde ich ihr etwas bedeuten, dabei will ich in dieser Stadt niemandem etwas bedeuten.

»Vielleicht sollten wir aufhören«, sage ich an einem Samstag, an dem wir wieder vor zwei Ingwerjuices im Freezone sitzen. »Wir kommen viel zu langsam voran.«

»Aufhören?«, fragt Rose entsetzt. »Verrat mir lieber, für wen wir diesen Unsinn eigentlich veranstalten. Mit wessen Augen verzieren wir die Stadt?«

Ich zögere. Vielleicht kann ich bei Rose eine Ausnahme machen, immerhin besitzt sie nicht mal meine Signatur.

Ich könnte also jederzeit von ihrer Bildfläche verschwinden, außerdem muss ich ihr ja nicht die komplette Geschichte erzählen.

»Für ein Mädchen, bei dem ich mich entschuldigen muss«, sage ich.

»Und wie lange dauert es noch, bis sie die Entschuldigung annimmt? Früher oder später werden wir garantiert erwischt. Dann schmeißt Anse mich raus, und auch wenn ich seit Monaten nichts zustande bringe, habe ich darauf keine große Lust.«

»Sie wird die Entschuldigung überhaupt nicht annehmen. Wahrscheinlich wird sie von den Fliesen nie erfahren. Es ist eher was …« Ich überlege, wie ich Rose die Sache am besten erklären kann. »… was Symbolisches.«

»Ich setze mein Studium für ein Symbol aufs Spiel?«

»Es hätte gar keinen Sinn, ihr davon zu erzählen. Was ich gemacht habe, kann sie mir nicht verzeihen.«

»So was Schlimmes hast du angestellt? Das kann ich mir gar nicht vorstellen.« Rose zieht die Nase kraus. »Aufhören kommt also nicht infrage. Aber wenn das Mädchen ohnehin nichts davon erfährt, müssen wir dann unbedingt im Zentrum kleben? Wir können doch auch in die Vororte gehen.«

»Das geht nicht. Wir kleben ein Muster.«

»Was für ein Muster?«

»Ein Auge.«

Rose schaut mich an, als würde ich eine fremde Sprache sprechen.

»Wenn man die Orte auf dem Stadtplan miteinander verbindet, ergeben sie ein Auge.« Jetzt werde ich schon wieder rot. »Findest du das kindisch?«

»Ich finde das romantisch. Echt, das gefällt mir. Ich wünschte, du müsstest dich auch mal bei mir entschuldigen. Oder besser nicht, wenn du so ein schlimmer Junge bist.« Ich schaue schnell weg. Was macht Rose da, flirtet sie mit mir? »Jetzt machen wir uns aber erst mal an deinen Teil der Abmachung. Es wird Zeit, dass du mir was beibringst. Traust du dich in den Hillside Complex?«

»Was sollte mich davon abhalten?«, frage ich.

»Zum Beispiel das Ranking deines SigPhones? Aber umso besser, wenn du keine Angst hast. Dann gehen wir jetzt dorthin.«

TARA

»Schon jemand wach?«

Ich erkenne Stes helle Stimme sofort, und als ich den Blick von meinem SigPhone löse, sehe ich im Garten ihre roten Haare. Es ist fast so früh wie bei unserem ersten Treffen. Die Sonne steckt noch in den Weizenfeldern und ich weiß bereits jetzt, wie dieser Tag verlaufen wird: Lex wird Saltos vom Sprungbrett üben, Karmiel wird am Motor rumschrauben und Sorjana wird ihre Worksheets ausfüllen. Wir anderen werden ihr ab und zu über die Schulter schauen und sagen, dass wir ab morgen auch mitmachen, und das meinen wir ungefähr so ernst wie Amber ihre Witze, die ausschließlich auf Tulip und mich abzielen. Ich würde es niemals zugeben, aber manchmal finde ich mein drittes Leben etwas langweilig.

»Ich habe gesehen, dass deine Vorhänge offen sind.« Ste ist näher gekommen und ich öffne Florazuls Tür. »Ich hätte Lust, mal was anderes zu sehen als die Sunset. Magst du Kakisorbet? Das ist in meinem Rucksack, alles andere für ein Picknick auch.« Sie schaut sich um. »Hier wohnst du also?«

»Meistens«, sage ich. »Drüben im Haus habe ich auch noch ein Zimmer. Wo picknicken wir?«

»Wie wäre es mit dem Roten Felsen?« Ste hat Florazuls komplette Einrichtung abgescannt, den leeren Schreibtisch, die Matte, meinen Kleiderschrank. Zuletzt fällt ihr Blick auf mein SigPhone. Ich habe gerade einen Clip abgespielt, den Jenita mir geschickt hat, und Ste runzelt die Stirn. »Du hörst Frntnrf?«

»Der ist doch genial.« Schnell schiebe ich das SigPhone in meine Hosentasche. »Warst du schon mal bei einem Konzert?«

»Das würde ich mir niemals geben.«

Ste hat zwei Roller mitgebracht, die vermutlich aus Singalovs Garage stammen. Der eine ist ein echter Hukji, der mir ziemlich bekannt vorkommt. Sie drückt mir auch einen Helm in die Hand, und als ich ablehnen will, erklärt sie mir, dass Karmiel sämtliche Roller in Rekan getunt hat, und ein getunter Roller ohne Helm kommt selbst in der Gelben Zone nicht infrage. Ste schultert einen Rucksack, der unheimlich schwer aussieht, und dann tragen wir unsere Roller über die menschenleere Main Road, die immer noch eine Kraterlandschaft ist. Bisher sind keine Walzen eingetroffen, die die aufgerissene Straße wieder versiegelt hätten, und Beer schimpft jeden Tag darüber.

Wir passieren den Minishop, hinter dessen Tür es so früh am Morgen noch dunkel ist, und Manars Haus, das längst nicht mehr so heruntergekommen aussieht wie früher. Im Gegensatz zu mir hat Manar es nämlich geschafft zu streichen, die Fassade leuchtet in einem kräftigen Blau. Erst vor Jenitas Haus steigen wir auf unsere Roller. Es ist ein irres Gefühl, auf einem echten Hukji über einen Highway zu düsen, den ich nur voller Busse und Autos kenne. Früher hätten wir hier keine Sekunde überlebt, jetzt gehört die Straße uns. Die Sonne schüttet ihr weißes Licht über uns aus, die Weizenfelder fliegen an uns vorbei. Wir sind nicht die Einzigen, die unterwegs sind: Weiter vorn trotten ein paar Wildschweine über den Asphalt. Von unserem Anblick lassen sie sich nicht im Geringsten stören.

Heute klettern wir nicht über den Zaun des Leisure Park, heute biegen wir nach links in den Nordwald ein. Wir lenken unsere Roller über Steine und Wurzeln, ein Kiefernzweig wischt mir durchs Gesicht. Mit der rechten Hand umklammere ich den Lenker, mit der linken Hand fahre ich mir über die Augen. Der Schwindel und die Müdigkeit haben endlich nachgelassen, dafür überfallen mich jetzt manchmal krasse Kopfschmerzen und es kommt vor, dass mein Blickfeld für den Bruchteil einer Sekunde grau bleibt. Es ist nur ein kurzer Moment, aber er ist doch zu lang, um ihn als bloße Einbildung abzutun. Wahrscheinlich müsste ich Mama oder Beer davon erzählen, aber die habe ich zuletzt kaum noch zu Gesicht bekommen.

Als wir eine Lichtung erreichen, reibe ich mir schon wieder die Augen. Mich blendet grelles Blau und ich muss das Tempo drosseln, um sie zu erkennen – die unzähligen Müllsäcke, die nach Mama, Beer und mir auch die anderen Rückkehrer mit der obersten Erdschicht aus ihren Gärten gefüllt haben. Neulich kam tatsächlich ein Lastwagen, der diese Säcke mitgenommen hat. Es hieß, dass er sie zu einer

Verbrennungsanlage im Norden bringt. So weit ist er offenbar nicht gekommen.

Ste ist nicht langsamer geworden und ich schalte in den dritten Gang, um sie wieder einzuholen. Der Rote Felsen rückt näher. Schon sehe ich die unregelmäßigen Stufen, mit denen er sich zum See hin verjüngt, und dann erkenne ich auch das Plateau ganz oben. Als wir am Fuß des Felsens fast zeitgleich von unseren Rollern steigen, verliere ich fast das Gleichgewicht.

»Alles okay?« Besorgt schaut Ste mich an.

»Klar.« Ich ziehe mir den Helm vom Kopf. »Sag du lieber, ob du schwindelfrei bist.«

»Geht so.« Erst eine Sekunde später versteht sie meine Frage. »Moment mal. Willst du etwa nach oben?«

»Wohin sonst?«

»Ich dachte, wir suchen uns einen Platz am Ufer.«

»Früher mussten wir am Ufer picknicken, weil hier alles voller Watcher war.« Ich lehne den Hukji gegen die erstbeste Kiefer. In der Gelben Zone gibt es so viele Roller, dass es pure Zeitverschwendung wäre, ihn anzuschließen. »Diese Zeiten sind zum Glück vorbei.«

Der Aufstieg beginnt mit einer Art Treppe, die die vielen Kletterer über die Jahre in den Fels getreten haben, und das erste Drittel bringen wir schnell hinter uns. Auf den letzten Metern werden die Stufen schon flacher und einmal rutscht Ste ab. Ich reiche ihr die Hand und gemeinsam erreichen wir den ersten winzigen Vorsprung. Wir machen uns so dünn, dass wir uns zu zweit neben die kümmerliche Bergkiefer quetschen und wieder zu Atem kommen können. Schon von hier können wir bis nach Rekan und Juka sehen, bis nach Galapa und Nipad. Zwischen den roten Dächern von Nipad glitzert das Glasdach des Swimmingpools, der bis vor sieben Monaten mein absoluter Lebensmittelpunkt war. Wenn mir damals jemand gesagt hätte, dass ich bald den Großteil meiner Zeit auf einem Schaufelraddampfer verbringen würde, hätte ich ihn für verrückt erklärt.

»Und wenn jetzt ein Watcher kommt«, frage ich, »was machen wir dann?«

Stes Atem geht immer noch schnell. Ich rieche eine leichte Vanillenote und einen Hauch des Kaffees, den Ste zum Frühstück getrunken haben muss. Manchmal beginnt man Leute zu mögen, obwohl man gar nichts über sie weiß. Manchmal mag man plötzlich Leute, denen man eigentlich die kalte Schulter zeigen wollte, weil sie sich, ohne zu fragen, in einem Zimmer einquartiert haben, das man für heilig hielt.

»Es gibt hier keine Drohnen«, sagt Ste, ohne mich anzusehen. »Das ist doch das Gute.«

»Hast du gar keine Angst, dass deine Eltern dich entdecken?«

Ste schüttelt den Kopf.

»Dass sie dich rausschmeißen?«

»Sie können mich nicht mehr rausschmeißen.«

»Aber sie können dich fertigmachen.«

»Was habt ihr nur alle mit meinen Eltern?«

»Amber meint, dass sie irgendwelche großen Nummern aus Banvío sind.«

»Amber glaubt auch, dass ihre Witze niemandem etwas ausmachen.« Ste sieht so aus, als würde ihre durchsichtige Haut jeden Moment aufreißen. »Weißt du was? Wenn dein Vater alles falsch macht und deine Mutter dabei zusieht, dann wird dir ziemlich viel ziemlich egal. Können wir jetzt weiter?«

Das nächste Stück ist nicht ohne. Ehe wir weiterklettern können, müssen wir uns nach links hangeln, und dabei klafft unter uns ein Abgrund von schätzungsweise zehn Metern. Natürlich kenne ich die festen Steine und zeige sie Ste, die meinen Schritten wortlos folgt. Dort, wo es weiter nach oben geht, wachsen auf dem Felsen kleine, zähe Pflanzen. An diesen Pflanzen ziehen wir uns nach oben. Eine leichte Brise zupft an meinem T-Shirt und ich zwinge mich, nicht nach unten zu schauen. Jetzt müssen wir uns auf jede Bewegung konzentrieren, hier dürfen wir uns nicht länger als nötig aufhalten.

Ich habe keine Ahnung, ob wir den Fuß des glatten roten Steins, der wie ein riesiges Ei geformt ist, nach fünf oder nach fünfzig Minuten erreichen. Meine Muskeln zittern, über meine Stirn fließt Schweiß. Es ist unmöglich, allein auf diesen Stein zu klettern, und auch jetzt schaffe ich es nicht. Ste muss sich in den Pflanzen festkrallen, damit ich über ihre Schultern nach oben kraxeln kann. Dann umschließe ich ihre Hände und ziehe sie hoch. Ihre Füße verlieren den Kontakt zum Fels und für einen kurzen Moment hält sie nur mein Griff. Sie ist schwerer, als ich gedacht habe, und als unsere Blicke sich kreuzen, entdecke ich in ihren Augen Angst.

Ich will sie anlächeln, aber das Lächeln verrutscht, und als sie oben ist, klettere ich sofort weiter. Ich tue so, als ob wir uns gerade hier beeilen müssten, dabei ist das letzte Stück nicht viel komplizierter als das erste. Wer einmal auf dem eiförmigen Felsen steht und sich nicht zu schade ist, auf allen vieren voranzuklettern, ist so gut wie oben.

Dann haben wir es geschafft. Die Dörfer sind jetzt nur noch rote und weiße Farbtupfer in den hellgrünen Flächen der Felder. Unter uns glitzert der Zigosee, auch der stahlblaue Umriss der Sunset ist zu erkennen. Es ist sogar klar genug, um die Silhouette von Tonfato zu erkennen, mit dem Tonfato Tower und der TNE Arena und der Glaskuppel über Banvío. Die Luft ist so klar, als müsste ich nur den Zeigefinger ausstrecken, um den Tonfato Tower umzustoßen. Es ist absolut genial hier oben und es ist absolut depri. Denn natürlich sind da auch die leeren Bänder der Highways und die Stahlkuppel über der Factory.

»Und das musste jetzt sein?«, keucht Ste.

»Das musste sein.«

»Vielleicht hast du recht. Ich muss dir nämlich was sagen und das ist ein guter Ort dafür.« Ste sieht mich an und für einen viel zu kurzen, nein, für einen viel zu langen Moment lebe ich in der hellblauen Welt ihrer Augen. »Oder besser gesagt, es ist der richtige Ort, um dir etwas zu zeigen.«

Ste packt ihren Rucksack aus. Ich weiß nicht, ob ich imposant oder einfach nur dumm finden soll, was sie bei dieser Kletterpartie alles mitgeschleppt hat: Reissalat und Weißbrot, Papayas und Litschis, eingelegte Aubergine und geschmorte Paprika, Schokomilch, Eiskaffee und natürlich das Kakisorbet.

»Wie viele Leute erwartest du?« Ich stecke einen Finger ins Kakisorbet und schließe die Augen. Dass jemand besseres Kakisorbet zubereitet als Beer, ist eigentlich unmöglich. Nicht zu fassen, dass Ste dieses Wunder vollbracht hat.

Als ich die Augen wieder öffne, sehe ich die drei Bücher, die Ste ganz zum Schluss ausgepackt hat, und ich erkenne sie sofort. Niemand außer Alún benutzt diese komplett vorsintflutlichen, weinrot eingebundenen, total unpraktischen, weil viel zu großen Papierbücher. Ste drückt mir Alúns Sketchos so selbstverständlich in die Hand, als wären sie ihr Eigentum, und vielleicht schlage ich sie deshalb auf. Denn eigentlich weiß ich, wie sehr Alún seine Sketchos vor fremden Blicken hütet.

Auch Alúns Strich erkenne ich sofort, obwohl es ein anderer Strich ist als der, den ich in Erinnerung habe. Diese Zeichnungen müssen nach seiner Aktion entstanden sein. Sein Strich ist unnachgiebiger geworden. Reifer, würde Mama vielleicht sagen. Die Motive erkenne ich allerdings erst auf den zweiten Blick. Was nicht an den Zeichnungen liegt, denn die sind perfekt wie alles, was Alún malt. Ich erkenne die Motive nicht, weil ich nicht mit ihnen gerechnet habe.

Die Skizzen zeigen mich.

Sie zeigen mich allerdings nicht komplett. Alún hat kleine Details skizziert, immer und immer wieder. Eine Seite zeigt unzählige Versionen meines Mundes, auf der nächsten Seite finde ich zwanzig Bilder von meinen Ohren. Ich finde

Skizzen von meiner Nase mit dem kleinen Leberfleck, den ich früher weggeschminkt habe. Alún hat meine Kniekehlen gezeichnet. Meine Füße. Meine Ellenbogen. Den Wirbel, den meine Haare über meinem linken Ohr bilden. Am häufigsten aber finde ich meine Augen. In einem dieser Momente, in denen ich mir sicher war, dass aus unserer Freundschaft mehr wird, ja, dass unsere Freundschaft schon mehr ist, in einem dieser Momente, von denen es in den letzten fünf Jahren eine Handvoll gab, bis Alún beschlossen hat, alles so kaputtzumachen, dass es nie wieder ganz werden kann – in einem dieser Momente hat er zu mir gesagt: »Schau mich mal an.«

»Und jetzt?«

»Ich verstehe nicht, warum ich deine Augen nicht zeichnen kann.« Alún schien es keine Mühe zu bereiten, meinen Blick zu halten. »Seit Wochen probiere ich das, aber ich kriege es einfach nicht hin.«

Meine Hände sind heiß geworden. Sie fühlen sich so heiß an, als würden die Seiten unter meinen Fingern gleich Feuer fangen. Plötzlich fällt mir ein, dass ich nicht allein bin. Als ich aufschaue, wendet Ste ihren Blick nicht schnell genug von mir ab. Ich habe den Ausdruck in ihren Augen noch gesehen. Jetzt hat Ste etwas von sich preisgegeben: Sie hat einen guten Grund, mir diese Sketchos zu geben, und dieser Grund hat mehr mit ihr als mit mir zu tun.

»Was guckst du so?«, frage ich. »Woher hast du überhaupt diese Bücher? Wühlst du in Alúns Sachen?«

»Tue ich nicht.« Ste steckt sich ein Stück Aubergine in den Mund. »Die lagen offen im Regal. Außerdem hast du selbst gesagt, dass ihr euch gestritten habt. Wieso verteidigst du ihn jetzt?«

»Das ist kompliziert.«

»Dann erklär es mir.«

Ich überlege. »Wenn man sich streitet, kann man sich entschuldigen.«

»Und Alún hat sich nicht entschuldigt?«

»Alúns Aktion war so krass, dass es dafür keine Entschuldigung gibt.« Ich klappe die Sketchos zu und schiebe sie zusammen. »Die nehme ich mit, die gehen dich nämlich überhaupt nichts an. Das alles geht dich überhaupt nichts an.«

»Das stimmt.«

Mehr sagt Ste nicht. Sie verteidigt sich nicht, sie stellt keine Fragen und vielleicht fange ich deshalb an zu reden. Vielleicht erzähle ich ihr die Geschichte aber auch, weil ich sie jemandem anvertrauen will, der sie noch nicht auswendig kennt. Jenita und Mai kriegen schon einen Anfall, wenn sie nur Alúns Namen hören, von Mama ganz zu schweigen.

Ich fange ganz vorn an, an dem Tag, als Alún in unseren Garten robbt. Das weiß ich von Mama. Ich liege auf meiner Babydecke und betrachte die Wolken und Alún, der nur wenige Wochen jünger ist, liegt plötzlich neben mir und schaut mit. Irgendwann schieben sich zwei Gesichter in unser Blickfeld. Alúns Eltern haben überall nach ihrem Sohn gesucht und schreien erst ihn an, dann mich und danach Mama.

»Wahrscheinlich hätten wir schon damals kapieren müssen, dass unsere Freundschaft zum Scheitern verurteilt ist.« Ich drehe den goldenen Ring an meinem Mittelfinger.

»Wesentlich erbaulicher wird diese Geschichte jedenfalls nicht. Willst du sie echt hören?«

Ste nickt und ich mache weiter. In den ersten Jahren sind Alún und ich unzertrennlich. Mama ist froh, dass ich einen Spielgefährten habe und sie sich endlich wieder ihren Figuren widmen kann. Alúns Eltern dagegen sind nicht sonderlich begeistert, dass ihr Sohn ganze Tage mit der Tochter ihrer schrägen Nachbarin verbringt, in deren Garten diese fragwürdigen Figuren stehen. Aber wahrscheinlich ist ihnen klar, dass es albern wäre, eine Freundschaft zwischen zwei Kleinkindern zu unterbinden, die sich über kurz oder lang sowieso in unterschiedliche Richtungen entwickeln werden.

Das passiert jedoch nicht. Auch als wir älter werden, hocken Alún und ich in jeder freien Minute zusammen, und spätestens als er Mamas Werkstatt entdeckt, ist Alún von unserem Grundstück gar nicht mehr wegzukriegen. Alún lernt von Mama alles über Farben und Materialien und mir bringt er bei, die richtigen Fragen zu stellen. Ich frage Mama, ob es sie sehr nervt, dass ich in Sachen Kreativität so eine Niete bin. Ich frage Beer, der nach Omas Tod zu uns gezogen ist, ob er Oma sehr vermisst, und ich frage Henk, wie wichtig ihm seine Medaillen waren, früher, als er noch Wettkämpfe geschwommen ist. Von mir lernt Alún, wie man Lemonade durch die Nase schlürft, wie man Variablen aus Gleichungen kürzt und wie man jemanden vor dem Ertrinken rettet. An meinem dreizehnten Geburtstag zeige ich ihm den Weg auf den Roten Felsen. Dort oben nimmt Alún meine Hand, und auch als wir wieder festen Boden unter den Füßen haben, bleiben meine Knie weich. Leider werden wir von einem Watcher gefilmt, und als wir wieder zu Hause sind, blinkt sowohl auf Mamas SigPhone als auch auf den SigPhones von Alúns Eltern eine Warnung vom Child Protective Service. Mama bittet mich, meinen nächsten Geburtstag woanders zu feiern. Alúns Eltern aber drehen komplett frei. Von einem Tag auf den anderen stellen sie tausend Regeln auf, von denen die erste in einer absoluten Kontaktsperre zu mir besteht, und mit Alúns Unterricht bei Aino ist es natürlich auch vorbei.

»Mist.« Ste zieht die Luft ein. »Aber darauf hat er nicht gehört, oder?«

»Doch.« Meine Stimme ist plötzlich sehr dünn. »Darauf hat Alún gehört.«

Um Mamas Werkstatt macht Alún ab sofort einen Bogen und ich kann wahrscheinlich von Glück sagen, dass Alún sich noch mit mir trifft. Es macht aber keinen großen Spaß, heimlich und in getrennten Bussen nach Nipad zu fahren, um Frozen Juicys im Weezie zu trinken, und als ich diesen wichtigen Wettkampf schwimme, weiß ich, dass Alún nur auf der Tribüne sitzt, weil er seinen Eltern irgendwas vorgeflunkert hat. Natürlich ist es nicht seine Schuld, dass ich den Wettkampf verhaue. Ein bisschen schuld ist er aber schon und vor allem kapiert er einfach nicht, warum eine Bronzemedaille kein Grund zum Jubeln ist. Tulip versteht das, ohne dass ich es ihm erklären muss. Tulip muss sich auch keine Ausreden einfallen lassen, wenn wir die Nachmittage zusammen verbringen, und ich finde es ziemlich praktisch, dass plötzlich das halbe Educational Center über uns redet. Vielleicht kapiert Alún so endlich, was er tun muss.

Er kapiert es aber nicht und die schönen Momente werden seltener. Jene Momente, in denen Alún und ich uns zu lange in die Augen schauen. In denen wir uns scheinbar versehentlich berühren. In denen Strom zwischen uns fließt. Da ist die Woche, in der Mama und ich meine Laube anmalen und uns eine Farbe nach der anderen ausgeht.

Kennst du Florazul?, textet Alún, als auch der rote Farbeimer leer ist.

Was soll das sein?, texte ich zurück.

Ein Gemälde von Dato Cal, textet Alún. *Mit diesem Motiv kannst du deine Laube retten.*

Und dann kommt der Tag, an dem Alún mich von diesem wichtigen Wettkampf abholt und so lange auf mich einredet, bis ich mich über meine Bronzemedaille endlich freue. Irgendwann landen wir auf einem Hochsitz im Nordwald. Alún will wissen, wofür ich Goldmedaillen eigentlich brauche, und ich will wissen, warum er nur düstere Bilder malt. Immer wenn wir eine Drohne hören, ziehen wir uns unsere Jacken über die Köpfe. Und dann küssen wir uns unter diesen Jacken, ein schlechter Kuss, viel zu kurz, viel zu feucht. Als wir die Jacken von unseren Köpfen ziehen, grinsen wir beide trotzdem übers ganze Gesicht, und dann küssen wir uns so lange, bis unsere Lippen und Zungen besser zueinander passen. Irgendwann schlafen wir ein und am Morgen wache ich allein auf.

Ich bin stinksauer. Ich bin so sauer, dass ich direkt zu Tulip fahre und den ganzen Tag mit ihm abhänge. Als es dunkel wird, hat Alún mir immer noch nicht getextet, und ich lade Tulip zu mir ein. Unser Gespräch ist ungefähr so aufregend wie ein Ausdauertraining, und als ich es nicht mehr aushalte, beuge ich mich nach vorn und küsse Tulip.

»Ach, Tara. Das hast du echt gemacht?«

Beim Klang von Stes Stimme zucke ich zusammen. Für einen Moment habe ich wieder in Florazul gesessen, habe meine Lippen wieder auf Tulips Lippen gedrückt und meine Zunge so bewegt, wie ich es in der Nacht davor getan habe. Für einen Moment habe ich mich wieder so unendlich erbärmlich gefühlt.

»Natürlich ist Tulip nicht darauf reingefallen.« Ich flüstere fast. »Für so was ist Tulip viel zu schlau. Er hat natürlich kapiert, dass ich ihn nur geküsst habe, um mich an Alún zu rächen. Ich kann von Glück sagen, dass er niemandem davon erzählt hat.«

Es ist Mitternacht, als Tulip Florazul verlässt, und außer diesem peinlichen Kussversuch ist zwischen Tulip und mir null Komma gar nichts gelaufen. Trotzdem bewaffnet Alún sich in dieser Nacht mit der schwarzen Farbe aus Mamas Werkstatt und beschmiert erst Florazul und dann Mamas Figuren und die restliche Farbe kippt er auf Beers Beete. Gegen sechs Uhr morgens, als er seine Orchideen gießen will, entdeckt Beer die Schmierereien. Er weckt uns und wir stehen in unserem Garten wie drei Schiffsleute auf einer unbekannten Insel.

»Am schlimmsten ist, dass er einfach das kaputtgemacht hat, was seine Eltern am meisten gestört hat. Sie haben Mamas Figuren und meine Laube gehasst.« Ich fahre mir über die Wangen, aber da sind keine Tränen. Ich will endlich aufhören, an diesen Idioten zu denken. Als wir noch Haus an Haus gewohnt haben, ist mir das irgendwie leichtergefallen. Wieso hat Alún nicht wenigstens aufgehört, mich zu zeichnen?

»Vielleicht solltest du ihm texten«, sagt Ste.

»Was soll ich ihm texten?«

»Texte ihm, dass du ihn nicht aus dem Kopf kriegst. Frag ihn, wo er gerade ist. Sag ihm, dass du endlich wissen willst, wer er ist.«

»Will ich das?«

»Für mich klingt es so.«

»Findest du?«

»Total.«

Ich nehme mein SigPhone hervor. Schneller, als ich denken kann, tippe ich einen Satz, der mir vorhin erst durch den Kopf gegangen ist.

»Versendet«, sage ich.

»Wow«, sagt Ste. »Du bist mutig.«

»Ich weiß aber was, was noch mutiger ist.«

»Und was?«

Ich stehe auf und gehe nach vorn.

»Das ist nicht dein Ernst.« Ste zuckt zurück. »Weißt du überhaupt, ob der See tief genug ist?«

»Noch nicht.«

»Und wofür habe ich das alles nach oben geschleppt?« Ste zeigt auf das Picknick zwischen uns. »Das Kakisorbet habe ich nur für dich gemacht.«

Während ich das Kakisorbet löffle, fängt mein Herz an zu klopfen. Bevor die Angst sich ausbreiten kann, schlüpfe ich aus meiner Shorts und ziehe mir das T-Shirt über den Kopf. Ich spüre eine Gänsehaut im Nacken, dabei ist die Temperatur in den letzten zwei Stunden wieder locker auf fünfunddreißig Grad gestiegen. Das hier ist der Sommer des Jahrtausends, das hier ist mein drittes Leben. Ich mache einen Schritt an den Felsrand und werfe einen Blick in den Abgrund. Rechts von mir wächst der Felsen nach vorn, aber direkt unter dem Plateau verjüngt er sich so deutlich, dass er mir bei meinem Sprung nicht im Weg sein wird. Das Wasser darunter ist schwarz. Für eine Sekunde spielt sich vor meinem inneren Auge alles ab, was mir bei meinem Sprung passieren kann. In der nächsten Sekunde nehme ich schon die wenigen Schritte Anlauf, die ich auf dem Plateau machen kann.

Dann fliege ich.

Ich fliege lange, unglaublich lange. Ich fliege so lange, dass ich ausgiebig den Leisure Park betrachten kann, die Seebrücke mit der Sunset und, weit entfernt, auf der anderen Seeseite, das Ufer von Coramba. Ich fliege so lange, dass ich spüre, wie die Luft von Meter zu Meter kühler wird, so lange, dass ich aus voller Kehle schreien kann: »Yeah!«

Das Eintauchen ist ein Knall. Ich spüre nicht einmal, wie mich das Wasser aufnimmt. Von einem Augenblick auf den anderen ist es da und zieht mich nach unten. Ich bin ein

Körper, der sinkt und sinkt und immer weiter sinkt. Finsternis umgibt mich, und erst als mein Körper langsamer wird, gesellt sich zu der Finsternis auch Stille. Mehrere Sekunden lang schwebe ich tief unten im Zigosee. Ich habe keine Ahnung, wie viele Meter mich vom Grund und wie viele Meter mich von der Wasseroberfläche trennen. Ich stehe ganz still, an meinem Finger spüre ich den goldenen Ring, den Ste mir auf der Sunset geschenkt hat. Ich drücke ein paar Luftblasen aus der Nase, dann überlasse ich mich dem Auftrieb.

Der Weg nach oben dauert viel länger als mein Flug. Eine ganze Weile lichtet sich nicht einmal die Finsternis und das Wasser scheint kälter statt wärmer zu werden. Ich mache mich lang und paddele mit den Füßen, und als mein Kopf schließlich die Wasseroberfläche durchbricht, bedauere ich fast, dass ich so schnell in die Welt zurückgekehrt bin. Wahnsinnig hoch wirkt der Rote Felsen von hier unten, Stes blasse Gestalt misst nicht mehr als mein kleiner Finger.

»Ich habe es getan!«, schreie ich.

Ste wedelt mit den Armen und schreit irgendwas zurück.

Mit langsamen, exakten Bewegungen schwimme ich ans Ufer. Ich muss eine Weile suchen, bis ich eine Stelle finde, an der ich aus dem Wasser steigen kann. An einem flachen Stein stemme ich mich hoch. Ich klettere über ein paar Felsen, bis ich schließlich auf dem Weg stehe, den wir vorhin gekommen sind. Erst hier zittern plötzlich meine Knie und ich spüre den Druck auf meinen Ohren. Ich zucke zusammen, als neben mir etwas aufschlägt. Es ist schwer und plump und etwas kleiner als ein Mensch: Stes Rucksack ist zu meinen

Füßen gelandet, meine Klamotten hat sie außen festgebunden. Ste steht auf dem winzigen Vorsprung, hält sich an der Bergkiefer fest und winkt mir zu.

»Du hast es getan«, sagt sie, als sie neben mir steht, und dann umarmt sie mich. Ihr Körper ist unerwartet knochig, ihre Haare liegen seidenweich auf meiner Wange und über meinen Rücken läuft ein Schauer, von dem ich nicht weiß, ob ich ihn angenehm oder unangenehm finde. Bevor ich es herausfinden kann, löse ich mich aus Stes Umarmung und steige schnell in meine Klamotten.

Auf dem Rückweg lasse ich den Helm am Lenker meines Hukjis hängen und Ste sagt dazu nichts. Diesmal trage ich den Rucksack, mit dieser Last auf dem Rücken ist es nicht einfach, auf dem Trittbrett das Gleichgewicht zu halten. Selbst der Fahrtwind ist heute heiß, die feuchte Unterwäsche kühlt meine Haut nur wenig. Ich lehne mich gegen den Wind. Plötzlich sind die Worte, die ich an Alún gerichtet habe, wieder in meinem Kopf. In meiner Hosentasche spüre ich das SigPhone. Ich muss komplett durchgeknallt sein, dass ich ihm diese Message geschickt habe.

Auch wenn der Waldweg dafür zu eng ist, lenke ich meinen Hukji neben Ste.

»Du hast es getan!«, ruft sie noch mal.

»Und was hast du so drauf?«, rufe ich zurück und schalte in den dritten Gang.

Auf einmal sind wir in ein Wettrennen verwickelt, das ich unbedingt gewinnen will. Im Swimmingpool von Nipad habe ich fast jeden Wettkampf gewonnen, auch in Itapu habe ich einmal Gold gekriegt. Ich bin schneller als die anderen und vor allem bin ich schneller als Ste, auch wenn sie den langen Moment, in dem mein Blickfeld sich schon wieder grau färbt, nutzt und ihren Roller vor meinen lenkt. Kurz darauf überhole ich sie und das ist ganz leicht, denn sie wird plötzlich langsamer. Warum wird sie langsamer?

»Tara! Pass auf!«

Ein Ruck hebt mich vom Trittbrett und dann fliege ich. Zum zweiten Mal innerhalb einer Stunde fliege ich. Ich fliege, ich winkle die Arme an, ich lande. Der Aufprall ist hart. Erstaunt schaue ich zurück, erst da sehe ich die Schranke. Hinter der Schranke steht Ste, sie umklammert den Lenker. Neben ihr liegt mein Hukji und neben dem Hukji liegt mein Helm. Beides ist unversehrt und ich frage mich, warum Ste mich so entsetzt ansieht. Ich spüre keinerlei Schmerz, allerdings spüre ich außer dem schnellen Schlag meines Herzens nicht besonders viel. So gut fallen muss man erst mal können, denke ich. Dann verschwindet die Schranke, dann verschwindet der Hukji, dann verschwindet der Helm, zuletzt verschwindet Ste.

ALÚN

In Tonfato gibt es genau zwei Orte, die man zu Recht als Wunder bezeichnen kann. Vom ersten Ort haben mir Dror und Kent in meiner Anfangszeit an der Ota High erzählt: Es ist das Jungsklo in der zweiten Etage, von dem aus seit einem halben Jahr in Endlosschleife ein inniger Kuss zwischen Dror und Kent an die Überwachungskamera übertragen wird. Dass die beiden eine Kamera gehackt und einen Kuss gefakt haben, ist immer noch niemandem aufgefallen.

Das zweite Wunder ist der Hillside Complex. Ursprünglich sollte er die größte Mall im District werden und der Rohbau wurde in Rekordzeit beendet, ehe es zum Baustillstand kam. Zu dem Zeitpunkt waren bereits fünf Subunternehmen involviert und alle wiesen die Schuld an der fehlerhaften Brandschutzanlage von sich. Die Sache ging vor Gericht und während der langwierigen Verhandlungen hat eine freie Theatergruppe das Gebäude besetzt. Auf die Theatergruppe folgten Hacker und eine Handvoll Galerien. Nach drei Jahren war die Schuldfrage immer noch nicht geklärt, nicht weit vom Hillside hatte TNE eine neue Mall eröffnet und schließlich hat die Stadt das halb fertige Gebäude einem Kollektiv aus freien Künstlern übertragen.

Genau so sieht es darin aus. Ich kann es kaum fassen, als sich die gläsernen Schiebetüren vor uns öffnen. Unter meinen Füßen liegen Bodenfliesen, kalt und grau, wie es sich für eine Mall gehört. Wenn ich aufschaue, kann ich mir allerdings nur noch schwer vorstellen, dass sich hier die größten Shoppingträume von Tonfato erfüllen sollten. Die Strahler unter der Decke sind mit bunter Folie abgeklebt und die Wände sind mit allen möglichen Techniken gestaltet. Sie sind bemalt, beschrieben und besprayt. Bekritzelt, beklebt und bespritzt. Bezeichnet, bepinselt und beschmiert. Ich entdecke die plattgewalzten Teile eines Rollers, ein Mosaik aus Glasscherben, das zwei küssende Männer zeigt, und eine Spiegelfolie, auf der steht: *Objects in the mirror may be distorted by social standards of beauty.* Das *Manifest of the Hillsiders* überfliege ich nur: *§1 Steh auf und male. §2 Male deine eigene Stadt. §17 Bewege dich immer auf Umwegen.* Mein Blick ist schon zu den drei Tieren aus Papier gewandert, die daneben kleben. Diesmal sind es drei Stubenfliegen, deren feine Härchen zwischen den Facettenaugen zu Zöpfen gebunden sind. Auch sie sind nicht perfekt, aber ich bleibe kurz stehen. Irgendwie habe ich diese Tiere mittlerweile ins Herz geschlossen. Und wer hat die Stufen der Rolltreppe so bemalt, dass sie verschiedene Bilder zeigen, je nachdem, ob ich sie von links oder von rechts anschaue? Von links ist es ein Security, von rechts ein Wildschwein. Ich bin total geflasht. Dieses Gebäude müsste direkt ins National Art Museum verfrachtet werden.

Hinter Rose stolpere ich eine stehende Rolltreppe hoch. Wir gehen durch zwei weitere Schiebetüren und spätestens an der nächsten Rolltreppe verliere ich die Orientierung. Eine meterhohe Skulptur aus Tastaturen. Ein Nachthimmel mit drei Monden, daneben ein Spiegel, aus dem ich mich selbst anblicke, allerdings mit drei Augen. Wie funktioniert das denn? Rose bleibt vor einer Glastür stehen, die mit dunkelblauer Spiegelfolie beklebt ist. Ich kneife die Augen zusammen, als Rose die Tür öffnet. Noch nie habe ich einen Raum gesehen, der so voll ist. Und so hell. Sind wir echt so viele Rolltreppen hochgestiegen? Offenbar befinden wir uns in der obersten Etage. Die Decke von Roses Studio ist verglast und die Sonne scheint direkt auf der Glasscheibe zu liegen. Sie streut ihr Licht über bunte Kissen und Bastmatten, über einen Plastiktisch mit vier Stühlen, über einen Kleiderständer und fünf Minikühlschränke, über Papiere und Stifte und unzählige Fotos, von denen die meisten ein dunkelhaariges Mädchen zeigen, wahrscheinlich diese Maira.

Rose öffnet einen Kühlschrank und legt ihr SigPhone hinein. Mein SigPhone kommt in den Nachbarkühlschrank. Der dritte Kühlschrank quillt über vor Gläsern, die mit Flüssigkeiten in allen Gelbtönen gefüllt sind: safran- und schwefelgelb, raps- und currygelb, zitronengelb, honiggelb, ocker.

»Seit Wochen bin ich kurz davor, den perfekten Ingwerjuice herzustellen«, sagt Rose. »Willst du eine bestimmte Stärke probieren? Manche sind quasi ungenießbar.«

»Gibt's auch Wasser?«

Rose lacht und lässt sich auf eine Bastmatte plumpsen. Ich setze mich neben sie. Erst schaut sie hoch in die Sonne, dann wendet sie den Blick zu mir. Auf einmal sieht sie traurig aus.

»Ich würde dir ja gern was Richtiges zeigen, aber ich komme seit Monaten nicht voran. Ich habe weder das Stillleben noch den Comic gemalt, den Anse uns aufgetragen hat. Ihre neueste Aufgabe ist eine Schatzkiste. Sie kann so klein sein wie ein SigPhone oder so groß wie das Prince Hotel. Das Material ist auch egal. Hauptsache, es passt das rein, was uns am wichtigsten ist.«

»Was willst du reintun?«

Rose zuckt die Schultern. »Vielleicht nehme ich die Fotos von meinem letzten Urlaub mit Maira.«

»Mehr nicht?«

»Ach, egal.« Sie beugt sich nach vorn, um den vierten Kühlschrank zu öffnen. Achtlos fegt sie einen Stapel Zeichnungen heraus. »Vielleicht hilfst du mir erst mal mit diesen hier.«

Drei Kühe, die durch die Luft fliegen. Drei Enten, die Einkaufswagen schieben. Drei Katzen, die auf einem Sprungturm stehen. Drei Fliegen mit Spangen in den Haaren. Drei Waschbären. Drei Regenwürmer. Drei Delfine.

»Die sind von dir?«

»Du kennst meine zivilisierten Tiere?« Rose zieht die Nase kraus.

»Die kleben doch überall. Ich denke, du hast eine Krise?«

»Die zählen nicht, das ist doch keine Kunst.«

»Sondern?«

»Keine Ahnung.« Rose dreht an einem der Affenköpfe, die heute unter ihrem Ohr baumeln. »Die machen Spaß und Kunst macht keinen Spaß.«

»Sagt das auch Anse? Dieselbe Anse, die euch weismachen will, dass niemand nur für sich malt? Die hat es ja echt raus.«

»Jedenfalls darf sie nicht erfahren, dass ich meine Zeit mit so was verplempere.« Rose nimmt die Kühe in die Hand. »Warum sehen die nur so komisch aus?«

»Darf ich?« Ich nehme ihr die Zeichnung aus der Hand und schnappe mir einen Fineliner. »Du musst die Tiere einfach das tun lassen, was sie wollen. Gerade sind es drei Kühe, die versehentlich fliegen. Und jetzt ...« Ich verwandele die Flecken auf ihren Häuten in Wolken. »... jetzt sind es drei Flugkühe.«

Rose verfolgt meine rechte Hand, dann schiebt sie mir die Enten rüber.

»Und die hier?«

»Du hast bei den Füßen gepatzt.« Ich gebe den Füßen die richtige Form. »Weißt du, was ich glaube? Ich glaube, du unterschätzt die toten Fasane.«

»Du kannst die doch auch nicht leiden.«

»Aber nur, weil ich sie mir jahrelang angeschaut habe.« Ich bessere auch die Schnäbel aus. »Du schaust ja nicht mal richtig hin, sonst würdest du die Enten besser zeichnen. Klar sind Fliesen interessanter. Aber nur weil es Fasane gegeben hat, können wir jetzt kleben.«

Rose rückt näher an mich heran und beugt ihren Kopf über meinen rechten Arm. Ich spüre die Wärme ihres Körpers auf meiner Haut. Das ist mir eigentlich zu nahe. Darf ich das sagen? Während ich das Gittermuster der Einkaufswagen in die Schraffur auf den Entenflügeln kopiere, umklammere ich den Stift etwas fester.

»Es wird dich nicht freuen zu hören«, sagt Rose. »Aber deine Feindin Anse sagt dasselbe.«

»Anse ist nicht meine Feindin. Es nervt mich einfach, dass Kunst immer so bedeutsam sein muss. Bei Aino war das anders.«

»Aino? So heißt deine Lehrerin?«

Ich nicke.

»Die mit den Augen?«

»Für Aino mache ich das nicht.« Ich spüre einen Schatten auf meinem Gesicht und schaue nach oben. Schon wieder steht über uns eine Drohne. »Obwohl ich mich auch bei ihr entschuldigen müsste. Aber anfangen muss ich woanders.«

Rose berührt meine Hand. »Was hast du nur angestellt?«

»Stell dir den Menschen vor, den du am meisten liebst.«

»Okay.«

Ich hole tief Luft. Nein, ich kann es nicht aussprechen.

»Und jetzt stellst du dir das Schlimmste vor, was du ihm antun kannst«, sage ich.

»Lieber nicht.«

Ich lege den Stift beiseite und schaue auf. Roses Gesicht ist direkt vor meinem. Irgendwas stimmt hier nicht und das muss ich jetzt sagen. Oder ich sage etwas anderes, was uns aus dieser komischen Stimmung rausholt.

»Sollen wir nächste Woche vielleicht mal ein Paste-up von dir kleben?«

Rose wendet den Blick ab. »Sei nicht böse, Alún, aber ich klebe meine Sachen nur mit Maira. Außerdem sind Paste-ups nur was für Profis. Wenn es schlecht läuft, ist man danach komplett mit Tapetenkleister mariniert. Lass uns lieber eine Fliese kleben.«

»Jetzt?«

»Warum denn nicht? Lass uns die Fliese am Tonfato Tower kleben.«

»Ich denke, samstags kleben nur Anfänger.«

»Deswegen werden die auch erwischt.« Rose schiebt ihre Zeichnungen zusammen. »Wir sind keine Anfänger und am Samstag rechnet niemand mit uns. Dreistigkeit siegt.«

In der Metro können wir nicht aufhören zu kichern. Wir kichern, weil wir uns am Townhall Gate eine Giant Pizza gekauft haben, die wir uns eigentlich nicht leisten konnten. Wir kichern, weil die anderen Leute ihre Shoppingbeute mit so ernsten Mienen tragen, als würde sie ihr Leben verändern. Wir kichern, weil es komplett absurd ist, dass zwei Pferde für eine Armbanduhr werben. Wir kichern, weil Armbanduhren komplett absurd sind. Wir kichern auch, weil wir etwas gegen die Spannung tun müssen, die vorhin zwischen uns war. Zumindest ich kichere deswegen.

An der National Library steigen wir um, auch wenn das den Weg zum Tonfato Tower umständlich macht. Aber wir haben Zeit, außerdem kann es nicht schaden, wenn wir das *Manifest of the Hillsiders* ernst nehmen und uns auf Umwegen durch die Stadt bewegen. Wir kichern noch, als uns die Rolltreppe direkt unter dem Tonfato Tower ausspuckt.

Ein Cruiser umrundet den Platz und unter den vier mächtigen Beinen des Tower stehen jeweils zwei Securities. Sie haben ihre Schicht gerade erst begonnen. Es ist Wahnsinn, jetzt zu kleben. Aber wenn es klappt, dann haben wir für immer etwas zu erzählen. Vielleicht erzähle ich dann auch Dror und Kent endlich von meinen Fliesen, und wenn sie wissen wollen, was ich mir dabei gedacht habe, rücke ich mit der ganzen Geschichte raus, inklusive meiner armseligen Rolle.

Rose und ich sind so schnell, als gäbe es in der Dämmerung unter dem Tonfato Tower einen Riss. Eine Zeitspalte, in die wir steigen, um die Fliese (ich) und den Montagekleber (Rose) rauszuholen. Um den Montagekleber zu öffnen (Rose) und fünf kleine Punkte auf die Rückseite der Fliese zu drücken (Rose). Um die zwei Pads aus der Hosentasche zu fummeln (ich) und sie an eine Strebe zu drücken (Rose). Um die Fliese direkt darüber zu befestigen (ich).

Dann läuft die Zeit weiter. Ich drücke die Fliese gegen die Strebe und die Zeit läuft unendlich langsam. Vorsichtig ruckele ich an der Fliese, sie ist noch nicht fest genug. Wieso läuft die Zeit nur so langsam? Komm schon, denke ich und sehe in derselben Sekunde den Security hinter Rose. In der nächsten Sekunde spüre ich die Hand auf meiner Schulter. Ich lasse die Fliese los und winde mich aus dem Griff.

Dann renne ich.

Diesmal schützt uns keine Menschenmenge. Es muss die ruhige halbe Stunde sein, in der die Shoppingleute nicht mehr und die Partyleute noch nicht unterwegs sind. Hinter mir rennt Rose (wieso nimmt sie keinen anderen Weg?) und direkt hinter ihr rennen mindestens vier Securities.

Ich renne schneller, als ich kann. Besonders schnell kann das nicht sein, denn Rose überholt mich.

»Wirf dein SickPhone weg und bleib hinter mir!«, ruft sie mir zu.

Sie steuert den Eingang zur Metrostation an.

Irgendwie gelingt es mir, über die Sperre zu klettern und gleichzeitig das SickPhone aus meinem Rucksack zu fummeln. Mit einem metallenen Geräusch fällt es zu Boden. Im nächsten Moment rennen wir schon die Rolltreppe runter. Rose springt die letzten fünf Stufen, ich springe hinterher. Sie schiebt sich an den Wartenden vorbei und dann ist sie auf den Gleisen. Von der Plattform nach unten sind es vielleicht anderthalb Meter, aber von hier oben sieht Rose unendlich klein aus.

»Jetzt komm schon!«

Ich drehe mich nach den Securities um. Es sind nicht vier, sondern fünf und der erste erreicht gerade das Ende der Rolltreppe. Er sieht irgendwie erstaunt aus, so als hätte er sich diesen Abend auch anders vorgestellt.

»Na los, Alún!«

In dem Moment, in dem ich springe, tauchen die Lichter der Metro auf und einen Moment später höre ich ihr Rauschen. Bevor ich mich umdrehen und wegrennen kann, nimmt Rose meine Hand und zieht mich auf die Lichter zu. Erst will ich mich aus ihrem Griff befreien, aber Rose lässt mich einfach nicht los und mir bleibt nichts anderes übrig, als ihr zu folgen. Die dritte oder vierte Bohle bringt mich zu Fall. Mein Kinn schlägt auf Stahl, der Schmerz zieht bis in den Hinterkopf.

»Hoch mit dir!«

Es ist fast unmöglich, auf den Gleisen zu rennen. Ich hebe die Beine, als würde ich durch tiefes Wasser waten. Rose zerrt an meiner Hand, sie ist viel schneller als ich. Erst nach ein paar Metern habe ich die Schrittlänge gefunden, die mich von Bohle zu Bohle trägt. Rose hat mich losgelassen, ich folge ihr. Die weißen Lichter der Metro nehmen mir die Sicht. Ich sehe nicht viel mehr als Roses dünne Gestalt, die vor mir zuckt wie im Flackerlicht eines Clubs. Mein Hirn muss den Betrieb eingestellt haben oder wieso renne ich direkt auf eine fahrende Metro zu? Ihr Motor wird lauter, die Luft um mich beginnt zu zittern, und als ich die Lichter fast greifen kann, zieht Rose mich nach links.

Die Metro rauscht an der Haltebucht vorbei. Ihre Fenster sind hell, ich sehe die Menschen dahinter. Menschen, die nach Hause fahren. Menschen, die auf Partys gehen, und damit meine ich andere Partys, als wir sie machen. Ich stütze meine Hände auf den Knien ab und schnappe nach Luft. Heule ich?

»Verdammt.« Roses Stimme ist direkt neben meinem Ohr. »Wenn Anse das rauskriegt, killt sie mich.«

Dann ist bis auf unser Keuchen alles still. Weiter vorn verschwinden die gelben Rücklichter der Metro und nach und nach schälen sich die Schienen und die Bohlen aus der Finsternis, die andere Seite des Tunnels und die Zeichnungen an den Wänden. Ein Skelett mit einem SigPhone unter den Rippen. Bäume mit spindeldürren Fingern. *Wie ändere ich mein Leben? Mach kleine Schritte, bleib aber hartnäckig. Und verzeih dir.*

»Und jetzt?« Das Atmen fällt mir immer noch schwer.

»Hast du dein SickPhone weggeworfen?«

Ich nicke.

»Und dein SigPhone ist im Case?«

»Genau.«

Rose sinkt nach unten und lehnt sich mit dem Rücken gegen die Wand. Ich setze mich neben sie. Es riecht seltsam hier unten, nach Urin und Plastik und unserem Schweiß. Wenigstens ist es etwas kühler als oben in der Stadt. Nach und nach kann ich Roses Gesicht erkennen. Ihre Nase, die Stirn, die kurzen Haare. Die Affenköpfe in ihren Ohren. Rose rückt näher an mich heran und legt ihren Kopf auf meine Schulter. Ihre Haut ist feucht und ich will von ihr wegrücken. Aber das kann ich jetzt nicht bringen.

Ein leises Rauschen kündigt die nächste Metro an. Sie kommt schnell näher, ihre Lichter wischen über Rose und mich und erleuchten die Bucht für den Bruchteil einer Sekunde. Danach brauchen meine Augen wieder eine Weile, um sich an die Dunkelheit zu gewöhnen. Da sind wieder Roses Wangen. Ihre Stirn. Die dunklen Löcher ihrer Augen. Rose hat grüne Augen, Rose hat einen interessanten Mund. Rose ist vier Jahre älter als ich und sie sieht mich an.

Plötzlich wird mir klar, dass für Rose die vergangenen zwei Monate in genau diesen Moment münden mussten.

Rose und ich am Dream Center. Rose und ich im National Art Museum. Rose, die extra zur Ota High fährt, um ihre Katzen zu kleben. Rose und ich im Freezone. Am Century Square, in der Freedom Avenue, am Sunshine Building. Rose, die mich ständig umarmt. Die mir alles von sich erzählt. Die mit mir flirtet. Rose und ich im Hillside. Rose und ich hier, in der Dunkelheit. Ich möchte mich ja wieder verlieben und in Rose könnte ich mich vielleicht auch verlieben. Aber solange ich die Fliesen nicht fertig geklebt habe, fühlt sich das falsch an.

»Tu's nicht«, sage ich leise.

»Was meinst du?«

»Ich finde dich total nett. Und du bist auch echt hübsch.« Was rede ich da für einen Schwachsinn zusammen? Ich dachte immer, eine Abfuhr zu bekommen, wäre schlimm. Das stimmt nicht. Jemandem eine Abfuhr zu erteilen, ist viel schlimmer. »Aber ich kann das nicht. Vielleicht später, aber jetzt noch nicht.«

Rose rückt von mir weg. »Alún, wovon redest du?«

Mir wird heiß. Irgendwas stimmt hier nicht.

»Glaubst du etwa, dass ich dich küssen wollte?«

»Wolltest du das nicht?«

Rose lacht. »Du denkst, ich bin in dich verknallt.«

»Bist du das nicht?«

»Vielleicht theoretisch.« Habe ich gerade gesagt, dass eine Abfuhr nicht so schlimm ist? »Du lässt mich zwar nicht an dich ran, aber ich mag dich trotzdem. Außerdem hast du mehr Ahnung von Bildern als alle, die ich kenne. Na ja, Anse vielleicht ausgenommen. Egal, was du getan hast – dein Augenmädchen sollte dir dringend verzeihen. Ich glaube nicht, dass sie so einen Typen wie dich noch mal findet. Wenn ich auf Männer stehen würde, hätte ich mich bestimmt in dich verliebt.«

Ganz prächtig. Jetzt müssen nur noch die Securities kommen und uns zusammen wegsperren. Die Nacht in der Zelle können wir dann damit verbringen, dass ich Rose jede einzelne Situation erkläre, die ich falsch interpretiert habe. In meinem Kopf setzen sich die letzten Wochen plötzlich ganz neu zusammen. Rose, die für Anse Len Griven schwärmt. Rose, die sich jeden Tag mit Maira trifft. Mit Maira, deren Gesicht die Wände von Roses Zimmer bedeckt. Mit Maira, mit der Rose im Urlaub war. Mit Maira, mit der Rose kleben geht. Wie schwer von Begriff bin ich eigentlich? Und wie konnte ich überhaupt glauben, dass sich ein neunzehnjähriges Mädchen in jemanden wie mich verliebt?

Langsam stehe ich auf. Wenigstens kann Rose hier unten mein flammend rotes Gesicht nicht erkennen.

»Was hast du vor?«, flüstert Rose.

»Ich bin weg.«

»Das geht jetzt nicht. Die Securities warten garantiert noch auf der Plattform.«

»Dann gehe ich in die andere Richtung.«

»Bis zur nächsten Station schaffst du es niemals, dafür ist die Red Line zu eng getaktet.« Rose zieht mich wieder runter. »Das ist doch nicht so schlimm, Alún.«

»Es ist total peinlich.«

»Aber warum? Wir sind nicht ineinander verknallt, besser kann es zwischen zwei Menschen doch nicht laufen.«

»Sehr lustig.«

»Jetzt krieg dich mal wieder ein.«

Aber ich kriege mich nicht wieder ein. Wenn ich mich schon mal annähernd so erbärmlich gefühlt habe, dann wahrscheinlich nach dieser schlimmen Aktion, wegen der ich mir die Sache mit den Fliesen überhaupt ausgedacht habe. Erst am nächsten Morgen habe ich kapiert, was ich da eigentlich getan habe, und ich hätte mich am liebsten für immer in Luft aufgelöst.

Die Plattform ist voller Partyleute, als wir zwei Stunden später von den Schienen nach oben klettern, und niemand interessiert sich für uns. Rose umarmt mich zum Abschied, ich stehe starr in ihren Armen. Sie nimmt die Rolltreppe nach oben, ich steige in die Red Line und lasse mich auf einen Fensterplatz fallen. Der Junge, der sich in der Fensterscheibe spiegelt, hat Blut am Kinn und keine Ahnung von nichts.

In meinem Zimmer schiebe ich den Montagekleber in den Lüftungsschacht, dann lege ich mich auf meine Bastmatte. Ich habe mir das Gesicht gewaschen, trotzdem fühle ich mich dreckig. Am liebsten würde ich sofort einschlafen, leider klappt das nicht. Zeichnen wird jetzt auch nichts bringen. Ich sollte mich wenigstens freuen, dass meine Eltern nicht wach geworden sind. Ein Verhör würde ich jetzt nicht überstehen, ich würde ihnen alles erzählen. Die Fliesen.

Die Bucht im Metroschacht. Das Missverständnis. Wahrscheinlich würden sie mich für die nächsten zwei Jahre nicht mehr aus meinem Zimmer lassen und vorher natürlich sämtliche Funktionen meines SigPhones sperren.

Mein SigPhone, auf dem ich eine Message gesehen habe, als ich vorhin unsere Wohnung betreten habe. Von wem ist diese Message? Etwa von Rose? Dann werde ich sie bestimmt nicht lesen. Ab jetzt klebe ich allein.

Oder hat Lone mir einen neuen Clip geschickt? So tief bin ich noch nicht gesunken, dass ich mich von den Stylingtipps einer Siebenjährigen aufmuntern lassen muss.

Ist die Message doch von Rose?

Meine Finger beginnen zu zittern, nachdem ich über den Bildschirm gewischt habe. Die Message ist nicht von Lone. Sie ist auch nicht von Rose. Natürlich ist sie nicht von Rose. Rose hat nicht mal meine Signatur und wahrscheinlich lacht sie sich mit Maira gerade über mich kaputt.

Die Message ist mehrere Stunden alt und sie ist von Tara. Von Tara, die nach meiner schlimmen Aktion das Zeitalter des absoluten Schweigens ausgerufen hat. Ohne es mir zu sagen, versteht sich. Das geht ja nicht, im Zeitalter des absoluten Schweigens.

Sie hat nicht mit mir gesprochen, nachdem ich den ellenlangen Brief auf Florazuls Schwelle gelegt habe. Sie hat auch nicht mit mir gesprochen, nachdem ich ihr das Album geschenkt habe, in dem ich unsere vierzehn gemeinsamen Jahre in vierzehn Bildern erzählt habe. Sie hat das Album zerrissen und die Schnipsel in unseren Briefkasten gestopft.

Es war die Arbeit von zwei Monaten und die Schnipsel füllten den Briefkasten nicht mal zur Hälfte.

Wenn ich den Zeigefinger ausstrecke, hat Tara mir getextet, *kann ich den Tonfato Tower umstoßen. Und du so?*

ZWEITER TEIL

TARA

»Eine klassische Radiusfraktur«, sagt Ronin. »Oder ein glatter Speichenbruch, falls dir das besser gefällt.«

Es ist immer noch dieser schrecklich heiße Tag und meine Unterwäsche ist immer noch feucht von meinem Sprung in den Zigosee. Vor nicht mal dreißig Minuten haben die Räder von Vics Jeep den Staub am Kiefernwald aufgewirbelt. Mama ist hinter dem Lenkrad hervorgesprungen, hat Ste mit einem finsteren Blick bedacht und sie dann mitsamt ihrem monströsen Rucksack nach Rekan geschickt. Sie hat den Hukji auf die Ladefläche geworfen und mich auf den Beifahrersitz bugsiert und dann hat sie den Jeep in einem Tempo nach Juka gelenkt, für das uns vor einem halben Jahr augenblicklich eine Drohne angehalten hätte. Im Warteraum von Ronins Praxis saßen ein Junge mit einem Kopfverband und eine alte Frau, die sich pausenlos die Nase putzte. Offenbar war ich ramponiert genug, um sofort ins Behandlungszimmer gerufen zu werden. Jetzt, da ich weiß, dass ich mir nur den Unterarm gebrochen habe, geht es mir schon etwas besser. Zumindest tut mein Gesicht nicht mehr weh. Im Auto war ich noch überzeugt, dass ich mir mindestens das Nasenbein gebrochen habe, wenn nicht die Jochbeine. Kann man sich die eigentlich brechen?

»Ich klebe dir gleich ein Pflaster auf den Arm, dann sind die Schmerzen erst mal weg«, sagt Ronin. »Vorher desinfiziere ich dein Gesicht.«

Als er zum Arzneischrank geht, fällt mir auf, dass er keinen weißen Kittel trägt, sondern ein ausgeblichenes T-Shirt und eine Jeans, die an den Knien aufgerissen ist. Er kann nicht viel älter als Mama sein, trotzdem hat er eine spiegelglatte Glatze. Irgendwie schäme ich mich für seine Glatze. Nein, das ist gelogen. Ich schäme mich, weil Ronin Gynäkologe ist. Aber er ist der einzige Arzt, der bisher zurückgekehrt ist. Wenigstens hat er sich von diesem grauenvollen Untersuchungsstuhl getrennt. Auf seinem Schreibtisch steht allerdings noch ein Plastikmodell des weiblichen Beckens. Eierstöcke, Eileiter, Gebärmutter, Schamlippen, dazu ein paar Knochen und Blutgefäße. Mein Blick verharrt auf diesem Modell, während Ronin ein weißes Tuch mit einer blauen Flüssigkeit tränkt und damit mein Gesicht abtupft. Er hält Abstand, trotzdem nehme ich seinen Geruch wahr, eine Mischung aus zu viel Arbeit und zu wenig Schlaf. Dann klebt er endlich das Pflaster auf meinen Arm, und noch bevor er sich an seinen Schreibtisch setzt, ziehen sich die Schmerzen endlich zurück.

»Mir würde dein Bruch allerdings besser gefallen, wenn ich verstehen würde, wie du die Schranke übersehen konntest«, sagt er. »Warst du unaufmerksam, weil ihr mit euren Rollern gespielt habt, oder hast du häufiger Gesichtsfeldausfälle?«

»Was meinen Sie damit?« Sofort ist Mama in Verteidigungsposition, so wie immer, wenn sie glaubt, dass mir jemand unrecht tun will. Sie kann nicht wissen, dass Ronin mit seiner Frage völlig richtigliegt.

»Ich bin fünfzehn und Ste ist sechzehn«, sage ich.

»Mir hat sie gesagt, dass sie achtzehn ist«, sagt Mama.

»Jedenfalls sind wir beide aus dem Alter raus, in dem wir *spielen*«, sage ich. »Und manchmal sehe ich für ein paar Sekunden nur grau. Das stimmt.«

»Kommt es auch vor, dass dein Blickfeld kleiner wird, als würdest du mit den Händen deine Augen abschirmen?«

»Ja.«

»Hast du Schmerzen hinter der Stirn?«

»Ja.«

Ronin nickt. Sein Nicken gefällt mir nicht. Gleich redet er weiter und ich bin mir ziemlich sicher, dass ich seine Worte nicht hören will.

»Du bist nicht die Erste«, sagt er. »Genau genommen bist du in dieser Woche schon die Dritte und letzte Woche waren fünf Leute deswegen hier. Dazu müssen wir die rechnen, die noch nicht gekommen sind, weil sie es nicht wahrhaben wollen. Wenn du nicht über diese Schranke geflogen wärst, würdest du wahrscheinlich auch nicht hier sitzen.«

»Was wollen sie nicht wahrhaben?«, fragt Mama. »Wovon reden Sie?«

»Seit zwei Wochen ist die Zahl der Optikusatrophien in meiner Praxis viel zu hoch. Die Leute kommen, weil sie grau sehen, weil ihr Blickfeld sich einengt und weil sie Kopfschmerzen haben. Die fünf aus der letzten Woche habe ich zur Diagnostik nach Tonfato geschickt. Drei von ihnen waren glücklicherweise über TNE versichert, deshalb liegen die Befunde bereits vor: Bei allen dreien entwickelt sich der Sehnerv zurück, der Erste ist inzwischen erblindet.«

Ronin schiebt auf seinem Schreibtisch irgendwelche Zettel hin und her. Er schweigt, als wäre ich jetzt an der Reihe zu reden. *Der Sehnerv entwickelt sich zurück.* Hat er das tatsächlich gesagt?

»Das Ganze muss etwas mit der Explosion zu tun haben«, fährt Ronin fort. »Am Wirkstoff der Schmerzpflaster, die dort hergestellt wurden, kann es nicht liegen, das Janoxol ist vermutlich nur für die Schwindelanfälle verantwortlich. Bei der Explosion muss noch eine andere Substanz ausgetreten sein, und da Holm Stepovic dazu nichts verlautbart, gehe ich davon aus, dass es sich um einen neuartigen Wirkstoff handelt, der sich im Nordwald und im Zigosee und damit auch in unseren Haaren und auf unserer Haut angereichert hat.« Als müsste er seine Worte verdeutlichen, reibt Ronin seine Handflächen aneinander. *Der Erste ist erblindet* – nein, das hat er keinesfalls gesagt. »Angeblich sind bei der Explosion alle Zertifikate der Factory 11 verbrannt. Aber das ist ausgeschlossen, mindestens eine Kopie muss beim District liegen. Oder können Sie sich vorstellen, dass der District die Vereinbarung über die Substanzen, mit denen mitten in einem Wohngebiet experimentiert wird, komplett aus der Hand gibt?«

»Zertifikate sind mir egal«, sagt Mama. »Sagen Sie mir lieber, was Sie für Tara tun können.«

»In Tonfato haben die Patienten Augentropfen bekommen«, sagt Ronin. »Aber das ist Unsinn, die Degeneration ist nicht aufzuhalten. Ich gebe Ihnen Pflaster gegen die Kopfschmerzen mit.«

»Meine Tochter erblindet und Sie verschreiben ihr Schmerzpflaster?«

»Ich bin Gynäkologe und weiß nicht viel über das menschliche Auge. Wenn ich nicht gerade hier sitze, lese ich zur Optikusatrophie alle Studien, die ich in die Finger kriege, und ich chatte regelmäßig mit einem Augenspezialisten aus dem Norden, der auf die Fälle aufmerksam geworden ist. Er hat seine Versetzung hierher beantragt, aber weder der dortige Gouverneur noch die hiesige Gouverneurin sehen dazu eine Veranlassung. Sie nennen das Ganze ›einen statistischen Ausreißer ohne Bezug zu diesem tragischen Zwischenfall‹ und TNE reagiert sowieso auf keinerlei Anfragen. Derzeit kann ich Ihnen nur weniges mit Sicherheit sagen. Wenn sie einmal begonnen hat, ist die Sehnervschädigung irreversibel. Wen sie trifft, lässt sich allerdings nicht vorhersagen. Wann ist Ihre Familie zurückgekehrt?«

»Vor anderthalb Monaten«, sagt Mama. »Wir waren die Ersten.«

»Dann werden zumindest Sie mit hoher Wahrscheinlichkeit nicht mehr erkranken. Es war ohnehin erst eine erwachsene Frau mit den Symptomen bei mir. Die Krankheit scheint in erster Linie Kinder und Jugendliche zu treffen.«

»Und wenn wir nach Tonfato zurückkehren?«, fragt Mama. »Vielleicht kriegen wir doch noch eine Wohnung.«

»Ersparen Sie sich das.« Ronin fährt sich mit der Hand durchs Gesicht. »In Tonfato würde sich für Tara nichts ändern und die meisten Notunterkünfte sind mittlerweile geschlossen. Bleiben Sie lieber hier. Hier haben Sie ein eigenes Grundstück, hier kennt Ihre Tochter sich aus und Sie müssen sich keine Sorgen um Ihren Lebensunterhalt machen.«

»Aber in Tonfato gibt es Spezialisten und Spezialisten finden immer ein Gegenmittel.«

»Wenn es einen Forschungsauftrag gibt, findet sich oft etwas – das stimmt. Es wird aber keinen Forschungsauftrag geben. Wenn ich meine Frau und meine Kinder nicht in Belo zurückgelassen hätte, wäre der nächste Arzt fünfzig Kilometer entfernt, und glauben Sie nicht, dass im Notfall eine Drohne hierher gelenkt würde. Was denken Sie, warum wir unsere Gärten selbst dekontaminieren mussten? Für die Gelbe Zone interessiert sich niemand und durch diese Krankheit wird das noch schlimmer. Vermutlich werden unsere SigPhones demnächst ausgerankt und damit existieren wir nicht mehr. Wir können von Glück reden, wenn um die Gelbe Zone keine Mauer gezogen wird.«

Mein Blick wandert wieder zu diesem Modell, als müsste ich mir, solange ich es noch kann, unbedingt die Formen der weiblichen Geschlechtsorgane einprägen. Auf einmal ist es mir ein Rätsel, warum ich mich vorhin geschämt habe. Die Blütenblätter der Eierstöcke, der zarte Bogen der Eileiter, das Rund der Gebärmutter – noch nie ist mir aufgefallen, wie schön diese Organe sind. Jedes ist in einem anderen Farbton dargestellt. Die Eierstöcke sind ocker, die Eileiter sind hellrot, die Gebärmutter ist irgendwas dazwischen. Es sind keine Grundfarben, mit Worten sind sie schwer zu beschreiben.

»Wie viel Zeit habe ich noch, bis ich blind bin?«, höre ich mich fragen.

»Auch das kann ich nicht sagen«, sagt Ronin.

»Sind es Tage? Sind es Wochen?«

»Zum Glück gibt es noch zu wenige Fälle für eine solche Prognose. Du solltest dich aber eher auf Tage als auf Wochen einstellen.« Ronin stützt sich mit beiden Händen auf den Schreibtisch und drückt sich nach oben. Er sieht aus, als würde er gleich weinen. »Und jetzt schiene ich deinen Unterarm. Ich will die anderen Patienten nicht länger warten lassen.«

Er führt mich zu einer Liege, als bräuchte ich bereits jetzt bei den einfachsten Dingen Hilfe, und dann sehe ich zu, wie er den goldenen Ring von meinem Finger zu ziehen versucht und, als das nicht funktioniert, ihn mit einer Zange aufknipst. Ich sehe zu, wie er ihn in meine Hosentasche steckt und dann einen Schlauch aus blauen Kunststoffwaben über meinen Unterarm schiebt. Ich sehe zu, wie er den Schlauch zurechtdrückt, bis er meine Haut fest umschließt, und wie er ihn mit einer elastischen Binde umwickelt. Ab und zu schaut Ronin zur Uhr. Mama sitzt mit dem Rücken zu uns, sie schaut auf die aufgerissene Main Road. Einmal dreht sie sich um, und als unsere Blicke sich treffen, wendet sie sich ab. Sie schaut wieder aus dem Fenster, ich schaue wieder auf Ronins Hände, Ronin schaut wieder zur Uhr.

Jeder schaut immer irgendwo hin.

Wahrscheinlich sollte ich in den nächsten Tagen alles machen, was ich schon immer machen wollte. Ich sollte mir von

Beer zeigen lassen, wie er dieses unglaubliche Knuspermüsli zubereitet. Ich sollte den ultrakurzen Rock anziehen, den Mama *verboten* nennt, und darin die Main Road entlangspazieren. Wahrscheinlich sollte ich mir Klamotten bis an mein Lebensende zulegen, ehe das jemand anders übernehmen muss – Mama zum Beispiel, die mich dann in diese Flattersachen kleidet, die sie aus irgendeinem Grund für trendy hält. Ich sollte die neue Figuren-Serie anschauen, an der Mama arbeitet und die Beer so herausragend findet, und ich sollte meine Haare in drei verschiedenen Farben tönen – es muss ja nicht unbedingt Rosa, Lila und Hellblau sein wie bei Mai. Ich sollte endlich Florazul streichen und ich sollte mit Tulip einen letzten Wettkampf austragen, von der Sunset bis zum Roten Felsen und zurück. Ich sollte noch mindestens zehnmal vom Roten Felsen springen, ehe ich blinder als ein Maulwurf bin.

Ich tue nichts davon. Seit Tagen liege ich in Florazul und starre Löcher in die Luft. Das kann ich schließlich auch nicht mehr lange. Manchmal klebe ich mir nicht nur ein, sondern gleich drei Schmerzpflaster auf die Schläfen, weil meine Gedanken davon so angenehm träge werden. Nein, ich will nicht noch mal zu Ronin. Ich will auch nicht zum zehnten Mal darüber reden, ob ich am Tag der Explosion besser im Bus geblieben wäre, und ich will nicht mit Karmiels Mutter sprechen, die ebenfalls unter Gesichtsausfällen leidet. Zu einem Augenspezialisten in Tonfato will ich auch nicht. Ich will überhaupt nicht nach Tonfato. Ronin hat selbst gesagt, dass wir uns das ersparen sollen. Nie wieder setze ich einen Fuß ins Linden Home, eine Wohnung können wir uns nicht mal ansatzweise leisten, und auf der Straße zu leben, erscheint mir für einen fast siebzigjährigen Mann, eine gescheiterte Künstlerin und ein blindes Mädchen keine ernstzunehmende Option. Außerdem wollen Mama und Beer doch gar nicht hier weg. Ganz genau kriege ich mit, wie sie mit den anderen Rückkehrern Pläne schmieden. Mama will in einem leerstehenden Haus eine Büchersammlung einrichten und Beer will in einer Garage die technischen Geräte aus ganz Rekan zusammentragen, sodass sie für alle zugänglich sind. Er denkt auch über einen Ort nach, an dem wir unseren Müll deponieren können, damit nachts nicht mehr die Waschbären in die Gärten kommen. Mit Manar spricht Beer über die Speisekarte für irgendein Café, in dem es alles umsonst geben soll. Es geht um die Obstsorten, die Beer demnächst ernten wird, und um den Weizen, der gut steht und der uns vom Maximarkt in Itapu unabhängig machen wird. Erst nach einer Weile kapiere ich Manars Rolle in diesem Gespräch: Sie will das Café eröffnen, deshalb hat sie ihr Haus frisch gestrichen. Ich kann mir Manar mit ihrem ewig wackelnden Kopf nur schwer in einem eigenen Café vorstellen. Aber wenn ich alles richtig verstehe, kann Manar nicht nur Kuchen backen. Sie kann auch Seifen herstellen und Kerzen drehen, auch wenn Seifen und Kerzen so überhaupt nicht unser Problem sind.

An den Holzbalken von Florazuls Decke messe ich mein Blickfeld ab, und als der dritte Balken verschwindet, halte ich Florazuls Tür geschlossen. Ich öffne auch die Fenster nicht, obwohl es im Innern mittlerweile so heiß ist, dass meine Haut zu knistern scheint. Beer und Mama zwingen mich zu den Mahlzeiten ins Haus, angeblich kann ich nicht den ganzen Tag in Florazul rumliegen. Allerdings weiß ich nicht, wer mich daran hindern soll, die Blindensecurity oder was? Beer macht Sojalasagne, er kocht Süßkartoffeln und brät Seitanspieße. Er serviert die komplette Palette meiner Lieblingsgerichte und sie schmecken so gut wie immer. Wenn ich nach dem Essen wieder auf meiner Bastmatte liege, habe ich auf der Zunge jedoch nichts anderes als einen fremden Geschmack. Ich glaube, so schmeckt Angst.

Wenn Ste vorbeikommt, und das tut sie jeden Tag, stelle ich mich schlafend. Mir ist klar, dass das unfair ist, und genauso klar ist mir, dass ich Ste und ihren Duft nach Vanille und Kaffee etwas zu sehr vermisse. Und ich will Ste nicht vermissen, viel lieber will ich sauer auf sie sein. Ste hätte mich vor der Schranke warnen müssen, sie hätte dieses dämliche Picknick gar nicht erst vorschlagen dürfen. Es ist verboten, auf den Roten Felsen zu klettern. Warum hat sie mich nicht davon abgehalten und warum verrät sie mir nicht einfach, woher sie kommt und was mit ihren Eltern los ist? Ich steigere mich immer mehr in diese Gedanken hinein, als würde sich mein Sehnerv wegen Stes Verschwiegenheit verabschieden und nicht etwa wegen dieser rätselhaften Substanz, deren Namen wir wahrscheinlich nie erfahren werden, weil sich außer uns Rückkehrern niemand dafür interessiert. Und warum nötigt sie mich erst zu dieser sinnlosen Message an Alún und sucht dann nicht mal vernünftig nach meinem

SigPhone? Als Ste mir am Fuß des Roten Felsens meine Klamotten zurückgegeben hat, steckte es noch in meiner Tasche. In Ronins Praxis habe ich vergeblich danach getastet. Es muss bei meinem Sturz herausgerutscht sein. Angeblich hat Ste rund um die Schranke alles abgesucht. Was ist, wenn Alún meine Message tatsächlich beantwortet hat?

»Es ist okay«, sage ich, wenn Mama oder Beer mich fragen, wie es mir geht.

Und es gibt wirklich Momente, in denen ist es okay. Zum Beispiel bin ich nicht die Einzige. Ich finde mich schrecklich, weil es mir deshalb besser geht, aber es ist die traurige Wahrheit. Lex hat sein Augenlicht bereits verloren, es ging ganz schnell. Amber ist kurz danach abgehauen, sie ist tatsächlich nach Tonfato gefahren. Sie wollte in ihrer früheren Notunterkunft unterkommen, aber die war geschlossen, und weil ihr SigPhone sie als Rückkehrerin ausweist, hat weder ein Hostel noch die Jobvermittlung sie akzeptiert. Ein paar Tage war Amber mit einer Gruppe obdachloser Jugendlicher unterwegs, aber die haben sie weggeschickt, als ihre Kopfschmerzen begannen, und ihr blieb nichts anderes übrig, als in die Gelbe Zone zurückzukehren. Manche Rückkehrer kommen nun doch bei Verwandten in Tonfato oder Belo unter und andere gehen weg, obwohl ihnen klar ist, dass sie auf der Straße leben müssen. Aber die meisten hoffen, dass die Krankheit sie nicht erwischt, und bleiben. Schließlich haben wir hier Häuser und Gärten ohne Ende, wir haben den Zigosee und den Minishop und bald ein Café und mein Blickfeld ist schon wieder um einen halben Balken geschrumpft.

Immerhin sehe ich jetzt die Spinnweben an Florazuls Decke nicht mehr, das könnte ich ja feiern.

Es gibt aber auch Momente, in denen drehen meine Gedanken komplett frei. Ich liege auf meiner Bastmatte und stelle mir vor, dass ich mit den anderen zur Factory fahre. Auf unseren getunten Rollern könnten wir ein Wettrennen machen und dann klettern wir über die Betonspinnen und suchen einen Eingang in die Stahlkuppel. Wir könnten auch die leeren Häuser plündern, so wie Amber es von Anfang an wollte. Jetzt wird garantiert niemand mehr zurückkehren, wir könnten also in Mais Whirlpool liegen oder das Homekino von Jenitas Eltern benutzen. Karmiel kann den Player garantiert hacken. Schule wäre nicht schlecht, denke ich, ich würde gern mal wieder etwas lesen. Ich denke an Silver, den einzigen Journalisten, der noch nicht abgereist ist. Ich denke, dass ich seinen Beitrag für Green News vielleicht doch gern sehen würde, und dann denke ich: Wie dumm bist du eigentlich? Du wirst keinen Monitor und kein Display mehr sehen. In einer Woche wirst du nicht mal mehr dein eigenes Spiegelbild sehen. Nur noch wenige Tage, dann besitzt du nichts außer dem Wissen, dass du dir mit einem Lippenstift theoretisch das Aussehen einer Zwanzigjährigen verleihen könntest. Und plötzlich ist überhaupt nichts mehr okay.

Mein Blickfeld verengt sich zu einem schmalen Streifen, und wenn ich die Welt noch als Ganzes wahrnehmen will, muss ich den Kopf langsam von links nach rechts bewegen. Aber diese Bewegung lässt die Schmerzen hinter meiner Stirn explodieren, sodass nicht mal mehr drei Pflaster gleichzeitig helfen. Und wieder liege ich auf der Bastmatte, Io kratzt an der Tür. Ich öffne ihm, er streicht mit seinem Kopf an meinem Bein entlang. Er ist zutraulich geworden, seit wir ihn gefunden haben. Von Beer hat er sich sogar baden lassen, jetzt ist sein Fell ganz weich. Beer würde wahrscheinlich sagen, dass ich dieses Fell immer spüren werde. Er würde sagen, dass ich seine Klaviermusik hören und den Gestank von Mamas Farben riechen werde. Ich werde Kakisorbet und eingelegte Auberginen essen, und wenn die Schiene weg ist, werde ich auch wieder die weiche Haut an der Innenseite meines Unterarms spüren. Ich will aber nichts spüren, ich will nichts schmecken. Ich will nichts riechen und nichts hören. Ich will sehen.

Wieder ist Samstag. Ausflugstag, Unfalltag. Beer macht zum Frühstück heißen Kakao mit Zimt, ich greife an der Tasse vorbei und stoße sie um. Beer kocht eine zweite Portion, Mama schaufelt mir Quark auf mein Müsli und sagt schon wieder, dass wir nach Tonfato gehen sollen. Ich sage, dass ich mir mein Müsli selbst zubereite, dass ich niemals in den Zug steigen werde und dass sie und Beer doch auch hierbleiben wollen. Sie sagt, dass mir die Ärzte in Tonfato vielleicht helfen können. Ich schreie sie an, von welchem Geld sie diese Ärzte bezahlen will. Sie wird ganz still, Beer weint.

Dann kommt der Sonntag, dann kommt der Montag. Dieser Montag ist der letzte Tag meines dritten Lebens. Ich bin Tara Rubina Doron und am Dienstag wird es nicht mehr hell.

ALÚN

Hier ist die Stelle. Genau hier ist die Stelle, an der das Glasdach des Tonfato Tower die Sonne so grell reflektiert, dass ich die Augen zusammenkneifen muss. Und hier ist die Stelle, von der ich bis ins Restaurant schauen kann. Mit etwas Fantasie kann ich sogar erkennen, was die Leute in zweihundertzweiunddreißig Metern Höhe essen. Von hier sehe ich das Blinken des Lifts und nur diese Strebe trägt knapp zwei Meter über dem Boden im Metall eine deutliche Delle. (Die Fliese, die direkt daneben klebte, ist natürlich verschwunden. Auch die Pads und der Montagekleber sind rückstandslos entfernt.) Wenn ich die Straße überquere, steht der Tonfato Tower genau in der Mitte der Glaskuppel, die sich über Banvío spannt, und wenn ich mich um fünfzehn Uhr und drei Minuten (dem Zeitpunkt von Taras Message) vor das Miller's stelle, liegt die Sonne als weißer Ball auf seiner Spitze.

Seit zwanzig Minuten treibe ich mich schon wieder am Tonfato Tower herum. Viel zu lange für einen öffentlichen Platz, das ist mir klar. Vor allem, weil ich bereits gestern hier war. Und vorgestern. Das Bewegungsprofil meines SigPhones kriegt langsam, aber sicher eine bedenkliche Schlagseite. Der Erkenntnisgewinn, was Taras Message betrifft, hält sich bisher leider in Grenzen. *Wenn ich den Zeigefinger ausstrecke, kann ich den Tonfato Tower umstoßen. Und du so?*

Und ich so?

Ich male deine Augen auf Fliesen und klebe sie seit Wochen mit einem Mädchen, das dir von hinten verdammt ähnlich sieht. Piiep – falsche Antwort.

Übrigens dachte ich, dieses Mädchen ist in mich verknallt – aber keine Sorge, sie steht nicht auf Männer. Piiep – falsche Antwort.

Allerdings habe ich das nicht gecheckt, deshalb habe ich ihr einfach mal erklärt, dass ich nicht in sie verliebt bin. Piiep. Piiep. Piiep.

Das hier bringt mich nicht weiter, und wenn ich Tara nicht bald antworte, kann ich es auch gleich lassen. Wenn ich nicht bald antworte, habe ich es versaut, bevor es wieder beginnt. Falls hier überhaupt etwas beginnt, außer diesen Gedanken, die ich noch aus Rekan kenne: Texte ich ihr heute? Was texte ich ihr heute? Oder texte ich ihr morgen? Aber ist diese lässige Message, die sich jeden Moment meinem Hirn entwinden wird, morgen noch lässig oder sind die Vorzeichen dann andere, weswegen ich mir die nächste lässige Message einfallen lassen muss? So geht das nicht weiter und es ist nicht das Einzige, was so nicht weitergehen kann.

»Vielleicht mache ich was über das National Art Museum«, sage ich am Donnerstag zu Dror, als wir uns in der ersten Stunde gegenseitig auf den neuesten Stand über unsere Projekte bringen sollen. Kent hat die Gruppe gewechselt und die anderen machen immer noch einen Bogen um mich.

Deswegen sind Dror und ich nur zu zweit, was eher ungünstig ist. Dror ist nämlich noch lahmer als ich.

»Was willst du da machen? Eine Bildbeschreibung?«

»Ich mache was über die Skulpturen.« Plötzlich kommt mir eine Idee. »Warst du schon mal im Hillside Complex?«

»Was soll ich dort?«

»Ich würde gern etwas machen, was dort hinpassen würde. Meinst du, ich kann eine eigene Skulptur vorstellen?«

»Eine eigene Skulptur? Das klingt wunderbar.« Aldo steht plötzlich hinter uns. »Zu zweit könnt ihr richtig intensiv arbeiten. Vielleicht will einer von euch zuerst präsentieren?«

»Echt korrekt, ausnahmsweise uns die Poleposition anzubieten«, sagt Dror. »Aber wir lassen gern jemand anders den Vortritt.«

»Ich würde gern mit euren Arbeiten beginnen«, sagt Aldo. »Ihr seid also in vier Wochen dran.«

Aldo verschwindet zur nächsten Arbeitsgruppe, ohne sich nach Kent zu erkundigen. Die meisten anderen Lehrer hätten Kents Gruppenwechsel nicht einfach hingenommen, sondern uns mit Fragen gelöchert. Diese Projekte nerven mich trotzdem.

»Nur noch vier Wochen?«, frage ich. »Wie sollen wir das schaffen?«

»Mach dir keine Platte.« Dror grinst mich an. »Aldo hat das hundertpro nicht ernst gemeint. Der ganze Kurs merkt, dass er quasi in dich verknallt ist.«

»Auf seine Liebe kann ich gern verzichten.«

»Und auf wessen Liebe kannst du nicht verzichten?«

Ich zögere. Irgendwen muss ich um Rat fragen, wenn ich nachmittags wieder was anderes tun will, als mich unter dem Tonfato Tower rumzudrücken. Allerdings hatte ich eher an Kent gedacht. Oder an Liva, aber die habe ich schon seit Tagen nicht zu Gesicht bekommen. Und ich muss Dror ja nicht alles erzählen. Vor allem muss ich ihm nicht das Ende erzählen. Ich werde die Sache einfach verklausulieren.

»Spuck's aus«, sagt Dror. »Ich kenne mich in solchen Dingen aus.«

»Okay«, flüstere ich. »Ich bin verliebt.«

»Bombe! In wen?« Drors Stimme ist so laut, dass sich der halbe Kurs zu uns umdreht. »Eine von der Ota?«

»Geht's noch lauter?«

»Raus mit der Sprache!« Drors Stimme ist nicht wesentlich leiser.

»Das erzähle ich dir später. Hast du heute Nachmittag schon was vor?«

»Heute geht leider gar nichts.«

»Warum nicht?«

»Übler Stress.« Ich muss ziemlich enttäuscht aussehen, denn Dror fügt hinzu: »Okay, okay. Wenn du gut zu Fuß bist, nehme ich dich mit.«

»Raus damit. In wen bist du verschossen?«

Sehr gestresst kommt Dror mir nicht vor, als wir uns am Nachmittag in die völlig überfüllte Blue Line schieben. Aber wer weiß, was er heute noch vorhat. Vielleicht hütet er ein ähnliches Geheimnis wie ich.

»Wer sie ist, spielt keine Rolle. Ich brauche nur eine gute Antwort auf eine Message.«

»Auf eine Message von wem?«

Ich muss grinsen. »Keine Chance.«

»Wenn ich dir helfen soll, musst du schon ein paar Infos locker machen.«

»Okay. Sie heißt Tara. Wir kennen uns noch aus Rekan. Ein Jahr lang herrschte Funkstille und jetzt hat sie sich plötzlich wieder gemeldet.«

Das ist noch nicht verdächtig, oder? Und wenn Dror nach der Funkstille fragt, kann ich immer noch sagen, dass sie bei der Evakuierung ihr SigPhone verloren hat. Aber Dror fragt nicht danach, er will erst mal die Message lesen. Ich hole mein SigPhone raus und drücke es ihm die Hand.

»Und was bedeutet das?«, fragt Dror, nachdem er Taras Worte zwei Stationen lang angestarrt hat.

»Das will ich ja gerade von dir wissen.« Ich stecke mein SigPhone wieder ein. »Darin muss irgendein Hinweis stecken, aber am Tonfato Tower habe ich schon alles abgesucht.«

»Wenigstens gehört sie nicht zu den Verrückten, die in die Gelbe Zone zurückgekehrt sind. Sonst würde ich nämlich sagen: Schlag dir die Puppe aus dem Kopf.«

»Und warum?«

»Das musst du Kent fragen.«

»Was hat Kent damit zu tun?«

»Egal.« Dror schaut schnell weg. »Vergiss es einfach.«

»Was willst du mir gerade sagen?«

»Ich will sagen, dass ich mich mal wieder verplappert habe. Du darfst Kent auf keinen Fall darauf ansprechen.« Dror schiebt mich zum Ausgang. »Hier müssen wir raus.«

Die Rolltreppe spuckt uns am Dream Center aus. Unsere Fliese ist natürlich längst verschwunden. Moment mal. Habe ich gerade an Rose gedacht? Nein, habe ich nicht. Ich habe beschlossen, wenigstens an sie nicht mehr zu denken. Irgendwie muss ich die Komplexität meines Lebens reduzieren.

»Komm schon!« Drors Stimme vertreibt meine Gedanken. »Wir haben nur noch zehn Minuten!«

Ich komme kaum hinterher, so schnell rennt er die Central Ave entlang. Erst denke ich, dass er ins Freezone will. Aber er läuft durch die Unterführung und biegt dann in die Spring Street ein. Hier glitzern die Shops noch heller und in jedem Schaufenster liegen höchstens ein oder zwei Produkte. Neben dem Eingang zu einem SigPhone Store bleibt Dror stehen. Er geht in die Hocke und streicht über die Fassade. Sie ist mit schwarzen Lamellen verkleidet. Dror fährt mit den Fingern durch jede einzelne Rille. Nervös schaue ich mich um. Dror hinterlässt weder Sticker noch Farbbomben, er macht auch nichts kaputt. Bestimmt sind die Verkäufer trotzdem nicht sonderlich begeistert, wenn ein Jugendlicher mit der Fassade ihres Stores kuschelt.

»Was soll das werden?«

Dror schaut nicht auf. »Ich hab's gleich.«

»Was hast du gleich – die Fassade fertig befummelt oder was?«, frage ich.

»Hier ist sie.« Aus einer Rille zieht Dror einen rechteckigen Gegenstand, der ziemlich genau in seine Handfläche passt. Er öffnet seinen Rucksack und holt ein kleines Gerät heraus. Ist das etwa ein Walkman, ist das eine Kassette? Dror setzt sich Kopfhörer auf, die noch antiker als der Walkman zu sein scheinen, und drückt eine Taste. Nach ein paar Sekunden spult er die Kassette zurück und steckt sie wieder in die Lamellen.

»Komm weiter«, sagt er. »Als Nächstes müssen wir in den Palast-Garden.«

Er ist schon wieder auf den Beinen und ich stolpere ihm hinterher.

»Was war das?«

»Noch nie ein Tape gesehen?«

»Klar kenne ich Tapes. Aber die stecken normalerweise nicht in Fassaden.«

»Das ist Tapefato.« Dror schaut sich nach dem SigPhone Store um, vor dem jetzt ein Typ mit weiß gefärbten Haaren hockt. »Da kommt schon der Nächste, der ist von den Tonfato Eagles. Heute ist der letzte Tag der June Challenge, und wenn wir das Final Tape nicht finden, habe ich es verkackt. Von meinem Team bin nur noch ich dabei, die anderen hat die Sommerdepri erwischt.«

»Und wo ist das Final Tape?«

»Darum geht es ja gerade.« Dror verdreht die Augen. »Das nächste Tape ist jedenfalls im Palast-Garden, darauf wird uns wieder ein Ort genannt. Wie viele Tapes bis zum Final Tape fehlen, weiß nur der Game Master.«

»Und wenn wir das Final Tape finden?«

»Dann spreche ich unseren Teamnamen darauf.«

»Und dann?«

»Nichts *und dann.*«

»Checke ich nicht.«

»Mann, das ist die June Challenge! Wir waren schon im April und im Mai auf dem Final Tape, das wäre also ein Final Triple!«

»Klingt korrekt.« Vielleicht ist das der richtige Zeitpunkt für einen Themenwechsel. »Und was ist mit meiner Message?«

»Dazu kommen wir noch.« Dror schaut auf sein SigPhone. »Das Tape im Palast-Garden verschwindet in einer halben Stunde, wir müssen uns also ranhalten.«

Als wir das Eisentor zum Palast-Garden passieren, haben wir einen Dauerlauf durch diverse Glitzerstraßen hinter uns und ganz nebenbei habe ich den Glauben an Drors Verstand verloren. Dror hat irgendwas von *Create the Date* gefaselt, einem innovativen Programm, das genau für meine Zwecke gemacht ist und dem ich bedingungslos vertrauen kann, weil seine Algorithmen so perfekt sind, als hätte die Realität höchstselbst es programmiert.

Jetzt steuert Dror einen völlig überfüllten Spielplatz an.

»Kannst du vielleicht hochklettern?« Er zeigt auf die Elefantenrutsche.

»Wieso ich?«

»Du kennst dich damit besser aus, du hast doch eine kleine Schwester.« Inmitten der spielenden Kinder wirkt Dror geradezu verängstigt. »Das Tape steckt im Ohr.«

Von unten muss es absurd aussehen, wie ich mit meinen langen Beinen auf den Rücken des Elefanten klettere. Wenn mich jemand anspricht, sage ich einfach, dass ich meiner kleinen Schwester helfe, auch wenn ich mit Lone seit Monaten nicht mehr auf einem Spielplatz war. Ich bin mir nicht mal sicher, ob sie noch auf Spielplätze geht. Wann habe ich eigentlich aufgehört, auf sie achtzugeben? Während ich nach dem Tape taste, hebe ich den Blick. Aus der Krone einer mächtigen Platane ragt die Spitze des Tonfato Tower, als wäre sie ein zusätzlicher, sehr gerade gewachsener Ast. Tapefato ist nicht das Schlechteste, aber dass ich heute in Sachen Tara weiterkomme, daran glaube ich nicht mehr. Mit dem Tape in der Hand lasse ich mich nach unten gleiten. Gekonnt ignoriere ich die entgeisterten Blicke der Eltern.

»Wir müssen zum Fashion Building«, sagt Dror, nachdem er das Tape angehört hat. »Aber jetzt liegen wir gut in der Zeit, wir können uns also erst mal um dich kümmern.« Er holt sein SigPhone raus und wischt sich zu einem Programm. »Hier ist es. Zuerst müssen wir den Namen eintragen. Cara.«

»Tara.«

»Und hier tippe ich ihre Message rein. Wie ging die gleich noch mal?«

»Wenn ich den Zeigefinger ausstrecke, kann ich den Tonfato Tower umstoßen.« Ich muss nicht auf mein SigPhone schauen, um Taras Message zu wiederholen.

»Die scheint ja echt schräg drauf zu sein.« Dror schaut auf. »Sie ist so alt wie du, nehme ich an. Wie lange kennt ihr euch?«

»Was soll das werden?«

»Create the Date schlägt dir vollautomatisch die perfekte Response vor und berechnet den richtigen Zeitpunkt, um sie zu verschicken.«

»Ein Computerprogramm soll Tara antworten?«

»Computerprogramme berechnen, an welchem College du studieren darfst und ob das Auto vor dir gleich abbiegt. Denkst du, Maras Gefühle sind so viel komplexer?«

»Du meinst Taras Gefühle.« Ich seufze. »Wir können es ja versuchen.«

Zehn Minuten lang fragt Dror mich alle möglichen Fakten ab. Das Datum und die Länge von Taras letzter Message. Das Datum und die Länge meiner letzten Message. Die höchste Messagefrequenz, die niedrigste Messagefrequenz. Ein paar Eigenschaften von Tara: ihre Geduld. Ihren Humor. Ihre Fantasie. Dror tippt die Antworten in sein SigPhone, ohne sie zu kommentieren. Anscheinend findet er es nicht beängstigend, dass ich sämtliche Fragen, ohne lange nachzudenken, beantworten kann.

»Bist du bereit?«, fragt er dann.

Es dauert einen Wimpernschlag, bis Dror mir die perfekte Antwort zeigt: *Komm lieber nach oben und spuck mit mir runter. Vielleicht erwischen wir einen Anzugmenschen.* Ich nicke. Gar nicht so übel, das muss ich zugeben.

»Und verschicken musst du die Message sofort.«

»Das steht dort?«

»Eigentlich hättest du sie schon vor zwei Tagen verschicken müssen.« Dror steckt sein SigPhone weg. »Traust du dich oder soll ich es für dich tun?«

»Eigentlich wollte ich nur wissen, was Taras Message zu bedeuten hat.« Ich drehe mein SigPhone hin und her. »Kann ich kurz nachdenken, ob ich ihr überhaupt antworten will?«

»Was gibt es da nachzudenken? Create the Date ist supersafe.«

»Dann mach du.« Ich drücke Dror mein SigPhone in die Hand und schließe die Augen. Wie von fern höre ich nach einer Weile das leise Summen, mit dem die Message auf Reisen geht.

»Schade, dass Kent nicht da ist.« Dror gibt mir mein SigPhone zurück. »Er will bestimmt auch wissen, ob unsere erste Message hinhaut oder ob wir noch mal ranmüssen.«

Schlagartig öffne ich die Augen. »Moment mal. Kent und du, ihr habt das Programm geschrieben?«

»Vor drei Jahren.« Dror nickt. »Testen konnten wir es bisher leider nicht. Die Girls an der Ota stehen einfach nicht auf uns und bei Trix fand Kent es zu riskant.«

»Und das sagst du mir jetzt?«

»Vertrau uns einfach.« Dror grinst mich an. »In der Theorie sind wir echt gut. Und jetzt checken wir das Tape am Fashion Building aus. Wollen wir wetten, dass Sara bis dahin geantwortet hat?«

Aber als wir das Fashion Building erreichen, hat Tara nicht geantwortet. Sie hat auch nicht geantwortet, als Dror das Tape unter dem Papierkorb in der Central Ave findet, und sie hat nicht geantwortet, als er endlich das Final Tape aus dem Motor eines Elektrorollers zieht. Es ist Abend, aber das Zentrum hat sich um kein Grad abgekühlt. Dror spult zurück und hört sich die Aufnahme an, dabei verzieht er das Gesicht.

»So ein Mist«, höre ich ihn murmeln. »Die Tonfato Eagles haben uns überholt. Und die Bonzenbabys aus Banvío waren auch schon da.« Dann hält er sich den Walkman an den Mund und drückt auf *record.* »Hier spricht Dror von den Urban Melancholiacs. Ich dachte schon, ich schaff's nicht mehr. Aber bevor ich das Final Tape ausgecheckt habe, musste ich schnell noch zwei junge Lover zusammenführen. Ja, so sind wir von den Urban Melancholiacs – immer auf der Suche nach den großen Gefühlen. Willst du was sagen, Alún? Willst du sagen, wie weit dein Herz sich anfühlt?«

»Scheiße weit!«, rufe ich.

»Habt ihr das gehört, Leute?«, fährt Dror fort. »So klingt nur ein glücklicher Lover.«

Sehr lustig. Kann es sein, dass Dror mich ausgetrickst hat? Kann es sein, dass er einfach jemanden brauchte, der die albernen Sachen für ihn macht, zum Beispiel auf einem Spielplatz rumzuturnen? Wie konnte ich eigentlich zulassen, dass er diese alberne Message verschickt?

Ich will gerade losgehen, da summt es in meinem Rucksack. Es ist eindeutig das Summen meines SigPhones. Während ich den Reißverschluss öffne und das SigPhone rauskrame, gebe ich mir alle Mühe, dass mein Herz nicht zu weit wird. Es muss klein bleiben, dieses Herz, denn das ist nicht Tara. Das kann nicht Tara sein. Drors Message war schon okay, aber Tara wird darauf trotzdem nicht reagieren.

Ich würde lieber die zwei Securities mit den Wildschweingesichtern erwischen, hat Tara getextet. *Und wenn wir das geschafft haben, gönnen wir uns einen Frozen Juicy. Der Kiosk im Palast-Garden ist der Hammer.*

TARA

Ein Stein.

Ein Stück Holz.

Eine Schraube.

Eine Gabel.

Beer hat mir einen Karton voller Gegenstände gebracht, die ich ertasten soll. Er nennt das *Karton der unterschätzten Sinne.* Anscheinend hat er nichts Besseres zu tun, als mich davon zu überzeugen, dass ich immer noch ziemlich viel wahrnehme. Ständig klopft er an Florazuls Tür und ich finde seine Besuche ungefähr so sinnvoll wie die zwei Löcher in meinem Gesicht, die man gemeinhin Augen nennt.

Ich verstecke mich immer noch in Florazul, allerdings liege ich mittlerweile nicht mehr auf meiner Bastmatte. Wenn ich liege, kippt nämlich die Matte mitsamt Florazul nach hinten. Vielleicht kippe auch ich nach hinten, das kann ich nicht genau sagen. Im Sitzen geht es mir jedenfalls besser, auch wenn *besser* nicht unbedingt ein Wort ist, das ich in einem Atemzug mit meinem Leben nennen will. Ich sitze rum und konzentriere mich auf die Schmerzen in meinem Hintern, auf das Jucken unter der Schiene und auf den Terpentingeruch, der von Beers Karton ausgeht. Dem Geruch nach zu urteilen, muss der Karton aus Mamas Werkstatt stammen. Ja, Beer, es ist wirklich toll, dass ich diesen Gestank wahrnehme. Das ist ungefähr so toll wie die schwarzen Punkte auf den Flügeln der Marienkäfer. Sie sind ganz hübsch, aber ohne sie lebt man auch ganz gut.

Beer ist nicht der Einzige, der mir unbedingt seine Treue unter Beweis stellen muss. Io ist genauso penetrant, ständig kratzt er an Florazuls Tür. Ich lasse ihn nur selten rein, ich habe keinen Bedarf an diesem anschmiegsamen Tier. Silver dagegen bringt mir essenzielle Dinge, Lemonade und Cookies und mein uraltes SigPhone, das Mama irgendwo ausgegraben haben muss. Die Hoffnung, dass mein richtiges SigPhone noch auftaucht, habe ich mittlerweile aufgegeben und das uralte SigPhone ist auch okay. Wenn ich es schaffe, den Bildschirm zu aktivieren und den Button rechts unten in der Ecke zu erwischen, dann erfahre ich beispielsweise die Uhrzeit. Ich habe auch schon ein wöchentliches Blumenstraußabonnement abgeschlossen. Als der Händler anrief, um sich den Standort meines SigPhones bestätigen zu lassen, war ich so verwirrt, dass ich zugestimmt habe. Jetzt kann ich nur noch auf mein Glück hoffen – auf das zweifelhafte Glück, in einer Zone zu leben, für die sich garantiert kein Lieferant finden wird.

»Tara, mein Stern?«

Ich zucke zusammen. Mama steht plötzlich in Florazul. Mama ist von allen am schlimmsten. Sie hat immer noch nicht kapiert, dass sie sich ankündigen muss. Es ist der totale Grusel für mich, wenn neben mir plötzlich jemand anfängt zu reden.

»Sei nicht böse, aber wann hast du zuletzt geduscht?«

Duschen? Ist das diese nasse Angelegenheit, der man sich unter anderem auch deshalb unterzieht, weil man später unter Leute gehen wird?

»Hörst du mich, mein Stern?«

Ja, ich höre ziemlich gut. Ich besitze zwar keine Augen mehr, aber Ohren habe ich noch. Ein Gehirn übrigens auch – obwohl ich nicht so richtig weiß, wofür. Der Großteil der Reize, die es früher verarbeiten durfte, wird ihm jetzt vorenthalten.

»Du riechst ein bisschen.«

»Ich habe gestern geduscht.«

»Ich glaube, es sind deine Haare. Tust du mir den Gefallen und wäschst sie? Ich kann dir auch helfen.«

»Tust du mir den Gefallen und schließt die Tür von außen?«

Erst als Mama Florazul verlassen hat, stehe ich auf und taste mich durch den Garten zu unserem Haus und die Treppe nach oben zum Badezimmer. Dort schlüpfe ich aus meinen Klamotten und steige in die Dusche, auch wenn das mit dem geschienten Unterarm alles andere als einfach ist. Als Mama mich zum letzten Mal nackt gesehen hat, waren meine Brüste noch flach und zwischen meinen Beinen wuchsen keine Haare. Ich verspüre kein Bedürfnis, an diesem Fakt etwas zu ändern. Das ist schon die nächste Sache: Früher habe ich meine Schamhaare jeden zweiten Tag entfernt, ganz zu schweigen von der Zeit, als ich Wettkämpfe geschwommen bin und mich regelmäßig von oben bis unten rasieren musste. Das würde ich jetzt nicht mehr hinkriegen, schon das Rasieren unter den Achseln ist eine Zitterpartie. Aber wahrscheinlich spielt das alles keine Rolle. Ich werde nie wieder einen Wettkampf schwimmen und ich wüsste nicht, welcher Junge genügend Interesse an mir entwickeln sollte, dass er mich nackt sehen will.

»Tara, ich habe eine Überraschung für dich!« Kaum bin ich zurück in Florazul, steht auch Mama wieder auf der Matte. Hoffentlich fängt sie nicht wieder von Ste und Tulip und den anderen aus *meiner Clique* an. Ich habe ihr schon gesagt, dass sie Ste und Tulip gern einladen kann. Meinetwegen kann sie mit den beiden bei Kakao und Keksen über die Entwicklung des District im Allgemeinen und der Gelben Zone im Besonderen plaudern. Ich bleibe so lange in Florazul.

Aber im nächsten Moment halte ich mein uraltes SigPhone in der Hand, aus dem das Surren von unzähligen Elektrofahrzeugen dringt. Über dem Surren liegt eine Sirene und über der Sirene eine aufgekratzte Stimme: »Tara? Bist du das?«

Es ist lange her, dass ich diese Stimme gehört habe, und ich kann sie nicht gleich zuordnen.

»Tara? Wieso sagst du nichts?«

Da schalte ich endlich und versuche, noch aufgekratzter als die Stimme am anderen Ende zu klingen. »Mai? Krass, wie geht's dir? Warte kurz, ich muss nur schnell nach drinnen. Neben mir steht jemand, der nichts verpassen will.« Als ich mir sicher bin, dass Mama Florazuls Tür ins Schloss gedrückt hat, sage ich: »Jetzt können wir reden.«

»Ist was passiert oder warum rufst du mit deiner alten Signatur an?« Mai klingt gestresst, als hätte sie für dieses Gespräch eigentlich keine Zeit. »Als ich dich neulich angerufen habe, hat sich jemand anders gemeldet.«

»Wer hat sich gemeldet?«

»Keine Ahnung, jedenfalls warst das nicht du.«

»Wie klang die Stimme?« Bisher habe ich gedacht, dass mein SigPhone irgendwo im Nordwald liegt. Jetzt sehe ich plötzlich, wie sich ein paar Jugendliche aus Nipad durch Alúns Messages scrollen und sich dabei halb totlachen. Nein, ich sehe das natürlich nicht. Ich sehe keine Jugendlichen, ich sehe keine Gesichter, und wenn ich nicht gerade telefonieren würde, würde ich jetzt lachen. Ich würde mich auslachen, weil ich immer noch nicht kapiert habe, dass ich nie wieder etwas sehen werde, und weil ich tatsächlich davon ausgehe, dass Alún mir antwortet.

»Schwer zu sagen. Klang wie ein Mädchen, kann aber auch ein Junge gewesen sein. Wurde dein SigPhone geklaut? Wie nervig. Hat Jenita dir schon erzählt, was wir am Wochenende vorhaben?« Mai wechselt die Themen so schnell wie immer. »Ihre Eltern fahren zu diesem Bewerbertraining von TNE und wir machen bei ihr Party. Eigentlich wollten wir tanzen gehen, aber mein Freund meint, dass sie mit dem Alter hier superstreng sind. Vielleicht können wir eine Flasche Hour besorgen, dann machen wir Crazy Banana.«

»Da wäre ich gern dabei«, sage ich. »Aber wir sehen uns ja bald für ein Wochenende in Tonfato. Erinnerst du dich noch an unseren Deal?«

»Echt jetzt? Erzähl!«

»Tulip und ich haben schon gefühlte tausend Stunden am Zigosee rumgelegen. Wir sind von der Sunset bis zum Roten Felsen geschwommen und vielleicht kann ich ihn überreden, dass wir runterspringen. Wenn es dabei nicht funkt, dann weiß ich auch nicht.«

»Ihr wollt vom Roten Felsen springen?«

Im Hintergrund höre ich eine kurze Melodie. Vielleicht fährt Mai gerade hoch zu der genialen Metrocable, von der Jenita mir Fotos geschickt hat. War das vor drei Wochen oder vor drei Jahren?

»Ich habe schon gehört, dass es bei euch abgeht. Alkohol scheint jedenfalls nicht euer Problem zu sein. Stimmt es, dass man die No-go ohne Erlaubnis der Eltern nicht mehr verlassen darf?«

»Die *No-go?*«

Mai schweigt einen Moment. »No-go, die Zone, ist doch eigentlich egal.«

»Wer nennt die so?« Meine Stimme ist eng. »Und was wird noch erzählt?«

»Seit den Wahlen kommt auf den Monitoren kaum noch etwas über die Zone.«

»Es gibt keine Beiträge mehr über den Unfall in der Factory?«

»Ist das wichtig?« Mai seufzt. »Ich fand die Beiträge sowieso schräg. Immer ging es nur um Holm Stepovic. Solange der Prozess nicht durch ist, kann man ihm doch gar keine Schuld geben.«

»Und bei euch?« Ich merke selbst, dass ich genauso gleichgültig klinge wie Mai. »Machen die anderen immer noch einen Bogen um euch, weil ihr verstrahlt seid?«

»Ach, das.« Mai ist mein Tonfall nicht entgangen. »Ich habe ja schon gesagt, dass sich die Leute für die Zone nicht mehr interessieren. Hör mal, eigentlich bin ich gerade mit zwei Freunden unterwegs, wir wollen aufs Rooftop. Ich rufe dich später an, okay? Was ist denn jetzt mit deinem SigPhone? Soll ich auf deiner alten Signatur anrufen oder auf der normalen?«

»Ruf auf der normalen an«, sage ich. »Bye.«

Ich möchte auflegen, verfehle jedoch den roten Button. Stattdessen erwische ich das Speakerphone und plötzlich ist Florazul von Großstadtsurren erfüllt.

»Mit wem hast du gesprochen?«, höre ich jemanden fragen.

»Das war Tara«, antwortet Mai. »Ist gerade mal ein halbes Jahr her, dass ich sie zuletzt gesehen habe, aber es kommt mir wie eine Ewigkeit vor. Meinst du, wir kriegen im Rooftop –«

Bevor ich noch mehr hören kann, werfe ich mein SigPhone irgendwohin. Mit einem hellen Ton knallt es gegen die Wand. Ich wollte mit Mai überhaupt nicht sprechen. Ich will mit niemandem sprechen, ich will Ruhe.

Mein Kopf gibt aber keine Ruhe. Die ganze Zeit frage ich mich, warum meine Stimme so scheppert und warum mein Gesicht sich so verzerrt anfühlt und warum Florazul so klein ist. Ständig stoße ich mich irgendwo, drüben im Haus ist es fast noch schlimmer. Dort finde ich nicht mal den Weg von der Küche zum Esstisch, ich schaffe die anderthalb Meter vom Esstisch zur Couch nicht allein. Dafür muss ich mir nämlich das Bild unseres Wohnzimmers vor Augen rufen und genau das ist das Problem: Die Bilder, die ich brauche, wollen nicht kommen. Ich sehe nur, was ich nicht sehen will. Ich sehe die vielen Badeanzüge im Dream Center, ich sehe das Plastikessen im Linden Home, ich sehe Immobilienmakler, die alle Anfragen von Umsiedlern ignorieren.

Was ist glatt, außer einem Stein?

Was ist weich, außer einem Stück Holz?

Was ist geschlitzt, außer einer Schraube?

Was ist spitz, außer einer Gabel?

Und was ist das?

Beers *Karton der unterschätzten Sinne* steht am Ende meiner Bastmatte und daneben stoße ich auf drei Bücher, die in Leder eingebunden sind. Ich nehme eins davon zur Hand, das Papier ist dick. Mit ungeschickten Fingern fahre ich über die Oberfläche und spüre einen Strich. Auf den ersten Strich folgt der nächste, und noch einer, und noch einer. Die Striche formen einen kleinen Kreis, der umgeben ist von einem größeren Kreis. Beide Kreise liegen in einem Oval, dessen obere Seite mit geschwungenen Strichen verziert ist.

Das sind meine Wimpern, das ist meine Regenbogenhaut, das ist meine Pupille. Ich habe keine Ahnung, wie Alúns Sketchos hierherkommen, aber eines weiß ich: Ich kann sie lesen. Langsam blättere ich weiter. Ich finde runde Formen, die ich nicht entziffern kann. Sind das meine Knie, ist das meine Halsbeuge? Ist es ein Ellenbogen oder meine

Brust und wie konnte ich gerade denken, dass ich irgendwas erkenne? Aber dann finde ich wieder die geschwungenen Striche meiner Wimpern, und wenn ich meine Augen lesen kann, kann ich vielleicht noch mehr lesen.

Ich lege das Buch zur Seite und taste weiter. Über die feine Struktur meiner Bastmatte taste ich mich zu Florazuls Holzboden. Unter meinen Händen spüre ich Krümel, Grashalme, kleine Steine. Die Dielen müssen völlig verdreckt sein, seit Wochen hat hier niemand geputzt. Ich erreiche meinen Schreibtisch, dort finde ich zwei leere Plastikflaschen und den kaputten Goldring, den Ste mir am Zigosee auf den Finger geschoben hat und den ich nach der Rückkehr aus Ronins Praxis hier abgelegt haben muss. Ich finde meinen Kleiderschrank, das Fach mit den Shirts erkenne ich sofort. Die meisten Oberteile fühlen sich identisch an, das rote Dino-Shirt kann ich aber herausfiltern. Der Dinosaurier reißt sein Maul auf und auch ich möchte mein Maul aufreißen. Ich möchte aus voller Kehle lachen. Wenn ich mich jetzt umziehen würde, wüsste ich sogar, was ich trage.

Wie von allein führen meine Füße mich zur Tür und meine rechte Hand findet die Türklinke von allein. Draußen ist es kühler als in Florazul und es riecht wesentlich frischer. Ich lehne mich in den Türrahmen und warte auf das Bild von unserem Garten. Ich nehme meine ganze Geduld zusammen, und als die nicht ausreicht, warte ich einfach noch länger. Dann sehe ich unser Gartentor und ich sehe das Wiesenstück, das ich überwinden muss, um zu diesem Tor zu gelangen. Ich muss nur ein paar Schritte in absoluter

Dunkelheit gehen und zuerst muss ich meine Schulter von Florazuls Türrahmen lösen. Das will ich gerade tun, da höre ich Mamas Stimme.

»Tara! Wo willst du hin?« Mama klingt panisch.

»Keine Ahnung«, sage ich. »Zum Minishop, ein Frozen Juicy kaufen?«

»Ganz allein?« Mamas Stimme klettert auf der Panikskala noch weiter nach oben. »Ich könnte uns auch zwei Stück Kuchen aus dem Utopia holen. Silver meint, Manars Apfelkuchen schmeckt heute himmlisch.«

»Hat Manar das Café schon eröffnet?«

»Letzte Woche«, sagt Mama.

»Echt? Dann gehen wir jetzt dorthin.«

»Soll ich den Kuchen nicht besser holen? Wir können ihn auf der Terrasse essen.«

»Warum denn?«, frage ich. »Wovor hast du Angst?«

Meine Beine sind noch wackeliger als meine Stimme und trotzdem mache ich den ersten Schritt. Beim zweiten Schritt umschließt Mama meinen Oberarm. Ihr Griff ist so fest, als wäre von uns beiden sie die Blinde und nicht ich, und dass ich ihre Hand abzuschütteln versuche, scheint sie nicht zu bemerken.

Schon auf der Main Road spüre ich, wie sich zwischen meinen Schulterblättern ein Schweißtropfen löst. Mama redet pausenlos auf mich ein, aber ich höre kaum zu. Es geht um einen Nachbarn, der letzte Woche in einem weißen Schutzanzug aus seinem Auto gestiegen und in sein altes Haus gegangen ist, um Unterlagen zu holen, während Beer keinen Steinwurf entfernt Kartoffeln gesetzt hat. Es geht um irgendwelche Zäune, die Beer rausgerissen hat, und es geht um die Astern in den Nachbargärten. Mama beschreibt mir sogar deren Farben. Als sie mit den Farben der Geranien weitermachen will, unterbreche ich sie.

»Verdammt, Mama!«

»Was ist passiert, mein Stern?« Mama bleibt so abrupt stehen, dass ich ins Stolpern gerate.

»Was soll das bringen, wenn du mir jede Kleinigkeit beschreibst?«

»Willst du gar nicht wissen, was sich in den letzten Wochen getan hat?«

Mein Rücken ist inzwischen nass vor Schweiß. »Du erzählst mir, was *du* gesehen hast. Glaubst du wirklich, dass mir dieselben Sachen aufgefallen wären?«

Mamas Griff wird noch fester und eine Weile laufen wir wortlos nebeneinander. Ich hatte den Weg zu Manars Haus kürzer in Erinnerung, allerdings laufen wir wirklich extrem langsam. Ich hebe meine Füße nur wenige Zentimeter und schiebe sie dann vorsichtig nach vorn, damit mich keine Unebenheit überraschen kann. Allerdings bedeutet das, dass mich die kleinste Unebenheit zum Stolpern bringt, und eigentlich will ich nur noch umkehren. Aber Henk hat immer gesagt, wer abgesprungen ist, der schwimmt auch die gesamte Bahn – egal, ob das Wasser einen trägt oder sich dem Körper entgegenstellt.

Endlich haben wir es geschafft und wie durch ein Wunder bewältige ich die drei Stufen zum Utopia problemlos. Es ist kühl im Innern und eine ruhige Melodie fließt durch den Raum. Mama gibt unsere Bestellung auf und bugsiert mich dann in den weichsten Sessel, in dem ich jemals gesessen habe. Ich wüsste gern, wie dieser Sessel aussieht, aber nachdem ich Mama gerade angemotzt habe, kann ich sie schlecht danach fragen. Als direkt hinter mir jemand niest, zucke ich zusammen. Dann scharren Stuhlbeine über den Boden und etwas – jemand? – berührt meine Schulter. Ich weiß nicht, was schlimmer ist, ein unerwartetes Geräusch oder eine unerwartete Berührung. Was soll ich hier, in diesem Raum voller Möbel und Menschen, die ich nicht sehe?

»Hier kommt der Apfelkuchen.« Es klirrt leise, als Manar das Geschirr abstellt. »Tara, dein Teller steht direkt vor dir, die Kuchengabel liegt rechts davon. Den Kaffee stelle ich dir auf zwei Uhr. Und jetzt muss ich schnell zu den zwei Mädels aus Nipad, die sich gerade auf das rote Sofa gesetzt haben. Wisst ihr, ob Beer die Orchideen heute noch bringt? Machen die sich besser auf dem Klavier oder in den Fenstern, was meint ihr?«

Es gefällt mir, wie Manar mir meine Umgebung erklärt, ohne sie mir zu erklären. Ich habe sofort ein Bild vor Augen. Vorsichtig taste ich nach meinem Teller und tatsächlich gelingt es mir, ein Stück Kuchen aufzuspießen und mir in den Mund zu schieben. Eine Mischung aus Apfel und Zimt und Vanille verteilt sich in meinem Mund, sauer wie Einsamkeit, würzig wie Trauer, süß wie Hoffnung. Auch wenn der Name Silver für meinen Geschmack in letzter Zeit etwas zu häufig fällt, muss ich ihm zustimmen: Dieser Kuchen ist himmlisch.

»Ist sie weg?« Ich winke Mama zu mir heran, und als ich ihren Atem auf meiner Wange spüre, flüstere ich: »Wackelt sie immer noch mit dem Kopf?«

Mama sagt gar nichts. Diese Art Schweigen kenne ich und ich kenne auch das Gesicht, das zu diesem Schweigen gehört, ein strenger Blick und dazu ein Mund, der am liebsten loslachen würde.

»Ich weiß, was du meinst«, sagt sie schließlich. »Auch wenn ich so was nicht hören will.«

»Und was willst du hören?« Das kommt lauter heraus, als ich eigentlich wollte. »Dass ich jetzt mit dem Herzen sehe?«

»Manar wackelt immer noch mit dem Kopf und ich möchte hören, dass es dir besser geht.« Mamas Stimme ist zärtlich, aber das macht mich nicht froh. Ich fürchte, es ist eher ein schlechtes Zeichen, dass Mama sich nicht mit mir streiten will. »Und jetzt kommt jemand, der schon lange mit dir reden will.«

»Wie geht es dir, Tara?«

Auch ohne meine Augen weiß ich, wer das ist. Stes Glasstimme ist unverwechselbar und ich kann nichts dagegen tun, dass ich Gänsehaut kriege, als sie weiterspricht: »Hast du morgen schon was vor? Ich muss dir unbedingt etwas erzählen.«

ALÚN

Wahnsinn, was ein paar Pixel alles können. Sie stellen mein ganzes Leben auf den Kopf. Es kommt vor, dass ich auf dem Weg zur Ota High einen Luftsprung mache, und ich spendiere Kent und Dror in der Cafeteria einen Chilikakao. (Leider nacheinander, denn die beiden sind immer noch verkracht.)

Auf welche Schule gehst du jetzt?, texte ich.

Auf welche Schule gehst du denn?, textet Tara.

Ota High. (Könnte schlimmer sein.)

Aha, textet Tara. *Und dort lernt man, nur noch die langweiligen Fragen zu stellen?*

Das ist typisch Tara. Alles an den Messages ist typisch Tara. Dass sie mir nicht verrät, wo sie jetzt wohnt. (Tara hasst Smalltalk. Oder sie schämt sich für das Viertel von Tonfato, in dem Aino eine Wohnung zugewiesen wurde. Obwohl: Tara ist keine, die sich für irgendwas schämt.) Dass sie manchmal innerhalb von einer Minute antwortet und mich manchmal zwei Tage zappeln lässt. (Tara macht die Dinge nur, wenn sie wirklich Lust darauf hat.) Dass sie sich in Tonfato so gut auskennt. (Wahrscheinlich streift sie seit acht Monaten in jeder freien Minute durch die Stadt. Seit ich denken kann, bewundere ich Tara für ihre Energie.)

Dort lernt man, wie man sich als verstrahlter Außenseiter durchschlägt, texte ich. *Geht's dir auf deiner neuen Schule auch so?*

Tara hat sich nicht verändert, nur dass sie auf einmal Frozen Banana mag. Und sie macht keine Schreibfehler, was extrem seltsam ist. Aber vielleicht geschehen tatsächlich noch Wunder. Es ist ja auch ein Wunder, dass sie mir überhaupt wieder textet. Tara textet mir und alles andere ist mir egal.

Mir ist das nächste Matheexamen egal und die Projektpräsentation ist mir auch egal. Ein einziges Mal fahre ich ins National Art Museum und tippe ein paar Eindrücke über Anse Len Grivens Blasenskulptur in mein SigPhone. Mir ist egal, dass ich zwei Verwarnungen wegen Zuspätkommen kassiere, weil Tara und ich uns bis in die Nacht die lustigsten Szenen aus *Lucifer's Paradise* hin- und herschicken und ich am Morgen nicht aus dem Bett komme. Mir ist egal, dass meine Leistungen im Sportunterricht als Beispiel für körperliches Versagen auf ganzer Linie benutzt werden, und mir ist egal, dass ich beim Kleben am Bueno Building höchstwahrscheinlich von einem Watcher gefilmt werde. Mir ist auch egal, dass Liva sich zu Hause überhaupt nicht mehr blicken lässt.

Als sie nach drei Wochen doch überraschend wieder aufkreuzt, holt Mutter das ganz große Besteck raus und will ihr SigPhone konfiszieren.

»Und was machst du, wenn ich es dir nicht gebe?«, fragt Liva. »Ziehst du es mir dann aus der Tasche?«

Mutter dreht sich zu Vater, der wie immer am Schreibtisch sitzt. »Jetzt lass doch mal deine Recherchen. Hilf mir lieber.«

»Hast du schon was rausgefunden?«, fragt Liva.

Vater winkt ab. »Ohne den Zugang zum Mednet komme ich nicht weiter, aber den will mir eure Mutter nicht geben.«

»Damit wird er auch nichts rausfinden«, sagt Mutter. »Er soll endlich akzeptieren, dass in Tonfato alle Chefarztposten besetzt sind, und sich als Assistenzarzt bewerben.«

Auch mich lässt Mutter nicht in Ruhe: Eines Nachmittags stehen in meinem Zimmer plötzlich neue Möbel, die garantiert auf ihre Kappe gehen. Diesen Schreibtisch habe ich mir jedenfalls nicht ausgesucht, auch nicht den Kleiderschrank und die XXL-Bastmatte, die ich mir insgeheim seit Ewigkeiten wünsche. Meine Mutter lässt sich nicht lumpen, an der Decke hängt sogar eine teure Lampe aus Seidenpapier. Ich lasse mich auf die Bastmatte fallen, kneife die Augen zusammen und schnipse die Lampe mit meinem Finger durch das bruchsichere Fenster. Dann schnipse ich die Kamera am gegenüberliegenden Gebäude weg. Wenn ich Liva wäre, würde ich jetzt zu Mutter stiefeln und sie zur Rede stellen. Aber ich habe keine Lust auf Stress und mir sind die Möbel wirklich fast egal.

Nicht ganz egal ist mir, dass Mutter mir am selben Nachmittag den Fliesenkleber (fast voll, weil ungeeignet) unter die Nase hält und sagt: »Kommt dir der bekannt vor?«

»Nie gesehen.« Wie konnte ich den hinter der Lüftungsklappe vergessen? Und wirke ich gerade ahnungslos genug?

»Meine Möbel habe ich vorher übrigens auch noch nie gesehen.«

»Ich habe dir oft genug angeboten, dass wir dein Zimmer gemeinsam einrichten. Diese Tube hier haben die Leute von der Spedition gefunden.«

»Was ist das überhaupt?«

»Fliesenkleber mit Trichlorethylen. Führt kurzfristig zu Euphorie und Halluzinationen, langfristig zu Herzrhythmusstörungen und Nervenschäden.«

Gegen meinen Willen muss ich grinsen. »Du denkst, dass ich sniffe?«

»Ist daran irgendwas witzig?«

»Ich komme schon zurecht«, sage ich. »Kümmere dich lieber um Lone.«

»Wenn ich nur wüsste, wie«, sagt Mutter und wendet sich ab.

Siehst du den Mond?, texte ich. *Er leuchtet so hell, dass man sogar die Krater erkennen kann.*

Der Mond leuchtet nicht, textet Tara. *Er wird von der Sonne angestrahlt.*

Heute so unromantisch?

Das sind die Fakten, textet Tara.

Und ich leuchte nur, wenn du mich anstrahlst, texte ich.

Heute so romantisch?

Das sind die Fakten. Tarita, wann sehen wir uns wieder?

Kann man ein Mädchen lieben, das man seit acht Monaten nicht gesehen hat? Ein Mädchen, mit dem man über ein Jahr nicht gesprochen hat? Ist dieses Flattern in meinem Bauch überhaupt Liebe oder ist es nur eine Erinnerung?

Und dann parken fünf schwarze Wagen vor der Ota High, aber ich kapiere es nicht. Der Großteil der Spinde steht offen und ich kapiere es immer noch nicht. In einigen Gesichtern blitzt Panik auf, aber ich kapiere es einfach nicht. Dass mir in den letzten Wochen etwas zu viel egal war, kapiere ich erst, als die zehnte schwarze Uniform an mir vorbeistiefelt, und da bin ich schon in der Science Section.

Die Ota High ist voller Securities.

Ich muss hier raus, denke ich und laufe doch weiter, Fuß für Fuß, bis ich an meinem Pult sitze. Der Tisch unter meinen Armen ist kühl und ich bin das Gegenteil von kühl. Wie konnte ich drei Wochen lang mit meinem SigPhone kleben gehen und dieses SigPhone regelmäßig in die Ota High schleppen? Und warum war ich auch noch so beschränkt (so verliebt) und habe die Bilder von meinen Fliesen an Tara geschickt? Ich bin echt die totale Hohlbirne, das hätte mir spätestens klar werden müssen, als Mutter mir den Fliesenkleber unter die Nase gehalten hat. Dass ich jetzt geschnappt werde, habe ich echt verdient.

»Wir haben Besuch«, sagt Aldo. »Er kommt ein wenig ungelegen, schließlich haben wir ein straffes Programm. Ihr könnt schon mal eure Rucksäcke leeren, und sobald wir wieder unter uns sind, widmet ihr euch euren Projektpräsentationen. Es geht ja schon bald los, habe ich recht, Alún und Dror? Ich kann es jedenfalls kaum noch erwarten.«

Langsam öffne ich meinen Rucksack und reihe das SigPhone, meine Wasserflasche, meine zwei Sandwiches vor mir auf. Zum Glück habe ich letzte Nacht, statt zu malen, wieder mit Tara getextet. Nur deshalb habe ich heute keine neuen Fliesen dabei, die ich in meinem Spind verstecken will.

Verdammt. Die Fliesen im Spind.

Aldo erzählt irgendwas von den neuen Kameras mit Lipreading-Funktion, die bereits an zahlreichen öffentlichen Plätzen installiert sind und die der Elternrat im nächsten Schuljahr auch für die Ota High anschaffen will. Ich höre höchstens mit einem Viertelohr hin. Wie viele Kameras haben eigentlich aufgezeichnet, dass ich den Spind regelmäßig befüllt habe? Und wer hätte gedacht, dass Hana ein Supercase besitzt?

Der Security, der unseren Kursraum zwei Minuten nach acht Uhr betritt, dreht dieses Case eine halbe Ewigkeit in der Hand. Meinem Pult widmet er keine zehn Sekunden und am Ende nimmt er nur Drors Walkman mit.

»Das können Sie nicht bringen«, protestiert Dror. »Das Ding ist antik.«

»Entschuldige«, sagt der Security. »Hast du gerade geniest?«

»Dror hat sich erkundigt, wo er seinen Walkman nach der Datenanalyse abholen kann«, sagt Aldo.

»Office G5«, sagt der Security. »Die Analysedauer beträgt acht Wochen.«

»Sind Sie verrückt?«, ruft Dror verzweifelt. »Die July Challenge endet in zwei Tagen!«

»Noch ein Wort«, sagt der Security. »Und ich nehme dich auch mit.«

»Was haben Sie gegen meinen Schüler vorzubringen?«, fragt Aldo.

»Darum kümmern wir uns in der Office«, sagt der Security. »Über Sie lässt sich sicher auch etwas herausfinden.«

Als er den Raum verlassen hat, fährt Aldo sich mit der Hand übers Gesicht. Er sieht blass aus, das fällt mir erst jetzt auf. Vermutlich bin ich genauso blass. Dass der Security weg ist, muss noch lange nichts heißen.

»Irgendjemand, der darüber reden will?« Aldo lässt sich auf seinen Stuhl fallen.

»Darüber, dass der District Straftaten aufklärt?«, fragt ein Typ aus der letzten Reihe.

»Mein Projekt kann ich jetzt jedenfalls nicht mehr vorstellen.« Dror klingt echt fertig. »Ohne meinen Walkman ist die gesamte Präsi im Eimer.«

»Dann kannst du den Rest der Stunde dafür nutzen, um dir etwas Neues einfallen zu lassen.« Aldos Stimme klingt gepresst. »Ihr habt jetzt zwanzig Minuten Freework und mit den Präsentationen beginnen wir wie geplant in der übernächsten Woche.«

Die meisten haben ihren Kram schon zurück in die Rucksäcke gestopft, jetzt holen sie ihre Unterlagen wieder raus. Aldo wirkt hinter seinem Pult ungefähr so lebhaft wie eine Eidechse im Winter. Er nickt nicht mal, als ich mich zur Toilette abmelde. Die Flure sind menschenleer und statt zum Jungsklo renne ich zu den Spinden. Mein Rücken ist nass vor Schweiß, und als ich mein SigPhone raushole, kapiere ich, dass ich gerade den nächsten Fehler mache. Bestimmt ist der

Spind längst leer geräumt und steht noch dazu unter Beobachtung. Und selbst wenn die Fliesen noch darin liegen, wohin soll ich sie bringen? Zum Jungsklo? Nach draußen? Was, wenn ich dabei dem nächsten Security in dic Arme laufe? Schnell stecke ich mein SigPhone zurück in meine Hosentasche und schlendere möglichst beiläufig an den Spinden vorbei.

Als ich den Kursraum wieder betrete, halten die meisten ihre SigPhones in den Händen. Aldo, die Eidechse, kümmert sich nicht darum. Erst als es zum Kursende gongt, kehrt das Leben in ihn zurück. Er wischt das Whiteboard ab, an das er gar nichts geschrieben hat, und dann passt er mich schon wieder ab.

»Hast du noch eine Minute, Alún? Ich möchte dich etwas fragen.«

Der Kunstkurs. Das kann doch nicht wahr sein, vor allem nicht heute. Ich muss dringend mit Kent reden. Ich muss wissen, ob er den Spind so programmiert hat, dass er die Signatur meines SigPhones preisgibt.

Aber natürlich lässt Aldo sich nicht abwimmeln. Ehe ich weiß, wie mir geschieht, stehe ich vor einem Schrank mit fünfzig schmalen Laden, die Reproduktionen enthalten.

»Die Securities haben mein Archiv durcheinandergeworfen und ich dachte, dass du dich damit besser auskennst als ich.« Aldo zieht eine Lade auf. »Meine Kollegen dürfen von dem Chaos jedenfalls nichts mitkriegen. Sie machen sich sowieso schon über mich lustig, weil ich mit Papierbildern arbeite. Aber was soll ich sagen? Ich mag Papier. Weißt du vielleicht, von wem diese Arbeit stammt?«

»Ist das nicht *Quellwaldruh* von Edin Anas?«

Das Gemälde habe ich in Lernstufe eins beschrieben, das war noch in Rekan. Tara hat dieselbe Bildbeschreibung in Lernstufe zwei abgegeben und aus unerfindlichen Gründen eine höhere Punktzahl erhalten. *Quellwaldruh* ist eines dieser alten Gemälde, die mich ganz nervös machen. Es ist überall zu sehen, auf Bonbontüten und auf SigPhone-Hüllen und im Hintergrund von Monitoren. Eigentlich ist es unmöglich, dass Aldo es nicht kennt.

»Stimmt«, sagt Aldo. »Das ist *Quellwaldruh.* Und das hier?«

In der nächsten Lade liegt *Florazul* von Dato Cal. Die vielen bunten Blumen sind fast noch schöner als die Landschaft von *Quellwaldruh* und sie machen mich noch nervöser. Ich glaube, ich werde nervös, weil ich mich immer frage, warum ich selbst nicht solche Bilder male. Wahrscheinlich könnte ich es, aber es interessiert mich nicht. Dabei wäre es so viel einfacher als alles, was ich bisher gemacht habe, inklusive meiner Fliesen. Aldo scheint es allerdings nicht um meinen oder seinen oder den Kunstanspruch von Dato Cal zu gehen. Nach den nächsten zwei Laden (*Moonrise* von Linu Papissen und *Südenplan* von Juro Benedek) beginne ich mich zu fragen, was er eigentlich von mir will. Soll Aldo mich ablenken, während die Securities die Fliesen aus dem geheimen Spind nach Fingerabdrücken absuchen?

»Und die hier, kennst du die auch?«

In der nächsten Lade liegt keines dieser bekannten Bilder. In der nächsten Lade liegt überhaupt kein Gemälde. In der nächsten Lade liegen, säuberlich aufgereiht, zwölf Fliesen, auf die jemand mit Acrylmarkern ein Auge gemalt hat. Mir ist plötzlich sehr heiß.

»Kennst du auch nicht, oder?« Seelenruhig schiebt Aldo die Lade zurück. »Ich finde diese kleinen Bilder ganz herausragend, aber vermutlich erfassen nur wenige Menschen die Meisterschaft darin. Deswegen bringt es gar nichts, die Bilder jemandem zu zeigen. Ich bewahre sie einfach hier auf, und wenn jemand sie durch Zufall finden sollte, sage ich ihm dasselbe wie dir – dass mir mein Archiv durcheinandergeraten ist und ich beim besten Willen nicht weiß, woher die stammen. Vielleicht kennst du dich mit diesem Gemälde hier besser aus.«

Aldo zieht die nächste Lade auf. Diesmal ist es *Strandkorb mit Möwe*. Das müsste ich sagen, aber jetzt bin ich die Eidechse im Winter. Ich kriege keinen Ton raus. Mein Blick wandert zum Fenster: Auf dem Vorplatz der Ota High steigen gerade zwanzig Securities in ihre schwarzen Wagen. Durch das dicke Fensterglas kann ich nicht hören, wie sie losfahren. Ich weiß aber, wie ihre Motoren schnurren – leise wie Katzen. Ist es wirklich möglich, dass Aldo schneller war? Kaum sind die Wagen verschwunden, füllt sich der Vorplatz mit Schülern.

»Was malen Sie eigentlich?«, höre ich mich fragen.

»Zum Malen bleibt mir gerade wenig Zeit«, sagt Aldo. »Früher habe ich so was gemacht.«

Mit dem Fuß zieht Aldo die unterste Lade heraus. Darin liegen kleinformatige Bleistiftzeichnungen mit optischen

Täuschungen: eine Burg mit Treppenstufen, die höher und höher führen und am Ende doch aufeinandertreffen. Ein Würfel, dessen Kanten auf unmögliche Weise ineinander verschlungen sind. Ein Dutzend Menschen, die einander die Hand reichen, die Hand reichen, die Hand reichen.

»Die Treppen habe ich ein bisschen zu oft gesehen«, sage ich. »Die Menschen finde ich ganz gut.«

»Wenigstens bist du ehrlich. Ich will auch ehrlich sein: Dafür, dass du erst fünfzehn bist, ist mir dein Panzer etwas zu dick. Aber du hast mir jetzt oft genug zu verstehen gegeben, dass du ihn für mich nicht öffnen wirst. Ich will dir nur noch etwas geben, dann lasse ich dich in Ruhe.« Er drückt mir eine Packung Acrylmarker in die Hand. »Und jetzt ab in den nächsten Kurs.«

Im Flur herrscht schon das Gewusel, das wenige Sekunden vor dem Gong einsetzt. Wenn ich mir nicht die dritte Verwarnung einfangen will, muss ich zur Humanities Section rennen.

Ich schultere meinen Rucksack, die Packung mit den Acrylmarkern halte ich fest in der Hand. Irgendwie fühlt sich die Pappe seltsam an, nicht nach Stiften, sondern nach etwas anderem. Als ich sie öffne, fällt mir ein Case entgegen. Ich ziehe die Luft ein. Es ist ein Supercase und darin sind Sick-Phones. Ganze fünf Stück. Aldos optische Täuschung hängt noch in meinem Kopf – diese Menschen, die einander die Hand reichen. Seit ich Fliesen klebe, reicht mir immer wieder jemand die Hand. Aber das ist nicht der Grund, aus dem ich wie angewurzelt im Flur stehe. Ich bin stehen geblieben, weil die Menschen auf Aldos Bild einander über alle Bildebenen hinweg berühren können. Weil neulich die Spitze des Tonfato Tower aus der Platane im Palast-Garden ragte wie ein stählerner Ast. Weil ich, wenn ich ein Auge zukneife, die Kamera auf der anderen Straßenseite wegschnipsen kann. Solche Spielereien mussten wir in Rekan malen, und um zu beweisen, wie langweilig ich das finde, habe ich in einer einzigen Stunde gleich drei davon gekritzelt: ein Fenster, das Beers Garten wie ein Bilderrahmen umfasst. Eine Hand, die in den Himmel greift und die Sonne pflückt. Die Silhouette von Tonfato, die aus dem Roten Felsen zu wachsen scheint.

Stopp. Hier ist der Fehler.

Wenn ich den Zeigefinger ausstrecke, kann ich den Tonfato Tower umstoßen.

Und das checke ich erst jetzt?

Tara stand nicht am Tonfato Tower, als sie mir das getextet hat. Sie war nicht mal in Tonfato, als sie mir diese Message geschickt hat. Es bestand nie die Möglichkeit, dass wir uns mal eben so im Palast-Garden treffen und einen Frozen Juicy zusammen schlürfen. Tara hat die Message auf dem Roten Felsen getippt.

Sie ist in Rekan.

Und ich habe die dritte Verwarnung schon sicher.

TARA

»Hör auf zu zappeln, sonst schneide ich dir noch den Arm ab.«

Singalovs Küchenschere ist kalt auf meiner Haut und Ste führt sie langsam über meinen Unterarm. Sie muss nur einmal abrutschen und wir sitzen in einem Blutbad. Und dabei soll ich stillhalten?

»Was ist denn los, Tara?«

Ich fürchte, es ist nicht nur das Blutbad und es ist auch nicht die Tatsache, dass ich heute zum ersten Mal seit fast drei Jahren wieder in unserem Nachbarhaus bin. Nein, ich zappele herum, weil Ste viel zu nett zu mir ist, nachdem ich sie wochenlang ignoriert habe. Ich zappele wegen Stes heller Stimme, wegen ihren warmen Fingern und wegen diesem Duft nach Vanille und Kaffee. Wenn ich diesen Duft wahrnehme, legt sich auf meine Brust ein erschreckend schönes Gefühl. Ein Gefühl, das ich nicht einordnen kann, oder kann es sein, dass ich es gar nicht einordnen will?

»Du hast es geschafft.« Ste atmet aus und ich höre das Geräusch, mit dem sie die Schere auf dem Küchentisch ablegt.

Vorsichtig bewege ich meinen Arm. Gerade habe ich mir noch vorgestellt, dass ich nach draußen renne, sobald ich die Schiene los bin. Dass ich einen Handstand mache, ein Rad schlage, auf Händen laufe. Aber ich kann jetzt nicht auf Händen laufen. Es ist so, wie wir es im Netz gelesen haben: Mein Unterarm ist ein toter Fisch, nicht mal die Finger kann ich noch krümmen. Hoffentlich hat das Netz auch damit recht, dass sich die Muskeln innerhalb weniger Tage wieder aufbauen. Und hoffentlich entdecken Mama und Beer nicht, dass Ste die Schiene einfach aufgeschnitten hat.

»Und jetzt?«, fragt Ste.

»Wolltest du mir nicht etwas erzählen?«

»Das mache ich gleich«, sagt Ste. »Erst mal zeige ich dir die Beete, die Beer und ich angelegt haben.«

»Meinetwegen.« Nicht, dass ich von diesen Beeten auch nur einen Quadratzentimeter sehen werde – aber ich habe auch keinen besseren Vorschlag.

Ste führt mich nach draußen. An ihrer Hand laufe ich über Singalovs Wiese. Dort, wo ich den Zaun vermute, gehen wir einfach weiter. Ste erklärt mir, dass Beers Beete von unserem Garten bis zu Vics Grundstück reichen. Sie hat Beer geholfen, die Zäune niederzureißen, und gemeinsam haben sie alles gepflanzt, was er im Baumarkt von Nipad finden konnte – Erdbeeren und Lavendel, Möhren, Radieschen, Kohlrabi. Beer hat auch die Obstbäume verschnitten und ich nicke, obwohl ich davon nicht viel mehr wahrnehme als das Hell und Dunkel von Licht und Schatten.

Vielleicht ist es der Schatten eines Obstbaums, in dem wir stehen bleiben. Ste redet immer weiter, von drei Jugendlichen aus Juka, die es mir nachgemacht haben und vom

Roten Felsen gesprungen sind. Zwei von ihnen haben wenige Tage danach ihr Augenlicht verloren, der dritte ist abgehauen. Kurz vor Belo wurde er von einem Zug erfasst, offenbar war auch er erblindet. Aus Nipad sind ein paar Jugendliche verschwunden und niemand weiß, ob sie möglicherweise blind durch Tonfato oder Belo irren. Die Districtverwaltung tut jedenfalls nicht mehr, als die Vermisstenanzeigen aufzunehmen. Sie kümmert sich auch nicht um das Krankenhaus in Nipad, das irgendwer komplett entglast hat, vielleicht um sich bestimmte Medikamente zu besorgen, oder darum, dass seit Kurzem die Regale im Maximarkt von Itapu nahezu leer gefegt sind. Ste erzählt, dass die Main Road immer noch nicht asphaltiert wurde und dass auch die blauen Säcke mit der obersten Erdschicht aus unseren Gärten noch im Nordwald liegen. Mittlerweile sind fast alle aufgerissen, das waren wahrscheinlich Wildschweine.

»Jetzt verteilt sich die kontaminierte Erde im ganzen Nordwald«, sagt Ste. »Mir tut das alles total leid.«

»Du kannst doch gar nichts dafür.«

»Es fühlt sich einfach falsch an, dass es mir gut geht, obwohl ich schon seit Monaten hier lebe.« Stes Stimme klingt unsicher.

»Jetzt hör mal, Ste.« Das Herz klopft mir auf einmal bis in den Hals. »Ich muss dir auch was sagen. Ich muss mich entschuldigen, dass ich nicht mehr mit dir geredet habe. Es war nur, weil –«

»Schon gut.« Stes Stimme ist nahe neben mir und da sind wieder ihr Vanilleduft und der leichte Geruch nach Kaffee.

»Du wolltest einfach jemandem die Schuld daran geben, dass du erblindest. Und weil ich dich nicht vor der Schranke gewarnt habe, habe ich mich angeboten, kann das sein?«

»Kann schon sein.« Eigentlich wollte ich etwas anderes sagen. Ich wollte sagen, dass ich Stes Nähe gemieden habe, weil sie mich mit ihrem Wissen über mich verunsichert. Ich wollte sagen, wie nahe ich mich ihr fühle – eine Nähe, die ich mir nicht erklären kann. Es ist so was wie Verliebtheit, aber es ist auch etwas anderes. Außerdem gibt es ja noch Alún. Und es gibt Tulip, mit dem ich dringend reden muss. Aber bevor ich neu ansetzen kann, macht Ste schon weiter.

»Hauptsache, wir reden wieder miteinander«, fährt sie fort. »Jetzt kann ich es dir endlich erzählen.«

»Was kannst du mir erzählen?« Meine Stimme ist klein.

»Es geht um Alún.«

»Alún«, sage ich, »Alún, Alún«, als müsste ich überlegen, wen Ste meint.

»Er liebt dich.«

»Hör auf.« Übelkeit steigt in mir auf, als hätte ich drei Devil auf einmal gekippt.

»Jetzt hör mir doch mal zu.«

»Alún hatte seine Chance. Er hatte genug Zeit, um auf meine Message zu reagieren. Dass er das nicht getan hat, ist Antwort genug. Wahrscheinlich ist es sogar besser, dass ich mein SigPhone verloren habe.« Ich löse mich so abrupt aus dem Schatten, als müsste ich etwas abschütteln. Wenn Ste und ich wirklich verbunden sind, warum fängt sie dann genau jetzt von Alún an? Und warum habe ich das Gefühl, dass Ste etwas weiß, was die Sache mit Alún in einem neuen Licht erscheinen lässt? Ich will kein neues Licht, ich will keine neuen Erkenntnisse und meine Stimme ist sehr laut, als ich frage: »Wo sind eigentlich die anderen?«

»Die sind jetzt meistens im Garten von Amber und Lex. Keine Ahnung, was die dort machen.«

»Dann finden wir das jetzt heraus«, sage ich.

Schon am TNE Square höre ich die Beats. Mit jedem Schritt werden sie lauter, und als Ste mich nach links dirigiert und ich unter den Füßen statt Asphalt weiches Gras spüre, kommt eine Melodie dazu.

»Tara!« Sorjanas Stimme legt sich über die Musik.

»Tara ist wieder da?« Etwas in Ambers Stimme sagt mir, dass sie nichts mehr sieht. »Ist dir auch endlich aufgegangen, dass es nichts bringt, ganz allein schwarzzusehen?«

»Super Witz, Amber.« Das kommt von Karmiel, offenbar sind sie alle hier. »Den hat noch niemand gebracht.«

»Seit wann habt ihr hier draußen Musik?«, fragt Ste. »Was sind das für Boxen?«

»Die sind von unserer guten alten Sportlehrerin«, sagt Karmiel. »Wusstet ihr, dass über ihrem Bett ein riesiger Spiegel hängt?«

»Ihr seid in ihr Haus eingestiegen?«, fragt Ste.

»Ja, stell dir vor – wir sind in ihr Haus eingestiegen.« Amber äfft Stes Tonfall nach und jetzt ist ihre Stimme doch wieder fest. »Wir sind in so einige Häuser eingestiegen. Warum auch nicht? Glaubst du echt, dass noch irgendwer kommt, um sein Zeug zu holen? Die haben doch längst neue

Häuser mit neuem Zeug, diese ganzen Ärzte und Lehrer und Ingenieure oder weiß der Himmel, woher deren fette Konten kommen. Wir haben es verkackt oder soll ich sagen, dass unsere Eltern es verkackt haben? Jedenfalls hocken wir jetzt in dieser kontaminierten Zone, im Gegensatz zu allen anderen. Die wollen doch gar nicht wissen, was dieser Idiot namens Holm Stepovic falsch gemacht hat. Die wollen nicht mal wissen, was hier abgeht. Vielleicht sind wir demnächst tot und du willst auf irgendwen Rücksicht nehmen?«

In den nächsten Wochen lande ich so oft in diesem Garten, dass ich den Weg bald alleine finde. Karmiel und Tulip haben ihr Augenlicht nicht verloren, sie holen Liegestühle und Getränke aus den umliegenden Häusern. Manar bringt uns Kuchen, Beer bringt Obst und Ambers Mutter hat irgendwo Langstöcke aufgetrieben. Eigentlich müssten wir uns dafür bedanken. Wir müssten auch üben, uns mit den Langstöcken zu orientieren, und vielleicht sollten wir nach Tonfato fahren und die Districtverwaltung zur Rede stellen. Vor allem müsste ich wieder schwimmen. Zumindest abtrainieren müsste ich, damit mein Herz nicht unterfordert ist und mein Blutdruck nicht komplett aus dem Lot gerät. Tulip fragt mich auch manchmal, ob ich ihn zum Zigosee begleite. Er meint, dass wir zur Sicherheit unsere Handgelenke mit Seilen verbinden könnten, aber das will ich nicht.

Sowieso will niemand außer Tulip zum Zigosee. Wir reden nicht darüber, was jetzt aus der Sunset wird und was die Erwachsenen den ganzen Tag anstellen und wo eigentlich die Journalisten abgeblieben sind. Uns allen ist klar, dass die Journalisten sich aus dem Staub gemacht haben, weil sie ihr Augenlicht behalten wollen. Immerhin können sie uns nicht mehr stören, wir können also ganz beruhigt im Garten von Amber und Lex rumhängen und Musik hören. Manchmal reden wir auch über die Zeit vor der Explosion, über die Leute, die wir vermissen, oder über unsere Lehrer, die wir zum Glück allesamt nicht wiedersehen müssen. Wenn wir uns Mühe geben, können wir über manches sogar lachen.

Dann hat Amber Geburtstag. Sie wird siebzehn und an diesem Tag hören wir ausschließlich die Limited Disks, die Tulip in ganz Rekan aufgetrieben hat. Er hat auch Whisky und vor allem bessere Boxen besorgt. Die Bässe lassen die Fensterscheiben klirren und spät am Abend kommt Ambers Mutter in den Garten und bittet uns, die Musik abzudrehen. Es ist das erste Mal, dass sie sich einmischt, und später kommt sie zum zweiten Mal. Beim dritten Mal schaltet sie die Boxen einfach selbst aus.

»Was soll das?«, faucht Amber.

»So geht das nicht weiter«, sagt ihre Mutter.

»Und wie geht es weiter?«, ruft Amber. »Sag uns doch, wie es weitergeht!«

Ambers Mutter fängt an zu weinen und Karmiel schaltet die Boxen wieder ein und teilt die nächste Runde Whisky aus. Später lache ich über Witze, die ich einen Augenblick später schon nicht mehr lustig finde. Noch später führt mich jemand ins Haus, legt mich in ein Bett und deckt mich mit einer leichten Decke zu und dann höre ich eine leise Stimme an meinem Ohr: »Weißt du was, Tarita? Der Mond ist heute besonders hell. Er leuchtet so hell, dass man sogar die Krater erkennen kann.«

Am Morgen finde ich mich in Ambers Zimmer wieder und mir wird klar, dass ich gestern zu viel Whisky getrunken haben muss, oder hat mich in der Nacht tatsächlich jemand mit dem Namen angesprochen, mit dem Alún mich in der guten Zeit gerufen hat? Es gab eine wunderschöne Zeit zwischen Alún und mir und diese Zeit ist mir immer noch zu nahe. Ich weiß nicht, ob das Ziehen in meiner Brust doch wieder Alún gilt oder jetzt vielleicht Ste oder ob es einfach der Schmerz darüber ist, etwas für immer verloren zu haben.

Ste ist meistens dabei, sie ist jedoch schweigsamer als früher. An den meisten Abenden bringt sie mich zurück zu Florazul und ich bitte sie fast jedes Mal herein. Wir schalten dann einen Film an oder tauschen Klamotten. Für mein rotes Dino-Shirt gibt sie mir eine von ihren Kansaii Limiteds, was wahrscheinlich den Handel meines Lebens darstellt, nur dass ich davon nicht mehr sonderlich viel habe. Zu einem Hemd von Beer sieht die Kansaii einfach groß aus, sagt Ste und schminkt mir die Lippen. Ste kennt die abgefahrensten Filme, und wenn die Schauspieler gerade nichts sagen, erzählt sie mir, was sie sieht. Und immer wieder fängt sie von Alún an, aber ich bringe sie jedes Mal zum Schweigen. Oft bin ich kurz davor, ihr das zu sagen, was ich ihr schon vor Wochen sagen wollte, und gleichzeitig bin ich meilenweit davon entfernt. Was wollte ich ihr eigentlich sagen – dass wir miteinander verbunden sind, weil sie bei *Lucifer's Paradise* exakt dieselben Szenen wie ich lustig findet? Dass ich noch nie jemanden getroffen habe, der mich nach so kurzer Zeit so gut kennt? Dass möglicherweise zum ersten Mal in meinem Leben ein Mädchen mein Herz schneller klopfen lässt? Schon vor dem Ausflug zum Roten Felsen habe ich gespürt, dass Ste meine Nähe sucht. Seit ich blind bin, ist sie mir noch viel nähergekommen. Ich spüre aber auch den Abstand, den sie wahrt. Oder bin ich diejenige, die auf diesem Abstand besteht, wappne ich mich schon für die nächste Enttäuschung?

Es liegt jedenfalls nicht an Ste, dass ich eines Nachts auf der Straße sitze und nicht viel mehr weiß, als dass es sich bei dem harten Stein unter meinem Hintern um den Bordstein der Main Road handelt. Ste hat mich vor Florazuls Tür abgesetzt und ich habe gehört, wie Singalovs Haustür hinter ihr zugeschlagen ist. Als es wieder still war, hielt ich es für eine gute Idee, einen Abendspaziergang zu machen. Allerdings hat mich nach wenigen Schritten eine Stufe zu Fall gebracht und seitdem weiß ich nicht mehr, wo ich bin. Also sitze ich hier und warte. Ich bin fest davon überzeugt, dass Ste kommt. Sie ist immer zur Stelle, wenn es gefährlich wird, und heute werde ich ihr die Wahrheit sagen, auch wenn ich nicht weiß, was die Wahrheit ist.

»Ste, wenn du bei mir bist, kriege ich weiche Knie«, sage ich probeweise. »Wenn ich mit dir rede, zieht es in meiner Brust. Ich glaube, dass wir miteinander verbunden sind, oder warum muss ich die ganze Zeit an dich denken? Wie kann es sein, dass du so viel über mich weißt?«

»Tara?« Ich zucke zusammen, als mich jemand anspricht. »Mit wem redest du?«

Das ist keine Glasstimme, diese Stimme ist aus Butter. Das muss Silver sein, geht mir auf. Mir war nicht klar, dass Silver immer noch in der Gelben Zone ist.

»Mit den Autos«, sage ich müde. »Wo sind wir eigentlich?«

»Direkt vor eurem Gartentor. Warte, ich nehme dich mit nach drinnen.«

Natürlich kündigt Silver seine Berührung nicht an und natürlich ist sein Griff zu fest. Das Gartentor schwingt auf, dann höre ich ein vertrautes Maunzen.

»Schau mal, Io begrüßt dich. Und da ist Aino.«

Mamas Schritte durch den Garten hören sich anders an als sonst. Wenn Silver sie nicht angekündigt hätte, hätte ich sie nicht erkannt.

»Tara, mein Stern.« Aus irgendeinem Grund klingt Mama nicht so wütend wie erwartet. »Wo warst du?«

»Unterwegs.« Schnell lege ich mir ein paar Sätze zurecht. Dass sie mich nicht wie ein kleines Kind behandeln muss, bloß weil ich blind bin. Dass sie mich mit ihren Vorschriften verschonen, dass sie mich überhaupt in Ruhe lassen soll. Vielleicht kann ich mit einem Frontalangriff auch davon ablenken, dass es ziemlich spät ist.

»Tut mir leid«, sagt Mama an Silver gerichtet. »Über der neuen Figur habe ich alles andere vergessen. Ich muss irgendwie noch die Farbe von meinen Unterarmen kriegen. Hast du so lange Zeit?«

»Ich habe alle Zeit der Welt«, sagt Silver.

»Was für eine Figur?«, frage ich. »Seit wann arbeitest du wieder mit Farbe?«

»Ich habe dir doch von meiner neuen Serie erzählt.« Jetzt klingt Mama doch genervt. »Was machst du eigentlich um diese Uhrzeit noch draußen? Ich mache mir Sorgen, wenn du allein unterwegs bist, verstehst du das nicht?«

Ich mache mir auch Sorgen, aber danach fragt Mama schon lange nicht mehr. Und seit wann spricht sie mit einer flattrigen Stimme? Diese Stimme kenne ich nur von mir. Auf dem Hochsitz im Nordwald habe ich so gesprochen, als von Minute zu Minute klarer wurde, dass Alún und ich uns gleich küssen.

Und plötzlich kapiere ich, warum Silver nicht abgereist ist, und ich kapiere, warum Mama so seltsam spricht. Silver hat seinen Beitrag längst abgeschlossen und Mama hat ihre neue Serie lieber jemand anderem zuerst gezeigt. Wie dick ist das Brett vor meinem Kopf eigentlich? Wut steigt in mir auf, scharf und kalt wie die Schere, mit der Ste die Schiene an meinem Unterarm aufgeschnitten hat. Ich verliere mein Augenlicht und Mama hat nichts Besseres zu tun, als sich zu verlieben. Muss ich mich jetzt etwa für sie freuen? Ich bin an der Reihe. Ich bin fünfzehn. Wenn die Liebe jemanden treffen sollte, dann mich.

Und ich war ja auch verliebt. Ich war verliebt, wie man nur verliebt sein kann, damit hat Ste völlig recht. Aber dann hat Alún mit seinen Schmierereien alles kaputtgemacht. Und vermutlich muss ich darüber froh sein, denn Alún war offenbar am meisten in meine Augen verliebt. Ein halbes Skizzenbuch hat er mit meinen Augen gefüllt, und wer weiß, wie meine Augen mittlerweile aussehen. Sind sie weiß, sind sie milchig, sind sie verklebt wie Ios Augen und wer kann ich jetzt, ohne meine Augen, für Alún überhaupt noch sein?

ALÚN

Ein Kind öffnet den Mund zu einem Schrei. Ein Arbeiter hebt ungläubig den Blick. Ein Anzugmensch drückt sein Sig-Phone ans Ohr. Ich kann es kaum fassen, dass diese Figuren aus Holz sind. Ich kann es kaum fassen, dass das Figuren sind. Ihre Gliedmaßen sind nicht bis ins Letzte geschnitzt, ihre Gesichter mit wenigen Pinselstrichen angedeutet. Sie wollen nicht realistisch sein, aber sie sind es. Es sind echte Menschen – Menschen, die die Explosion der Factory 11 erleben, Menschen im Angesicht des Todes. Jede einzelne Figur ist im Besitz eines Sammlers und für neue Figuren gibt es eine Warteliste, auf die man sich erst setzen lassen kann, wenn man von heute auf morgen eine Summe in Höhe einer Fünfzimmerwohnung locker machen kann.

Wenn diese Arbeiten nicht von Aino Doron wären, würde ich sagen, dass hier jemand aus dem größten Chemieunfall der letzten Jahre Profit schlägt. Aber Aino ist nicht so, das weiß ich genau. Aino hat mit ihrer neuen Serie bestimmt keinen Erfolg angestrebt. Nachdem sie jahrelang alles gegeben und nichts bekommen hat, hat sie gar nichts mehr angestrebt. Sie hat im Sommer Apfelmus eingekocht und im Herbst Kartoffeln geerntet und im Winter hat sie, statt ihre Werkstatt zu heizen, drei Pullover übereinander gezogen, damit sie Tara vielleicht doch noch ein neues SigPhone schenken konnte. Nun verdient sie das Geld, das sie immer gebraucht hat. Nun ist sie berühmt und ich frage mich, wie es ihr damit geht. Das finde ich im Netz natürlich nicht raus – wie Aino sich fühlt. Abgesehen von diesen Figuren finde ich im Netz so gut wie gar nichts.

Ich habe schon jeden Suchbegriff in mein SigPhone getippt: Rekan. Galapa. Factory 11. TNE. Holm Stepovic. Katastrophe, Explosion, Zwischenfall. Rückkehrer. Umsiedler. Tara Doron. Es muss doch irgendwas zu finden sein. Irgendwas muss es geben, Vater und Liva wussten schließlich auch ein paar Sachen. Aber alles, was ich finde, ist ein kurzes Video, auf dem die Gouverneurin des Campo District in einen Apfel aus der Gelben Zone beißt. Ich finde Aufnahmen aus den Notunterkünften, deren Bewohner verdächtig glücklich aussehen, und eine unübersichtliche Seite auf dem Server eines anderen District. Sie enthält eine riesige Tabelle, in der für jeden Tag seit der Zonenöffnung verschiedene Messwerte eingetragen sind. Es gibt Messungen vom Campo District und Messungen von einer Organisation namens Eyes Open. Die Werte unterscheiden sich zum Teil drastisch, aber ich kapiere nicht mal, was dort gemessen wird. Ich finde auch Satzfetzen: *Laut TNE ist das Zertifikat der Factory 11 –*

Oder: *Elf Rückkehrer sind es, die bisher von der rätselhaften Krankheit –*

Wenn ich diese Satzfetzen anklicke, lande ich jedes Mal auf einer toten Site. Nicht, dass ich mich so gut auskennen würde wie Kent und Dror, man muss aber kein Hacker sein, um zu checken, dass da irgendwer eine ziemlich gründliche Netzkosmetik betrieben hat.

Aber warum? Das verrät mir nicht mal Tara. Tara weigert sich standhaft zu telefonieren. Tara textet mir, aber sie antwortet nicht mehr auf meine Fragen. Warum hat sie für sich behalten, dass sie in Rekan ist? Wie ist es dort, in der Gelben Zone? Hat jemand unser Haus geplündert? Könnte sie reingehen und mir meine Sketchos zuschicken? (Ohne sie durchzublättern, wenn's geht. Aber Tara weiß, dass meine Sketchos tabu sind.) Kommt sie in nächster Zeit nach Tonfato und bringt sie mit? Oder soll ich sie in Rekan besuchen, würde sie sich mit mir treffen? Sie schwimmt im Zigosee, das textet Tara. Amber und Lex, Sorjana, Tulip, Karmiel – sie alle sind auch zurück, das textet sie. (Ausgerechnet Tulip.) Gemeinsam hängen sie im Leisure Park ab, auf diesem Schaufelraddampfer namens Sunset. Ich frage sie, ob wir uns wiedersehen, und sie textet: *Vielleicht ist zu viel passiert. Vielleicht kann ich dir nicht verzeihen.*

Und warum textest du mir dann?

Nichts.

Warum hast du dich überhaupt gemeldet, wenn du mich nicht in deinem Leben haben willst?

Nichts.

Mein Herz klopft schneller. Weißt du was, Tara? Auf solche Spielchen habe ich keine Lust. Früher warst du anders, da warst du direkt. Wenn dir jetzt so was gefällt, dann rufen wir wieder das Zeitalter des absoluten Schweigens aus. Dann klebe ich die letzten Fliesen und danach vergessen wir die Sache.

Es ist mitten in der Nacht, ich öffne meine Zimmertür. Leise tappe ich durch die dunkle Wohnung in den Kochbereich. Das weiße Kühlschranklicht fällt mir entgegen, im Augenwinkel nehme ich einen Schemen wahr. Ich drehe den Kopf und zucke zusammen, als ich eine Gestalt am Esstisch entdecke. Völlig reglos sitzt dort Mutter. Sie sitzt mit dem Rücken zu mir, ihr Blick ist in die Nacht gerichtet. Sie muss mich gehört haben, aber sie dreht sich nicht um. Auch ich sage nichts und nach ein paar Sekunden ist es zu spät für jedes Wort.

Als ich mit zwei Filled Cookies wieder in meinem Zimmer bin, hat Tara doch noch geantwortet.

Ich will dich in meinem Leben haben. Sorry, ich bin durcheinander. Ab jetzt texte ich die Wahrheit.

Okay. Erste Frage: Warum hast du mir verschwiegen, dass du in Rekan bist?

Ich wollte kein Mitleid. (Ja, das passt zu Tara.)

Zweite Frage: Wie ist es dort?

Es ist anders.

Anders als hier? Anders als früher? Ich habe gehört, dass ihr Schwindelanfälle habt.

Ich hatte welche, aber die sind jetzt weg.

Echt? Und was noch?

Schon wieder ist Tara mir durch die Finger geschlüpft. Das Einzige, was noch hilft, ist Malen und Kleben. Beim Malen schrumpfen Stunden zu Minuten, beim Kleben dehnen

Minuten sich zu Stunden. Allerdings bin ich vorsichtiger geworden. Es gibt Nachmittage, an denen ich mir eins von meinen fünf neuen SickPhones schnappe und so hirnlos wie alle anderen durch das Dream Center streife. Aldos SickPhones haben allesamt ein positives Ranking, trotzdem erscheinen mir diese Pseudoshoppingtouren angebracht. Erst wenn ich mein Bewegungsprofil für unauffällig genug halte, klebe ich. Meine Fliesen verstecke ich jetzt in der grauen Netzbox an der Ota North, mit etwas Geschick lässt sich die Rückwand aufhebeln. Auch Aldos SickPhones deponiere ich zwischen dem Kabelgewirr im Innern. Ich weiß immer noch nicht, was ich von Aldo halten soll. Auch er scheint etwas über die Gelbe Zone zu wissen, aber will er mir wirklich helfen? Warum sollte Aldo mir eine Falle stellen? Andererseits: Warum sollte er mir keine Falle stellen? Ich gebe seinen Namen ins Netz ein, nennenswerte Ergebnisse liefert das nicht. Noch einmal suche ich nach Rekan, nach TNE, nach der Factory 11, wieder lande ich auf toten Sites. Ich haue Dror an, aber tote Sites wiederherzustellen, kommt für ihn nicht infrage. Laut Dror sollte ich meine Zeit lieber nutzen, um mit ihm zur Office G5 zu gehen und seinen Walkman zurückzufordern. Es kommt mir jedoch absurd vor, wenn einer wie ich eine Office betritt. Vielleicht kennt Rose jemanden, der mir helfen kann. Aber Rose habe ich aus meinem Hirn gestrichen, außerdem habe ich nicht mal ihre Signatur. Liva ist wie üblich wie vom Erdboden verschluckt, und dass Vater sich plötzlich in einen Hacker verwandelt hat, glaube ich eher nicht. Mir fällt nur eine Person ein, die mir mit Sicherheit helfen kann, und vielleicht muss diese Person die Sites gar nicht herstellen. *Das musst du Kent fragen.* So in etwa hat Dror es formuliert, als er mir mit Taras Message helfen wollte und unser Gespräch plötzlich zur Gelben Zone abgedriftet ist.

Ich passe Kent im Sportkurs ab, beim Kugelstoßen. Schulsport ist ja schon sinnfrei, aber Kugelstoßen ist die absolute Sinnfreiheit. Wenn ich eines Tages ein berühmter Künstler bin und für eine Gruppenausstellung mit dem Titel *Sinnfreiheit* angefragt werde, modelliere ich einen Kugelstoßer. Wenigstens dauert das Werfen und Messen so lange, dass ich mich seelenruhig neben Kent schieben kann.

»Ich brauche deine Hilfe«, sage ich.

»Ich habe dir schon geholfen.«

»Es geht um was anderes.« Ich schiebe die Hände in die Taschen meiner Sporthose und balle sie zu Fäusten. »Es geht um meine Sketchos, die ich in Rekan vergessen habe. Ich will sie holen. Meinst du, das geht?«

Kent verengt seine Augen zu Schlitzen, so habe ich ihn noch nie gesehen. *Du darfst Kent auf keinen Fall darauf ansprechen,* das hat Dror auch gesagt, als wir in der Metro standen und ich ihm zum ersten Mal von Tara erzählt habe. Echt super. Jetzt ist die Freundschaft zwischen Dror und Kent endgültig im Eimer und ich bin daran schuld.

Kent fragt aber nicht nach Dror. Kent fragt: »Was hat Liva dir erzählt?«

»Wie kommst du auf Liva?« Wahrscheinlich muss ich jetzt erleichtert sein, dass Dror aus der Schusslinie ist. Ich bin aber nicht erleichtert.

»Was ist da los?« Unser Sportlehrer steht nur zehn Meter von uns entfernt, aber er schreit so laut, als stünden wir am Stadtrand von Tonfato. »Checkt ihr den Aktienstand von TNE oder was?«

»Das wäre jedenfalls sinnvoller als das hier«, rufe ich in einem plötzlichen Anfall von Übermut zurück.

»Wie ist dein Name?«, schreit der Lehrer.

»Holm Stepovic.«

Kent schaut mich ziemlich erstaunt an, dann sagt er leise: »Gut. Trinken wir nach diesem Schwachsinn einen Ingwerjuice.«

Kent besteht aufs Freezone. Mir ist flau, als wir die Tür öffnen, aber zum Glück kann ich Rose nirgendwo entdecken. Dafür entdecke ich ein neues Mosaik: ein See, ein Strand, ein paar Leute. Für das Freezone ist das Bild unerwartet klassisch, nur mit den Gesichtern stimmt etwas nicht.

Kaum haben wir unsere SigPhones im Kühlschrank deponiert und uns mit unserem Ingwerjuice in die hinterste Ecke verzogen, frage ich: »Was hat Liva mit der Gelben Zone zu tun?«

»Wir müssen sie rausnehmen.« Kent nimmt einen großen Schluck von seinem Ingwerjuice, offenbar ist auch er an dieses fürchterliche Getränk gewöhnt. »Ich wollte von Anfang an keine Umsiedler dabeihaben. Sie stecken zu sehr drin.«

»Wo willst du sie *rausnehmen?*«

»Vergiss es.« Kent presst die Lippen aufeinander.

»Okay, reden wir nicht über Liva.« Am besten, ich fange noch mal an. Ich drücke Reset und Liva kommt auf Wiedervorlage. »Es geht mir auch gar nicht um Liva. Es geht mir um die Gelbe Zone.«

»So funktioniert das nicht, Alún.« Kent schüttelt den Kopf. »Wir kennen uns seit fast acht Monaten und in dieser Zeit hast du mir exakt gar nichts über dich erzählt. Und ich soll dir jetzt irgendwas verraten?«

»Also schön.« Ich atme tief durch. Bin ich schon rot geworden und spielt das überhaupt eine Rolle? »Seit ich denken kann, bin ich in ein Mädchen verliebt. Wir sind zusammen aufgewachsen, aber irgendwann haben wir uns verstritten. Neuerdings texten wir uns wieder. Das Mädchen hat in unserem Nachbarhaus in Rekan gelebt und vor ein paar Wochen ist sie dorthin zurückgekehrt. Das hat sie mir in ihren Messages allerdings verschwiegen und ich kapiere nicht, warum. Ich kapiere auch nicht, warum alle Sites über die Gelbe Zone aus dem Netz verschwunden sind. Irgendwie habe ich das Gefühl, dass das eine mit dem anderen zusammenhängt.«

»Vielleicht verschweigt sie dir noch mehr? Hat sie einen Neuen?«

»Das kann ich mir nicht vorstellen.« Ich schüttle den Kopf. »Ich glaube, ich muss sie wirklich besuchen. Ich will ja sowieso meine Sketchos holen.«

»Du willst in die Gelbe Zone?« Kent lehnt sich nach vorn. »Das ist Wahnsinn.«

»Warum?«

»Lass es einfach.« Kent schaut mich direkt an. Jetzt habe ich ihn. Wenn ich hier weitermache, erzählt er mir gleich etwas.

»Wenn du mir das nicht sagst, werde ich fahren.«

»Das ist unfair.«

»Warum soll ich nicht fahren?« Mein Blick bleibt an der Frau an unserem Nachbartisch hängen. Unter ihren Ohren baumeln zwei kleine goldene Augen. Sie erinnern mich an Taras Augen, aber wahrscheinlich heißt das nichts. Alles erinnert mich an Taras Augen.

»Weil du in so ziemlich allen Fächern eine absolute Lusche bist. Ich frage mich schon die ganze Zeit, wie du es überhaupt an die Ota High geschafft hast. Haben sie bei dir eine Ausnahme gemacht und dich nur in Kunst geprüft?« Langsam lehnt Kent sich wieder zurück. »Du bist verloren, wenn du die Welt nicht mehr wahrnehmen und zu Papier bringen kannst. Das Einzige, was du hast, ist dein Blick und den darfst du nicht verlieren.«

»Und das tue ich, wenn ich in die Gelbe Zone fahre?«

»Also schön.« Kents Stimme wird leiser, als hätte er selbst hier Angst, belauscht zu werden. »Ich erzähle dir nicht alles, was ich weiß. Aber ich erzähle dir genug, dass du für den Rest deines Lebens einen großen Bogen um die No-go machst. Vorher brauche ich aber noch einen Ingwerjuice.« Er winkt dem Kellner, dann fährt er fort. »Vor drei Monaten ist die Districtverwaltung der Empfehlung von TNE gefolgt und hat aus dem Gebiet rund um die Factory 11 eine sogenannte freiwillige Evakuierungszone herausgelöst. Alle Leute, die aus dieser Zone stammen, haben ihren Platz in der Notunterkunft und ihren Anspruch auf Entschädigungsgeld verloren und dadurch blieb einigen nichts anderes übrig, als zurückzukehren. Wer in der neuen Stadt keinen Job gefunden hatte, musste zurück. Wer keine Wohnung gefunden hatte, musste zurück. Wer Job und Wohnung hatte, aber das Entschädigungsgeld brauchte, um einen Kredit abzubezahlen, der musste auch zurück. Das war eine ganz großartige Gelegenheit, diejenigen loszuwerden, die zum Bruttoinlandsprodukt schon vorher nicht viel beigetragen haben. Sie sind in eine Zone gezogen, die nicht nur mit Janoxol kontaminiert ist, sondern möglicherweise noch mit einer anderen Substanz. Es ist allgemein bekannt, dass TNE an neuartigen Mitteln gegen Krebs forscht, und es ist nicht unwahrscheinlich, dass genau deshalb alle Zertifikate der Factory 11 verschwunden sind. Möglicherweise wurde dort ein neuer Wirkstoff hergestellt. Es gibt jedenfalls eine ganze Reihe von Krebsmedikamenten, die als Nebenwirkung die Sehnervschädigung nennen, und das ist bisher die plausibelste Erklärung dafür, dass rund zehn Prozent der Rückkehrer ihr Augenlicht verloren haben.«

»Die Rückkehrer erblinden?« In mir tut sich ein Loch auf. »Warum weiß das niemand?«

»Weil es niemanden interessiert. Oder hast du dich bisher über die Gelbe Zone informiert? Ein paar Dutzend Menschen kehren zurück, zwanzig von ihnen erblinden – ist das wichtig? Außerdem sind sie ja *freiwillig* zurückgekehrt.«

»Und was macht TNE?«

»TNE macht überhaupt nichts, außer dem General Manager der Factory 11 einen neuen Job zu verschaffen. Holm Stepovic sitzt jetzt im Aufsichtsrat, hast du das gehört? Nein,

TNE zieht sich aus allem raus und der District sieht dabei zu. Schließlich finanziert TNE das halbe Bildungssystem. Und die Monitore haben sowieso angenehmere Storys zu zeigen als die unappetitlichen Folgen eines kleinen Zwischenfalls. Zwischenfall heißt es, nicht Unfall oder Explosion oder gar größte Chemiekatastrophe der vergangenen Jahre. Seit ein Journalist über seine ergebnislose Suche nach den Zertifikaten berichtet hat und kurz danach verschwunden ist, haben alle anderen Journalisten ihre Beiträge über die Explosion gelöscht.«

»Das glaube ich dir nicht.« Ich glaube das nicht. Ich glaube das nicht. Ich glaube das nicht.

»Es spielt keine Rolle, ob du mir glaubst.« Kent zuckt die Schultern, als wäre ihm das tatsächlich egal. »Du musst mir auch nicht glauben, dass immer mehr Aktivisten verschwinden.«

»Was ist deine Rolle?«

»Ich betreue die Kommunikation, aber mir fehlt Dror. Wenn Dror dabei wäre, könnten wir richtig professionell verschlüsseln. Was ich da mache, ist ziemlich stümperhaft. Es würde mich nicht wundern, wenn die Securities schon mitlesen.«

»Deshalb habt ihr euch gestritten?«

»Vor der Explosion haben Dror und ich andere Sachen gemacht. Wir haben die Kameras von Self Services manipuliert, damit wir Whisky kaufen können, und ein Programm geschrieben, das Flirtnachrichten generiert und hundertpro nicht funktioniert. So richtig gefeiert habe ich diese Spielereien aber schon eine ganze Weile nicht mehr. Ich wollte endlich Code für echte Aktionen schreiben, und als die Gelbe Zone geöffnet wurde, wurde nach Leuten gesucht. Ich wollte mitmachen, Dror nicht. Er hat mich schon immer für paranoid gehalten. Aber dass ich ein bisschen paranoid bin, heißt ja noch lange nicht, dass nicht wirklich Leute verfolgt werden! Und die anderen von Eyes Open sind nicht weniger paranoid. Livas Identität kenne ich nur, weil sie so unvorsichtig ist.«

»Liva weiß schon, wann sie aufpassen muss. Unsere Eltern haben keinen Schimmer, was sie macht.« Eyes Open hat Kent gerade gesagt. Das habe ich im Netz schon gelesen, das muss ich mir merken. Und wann habe ich Liva eigentlich zuletzt gesehen?

»Du brauchst Liva nicht zu schützen«, sagt Kent. »Uns ist klar, dass sie genial ist. Die ersten Demos hat sie im Alleingang auf die Beine gestellt. Aber sie ist zu wütend und deshalb redet sie zu viel. Es ist sogar gut, dass du uns gerade das letzte Argument dafür geliefert hast, sie endlich rauszunehmen. Sie hätte dir von unserer Gruppe auf keinen Fall erzählen dürfen.«

So langsam nimmt mein Hirn seine Arbeit wieder auf. Wahrscheinlich ist das hier der Moment, in dem ich klarstellen muss, dass ich die ganze Geschichte gar nicht von Liva erfahren habe. Ich müsste jetzt Dror ans Messer liefern, aber das kann ich nicht. Ich schaffe es gerade, meinen Körper mit Sauerstoff zu versorgen. Wieso hat Tara mir nichts davon erzählt? Und warum, verdammt noch mal, unternimmt sie nichts dagegen?

»Und wenn die Rückkehrer auf ihre Lage aufmerksam machen?«

»Wie sollen sie das tun?« Kent hat seinen zweiten Ingwerjuice ausgetrunken, jetzt greift er nach seinem Rucksack. »Sollen sie eine Demo veranstalten, über die niemand berichtet? Einen Hungerstreik organisieren, der niemanden interessiert? Oder sollen sie zurück in die Städte kommen und auf der Straße leben? Aber ich habe dir schon viel zu viel erzählt. Am besten vergisst du das alles wieder. Am besten kümmerst du dich jetzt um deine Projektpräsentation. Und vergiss vor allem deine Rückkehrerfreundin, du brauchst deine Augen. Oder meinst du, dass du später Astrophysiker werden kannst?«

Kent schultert seinen Rucksack und lässt mich mit zwei leeren und einem fast vollen Glas zurück. Ich leere es in einem Zug, obwohl es mich dabei schüttelt. Dann starre ich das Mosaik an, das ich vorhin entdeckt habe. Erst jetzt erkenne ich die roten Tücher, die die Menschen vor den Augen tragen. Ob sie in der Gelben Zone so abhängen, Tulip und Tara und die anderen? Partys werden sie wohl kaum feiern, und dass sie keine Matheexamen über sich ergehen lassen müssen, erscheint mir plötzlich nicht mehr so beneidenswert. Und wer von ihnen ist blind? Ist es Tulip? (Ich kann ihn nicht leiden, aber das wünsche ich ihm nicht.) Ist es Sorjana? (Sorjana, die sowieso immer krank ist?)

Ist es Tara?

Langsam stehe ich auf, nehme mein SigPhone aus dem Kühlschrank und übertrage einen Teil meines Guthabens auf das SigPhone des Kellners. Als ich draußen stehe, wische ich mich zu Taras Signatur. Tara will nicht telefonieren? Tara muss telefonieren. Mit der linken Hand umklammere ich das SigPhone, mit dem rechten Zeigefinger tippe ich auf den grünen Hörer.

TARA

Ich habe das nicht geplant. Wir brauchten bloß mehr Devil, weil der Whisky damit besser knallt, und in Rekan gibt es kaum Häuser, die Tulip und Karmiel noch nicht leer geräumt haben. Also habe ich ganz nebenbei erwähnt, dass die beiden ein Haus bisher übersehen haben. Es ist das letzte Haus vor dem Leisure Park, was uns nicht ungelegen kommt. Um diese Uhrzeit und in diesem Zustand sollten wir uns nämlich eher nicht in der Nähe des TNE Square rumtreiben, wo Manar und die anderen Erwachsenen uns hören könnten.

Also sind wir losgelaufen, Karmiel und ich. Eigentlich habe ich gedacht, dass wir uns im Keller von Jenitas Eltern so viele Dosen schnappen, wie wir tragen können. Aber dann hat Karmiel die Anlage im Wohnzimmer und die Designermöbel im Garten entdeckt und auf seine Message hin sind die anderen nachgekommen. Schon seit einer Weile liegen wir auf diesen himmlischen Gartenstühlen. Er und Tulip bringen immer mehr Dinge nach draußen. Sie haben schon die Unterwäsche von Jenitas Eltern und alle möglichen Babyfotos gefunden und wahrscheinlich reißen sie als Nächstes Jenitas Schränke auf und werfen den Inhalt auf den Fußboden – Jenitas Klamotten, ihre Slips, ihre Tagebücher. Bevor sie die Tagebücher nach draußen bringen und vorlesen können, frage ich: »Ste?«

»Was ist, Tara?« Da ist Stes Duft nach Vanille und Kaffee, da sind die feinen Härchen auf ihrem Unterarm. Wie immer ist Ste in meiner Nähe. Ich drücke mich hoch und ziehe sie in die Richtung, in der ich das Baumhaus vermute. Hier hinten im Garten ist es ruhiger, offenbar hat das Baumhaus noch niemand entdeckt. An der Strickleiter muss ich mir von Ste helfen lassen, und auch als ich auf die Plattform klettere, sichert sie mich. Dann baumeln unsere Beine nach unten und unsere Hände umschließen die Holzkante. Was ich am kleinen Finger spüre, das könnte Stes kleiner Finger sein. Die Luft wird schon feucht, Mitternacht kann nicht mehr weit sein. Gegen Mitternacht ziehen jetzt immer Wolken auf, die sich in den Morgenstunden abregnen. Bald werden die Wolken schon am Abend kommen, und wenn es irgendwann auch am Nachmittag regnet, dann ist der Sommer vorbei. Vorher will ich Ste die Wahrheit sagen. Am besten, ich sage ihr die Wahrheit sofort. *Ste, ich mag dich. Ich mag dich zu sehr.* Aber als ich die Lippen öffne, kommt Ste mir zuvor: »Frag nicht.«

Ich wende ihr mein Gesicht zu, als könnte ich ihre hellblauen Augen noch sehen. »Was soll ich nicht fragen?«

»Frag nicht, wer ich bin.«

»Wollte ich gar nicht.« Ich versuche zu lachen. »Ich wollte wissen, ob du auch einen Alún hast.«

»Einen Alún?« Ste klingt unsicher.

»Ich meine, bist du gerade in jemanden verliebt?«

Aus dem Haus hören wir ein Krachen. Musik geht an, erst leise, dann viel zu laut. Offenbar nehmen Karmiel und Tulip gerade die Anlage unter die Lupe.

»Also schön, Tara.« Stes kleiner Finger zuckt. »Stell dir einen Typen in Tonfato vor. Er bemalt Fliesen und klebt sie in der ganzen Stadt. Das ist irre gefährlich, ein paarmal wurde er schon fast erwischt.«

»Kapiere ich nicht.«

»Lass mich ausreden«, sagt Ste. »Stell dir vor, dass er die Fliesen mit Augen bemalt. Er bemalt sie mit den Augen des Mädchens, das er liebt. Diese Augen kleben jetzt in Shoppingstraßen und Metroschächten. Sogar am Dream Center hat er eine geklebt, aber die ist längst wieder ab. Die Fliesen an versteckten Orten bleiben länger hängen und meistens sind sie auch leichter zu kleben. Aber der Typ kann sich die Orte nicht aussuchen, er klebt sie nämlich in Form eines riesigen Auges.«

»Das ist ja voll romantisch.« Meine Stimme zittert, am liebsten würde ich heulen. Weil Ste einen Freund hat. Weil er ihre Augen klebt. Und weil ich dachte, zwischen uns wäre irgendwas. »Also kleben deine Augen jetzt überall?«

»Das habe ich nicht gesagt.«

»Komm schon, Ste. In diesen Typen bist du verliebt?«

»Wir texten uns.«

»Und woher kennst du ihn?«

»Ich habe ihn vor ein paar Wochen kennengelernt.«

»In der Gelben Zone?«

»Ja.«

»Als du noch allein hier warst?«

»Nein.« Ste rückt ein Stück von mir weg. »Ich habe ihn kennengelernt, nachdem ihr alle schon zurückgekehrt wart.«

»Wer soll das sein?«

»Tara?« Stes Stimme ist wieder näher. »Wenn ich dir jetzt etwas sage, versprichst du mir, dass wir Freundinnen bleiben?«

»Du bist für mich mehr als eine Freundin.« Ich höre mich schlucken. »Ste, ich –«

»Ja?«

Bevor ich weitersprechen kann, höre ich das Johlen und dann schreit Karmiel: »Wo ist Tara?«

»Tara, meine Süße! Wo steckst du?« Amber will die Musik übertönen und ihre Stimme wird dabei nicht laut, sondern schrill. »Du musst unbedingt erfahren, was die Eltern deiner besten Freundin in ihrem Kleiderschrank aufbewahren.«

Ich presse meine Finger in die Holzbohlen. Wahrscheinlich ist es gut, dass Amber und Karmiel meinen Satz unterbrochen haben. Allerdings bin ich mir nicht sicher, ob ich unbedingt erfahren will, was sie mir so dringend sagen müssen.

»Was ist da unten los?«, flüstere ich.

»Amber hält eine Gummipuppe fest«, sagt Ste leise. »Karmiel und Tulip müssen sie im Haus gefunden haben.«

»Eine Frau?«

»Ein Mann. Nackt. Ziemlich behaart. Sein Schwanz steht nach vorn.«

Ich denke an Jenitas Mutter, die mir bei jedem Besuch einen Kakao angeboten hat, und an ihren Vater, der immer lächerlich stolz auf seine Rosenhecke war, und ich will das nicht wissen. Ich wollte auch nicht wissen, dass sich in Vics Keller die leeren Whiskyflaschen stapeln und dass Mais Eltern hinter ihrem Monitor eine ganze Reihe mit Pornofilmen aufbewahren.

»Der sieht aus wie Stepovic!« Das kommt von Karmiel. »Wer will Stepovic in die Eier treten?«

»Ich schlage ihm die Fresse ein!« Das klingt nach Amber, aber sicher bin ich mir nicht.

»Ich weiß was Besseres!« Ist das wirklich meine Stimme? »Bringt ihn nach oben! Wir hängen ihn!«

Für einen Moment ist nur ein Gitarrensolo zu hören, das aus dem Haus nach draußen schallt, und dann jubeln die anderen.

»Ja! Hängt ihn! Stepovic soll hängen!«

Schritte kommen näher, etwas schlägt gegen die Leiter. Dann läuft hinter uns irgendwer so schnell vorbei, dass es sich nur um Karmiel oder Tulip handeln kann.

»Bist du verrückt?« Stes Stimme ist sehr laut in meinem Ohr. »Weißt du eigentlich, was du da tust?«

Nein, ich weiß nicht, was ich tue. Aber wusste Mama, was sie tut, als sie sich gerade jetzt auf einen Mann eingelassen hat? Wusste die Districtverwaltung, was sie tut, als sie die blauen Säcke lediglich in das nächstbeste Waldstück gekarrt hat? Und wusste Holm Stepovic, was er tut, als er in der Factory 11 ein neues Medikament herstellen ließ?

»Er soll hängen! Häng ihn höher!«

Ste zieht mich zur Leiter, dann stehe ich wieder unten im Garten. Jemand drückt mir eine Flasche in die Hand. Ohne daran zu riechen, setze ich sie an meine Lippen. Im ersten Moment hebt sich mein Magen, dann breitet sich in mir eine dichte Wärme aus. Ich trinke, ich schreie und ich weiß, egal, was passiert – wir dürfen das.

»Die Puppe hängt.« Stes Stimme ist flach. »Karmiel hat sie festgebunden. Jetzt klettert er wieder runter.«

Inzwischen schallt andere Musik aus dem Wohnzimmer. Eine Sängerin rappt so laut, dass ich sie nicht nur mit den Ohren höre, sondern mit dem ganzen Körper.

»Und jetzt soll er brennen!«

»Genau! Stepovic soll brennen!«

Ohne zu zögern, falle ich in den Sprechchor ein.

»Brenn, Stepovic!«

Wieder drückt mir jemand eine Flasche in die Hand. Es ist ein anderer Geschmack, doch die Wärme bleibt gleich und auch das Gefühl ändert sich nicht: Wir sind blind und wir dürfen tun und lassen, was wir wollen.

Das Feuer nehme ich zuerst mit den Augen wahr. Sie beginnen zu tränen, erst dann fühle ich die Hitze auf meinen Wangen. Die Flammen knistern und ich schütte mir immer mehr Flüssigkeiten in den Mund. Sobald ich getrunken habe, reiche ich die Flaschen und Gläser weiter, genauso selbstverständlich, wie ich atme. Nicht alles ist Whisky, es ist auch Devil dabei.

Ein Arm legt sich um meine Schulter.

»Ste?«

»Ich bin's.« Das ist Karmiel. »Ist das nicht bombe?«

»So was von.« Ich lege meinen Kopf in seine Halsbeuge. »Sie sollen alle brennen.«

»Sie haben es verdient, oder?«

»Das haben sie.«

Karmiel glüht noch mehr als das Feuer. Auch ich glühe und ich könnte nicht sagen, wo meine Schulter aufhört und wo Karmiels Arm beginnt. Ob er sich noch an das Gesicht seines Vaters erinnert, ob er dessen Grab manchmal besucht? Henks Gesicht ist mir manchmal schon fern, und wo er begraben wurde, weiß ich nicht. Auch deshalb dürfen wir das hier. Die gesamte Gelbe Zone soll brennen, und wenn wir hier fertig sind, machen wir in Tonfato weiter.

»Hast du es dir so vorgestellt?«

Das ist nicht mehr Karmiel, das ist Ste. Sie ist von einer bitteren Wolke umgeben.

»Du hast gekotzt!«, schreie ich.

»Ich habe nicht mal was getrunken!«

»Du riechst aber so.«

»Hör doch auf.«

»Du musst weitertrinken!«

»Ich haue jetzt ab.«

»Es geht doch gerade erst los.«

»Was soll dieser Scheiß?«

»Wie bist du denn drauf?«

»Meinst du, Holm Stepovic war nur General Manager? Vielleicht hatte er sogar Kinder!«

»Und ich hatte mal Augen.« Ich muss husten, ehe ich weiterreden kann. »Tut der dir leid, oder was?«

Das Feuer ist mittlerweile sehr heiß und der Regen, der jetzt einsetzt, wird es sicher nicht löschen. Immerhin ist dieser Regen angenehm kühl in meinem Gesicht. Ich muss weg vom Feuer, denke ich und taste nach Ste. Aber sie ist nicht mehr da und ich mache auf gut Glück ein paar Schritte nach hinten. Auch dort kommt es mir sehr heiß vor. Ich habe keine Ahnung, ob die Flammen nicht längst auf den Garten übergegriffen haben. Vielleicht brennt auch schon das Haus, vielleicht stehe ich in einem Kreis aus Flammen. Allerdings ist immer noch Musik zu hören, zumindest die Anlage im Wohnzimmer brennt also noch nicht. Bevor sie in Flammen aufgeht, sollten wir die Party vielleicht beenden.

»Wer kommt mit auf die Sunset?«, schreit Karmiel ganz in meiner Nähe.

Eine Hand umschließt meine Schulter und dann bin ich Teil einer langen Reihe, die über den Highway geht. Ich habe keinen Schimmer, an wessen Hand ich laufe. Ich weiß nur, dass der Regen mittlerweile echt heftig ist und dass ich den Getränkekasten in meiner rechten Hand keinesfalls loslassen darf.

Jemand hilft mir über den Zaun, jemand führt mich durch den feuchten Sand, jemand hilft mir an Bord. Als die Musik angeht, reißt es mich fast zu Boden.

Und dann tanze ich.

Ich tanze so wild, dass ich bald nicht mehr sagen kann, ob mir vom Springen oder vom Trinken übel ist. Immer wieder stoße ich mit anderen zusammen, immer wieder landen Ellenbogen in meinen Rippen. Einmal landet ein Ellenbogen in meinem Gesicht und das ist so schmerzhaft, dass ich vor Lachen zu Boden gehe.

Als ich nach draußen trete, ist der Regenschauer vorbei und in der Luft liegt der neue Tag. Meine Beine sind so schwer, dass ich keinen Schritt mehr tun kann. Ich lehne mich gegen die Reling, das Wasser schlägt an der Wand des Dampfers eine dumpfe Melodie. Es kommt mir komplett absurd vor, dass ich mein halbes Leben im Wasser verbracht und trotzdem das Gefühl habe, diese Melodie zum ersten Mal zu hören.

»Nicht erschrecken, Tara. Ich bin's.«

Ich hebe den Kopf. Das ist Tulip.

»Erinnerst du dich an den Abend in Florazul?«, fragt er.

»Den Abend, als ich dich geküsst habe?« Obwohl ich todmüde bin, weiß ich sofort, welchen Abend er meint.

»Man könnte ihn auch anders nennen«, sagt Tulip. »Zum Beispiel den Abend, als du deine Matte verschoben hast, damit Alún dieser Kuss nicht entgeht.«

»Das hast du mitgekriegt?«

»Ich war zwar verknallt, aber komplett verblödet war ich nicht.« Tulip lacht und ich lache erleichtert mit. Dann wird er wieder ernst.

»Jetzt ist es anders, Tara.« Er zögert. »Anfangs hatte ich das Gefühl, dass du an den Kuss anknüpfen willst. Du kannst nicht sehen, dass jetzt Amber und ich –«

»Ach, Tulip.«

Wieso habe ich mich damals nicht einfach in ihn verliebt? Das Leben wäre so einfach an Tulips Seite, so ruhig, so gut, so berechenbar. Aber ich brauche es ja unbedingt kompliziert. Ich brauche ja unbedingt diesen schwachen Typen mit seinen stressigen Eltern, und wenn der mich vor den Kopf stößt, dann verknalle ich mich eben in das rätselhafteste Mädchen der gesamten Gelben Zone. Mir fällt der Deal mit Jenita und Mai wieder ein. Ich glaube nicht, dass wir jemals in Tonfato shoppen gehen werden. Mit meinem SigPhone sind ihre Messages verschwunden und weder sie noch ich haben uns die Mühe gemacht, unsere Signaturen zu aktualisieren.

Ich suche nach Tulips Hand und drücke sie. »Ich freue mich für euch.«

»Hast du nachts eigentlich Angst?« Tulip zieht seine Hand wieder weg. »Ich meine, wenn du aufwachst?«

»Aber das ist doch kein Unterschied zu früher«, sage ich. »Nachts ist es dunkel.«

Ich weiß, was Tulip meint. Aber das will ich nicht zugeben. Es gibt diese Sekunden, in denen ich keinen blassen Schimmer habe, wo ich gerade bin. Oder wer ich überhaupt noch bin. Diese Sekunden sind jedoch nicht die schlimmsten. Schlimmer ist das Wissen, dass ich niemals erfahren werde, wie ich als Erwachsene aussehe. Ich werde auch nicht erfahren, wie meine Kinder aussehen, falls ich jemals welche habe.

»Ich habe es Amber noch nicht gesagt.« Tulips Stimme klingt verwaschen. »Seit ein paar Tagen habe ich Kopfschmerzen.«

»Wirklich?« Hoffentlich hat Tulip nicht gesehen, wie ich zusammengezuckt bin. »Dann kannst du dir auch bald vorstellen, dass es in Rekan aussieht wie früher. Der Bus fährt, morgens trotten hundert Kinder zum Educational Center und Manar wackelt wieder mit dem Kopf.«

»Das stellst du dir vor?«

»Natürlich nicht«, sage ich. »Ich wollte dich nur aufmuntern.«

»Nicht gelungen.« Tulip klingt bitter. »Soll ich dich noch nach Hause bringen? Heute kriege ich das noch hin.«

ALÚN

Ich spüre die Securities, bevor ich sie sehe. Kaum stehe ich im Eingangsbereich unserer Wohnung, weiß ich schon, dass sie hier sind. Es sind zwei, schätze ich, und sie sind jünger als meine Eltern. Mann, ich habe in den letzten Monaten echt zu viel Zeit in ihrer Gesellschaft verbracht.

Klar könnte ich abhauen, aber was soll das jetzt noch bringen? Soll ich untertauchen? Auf der Straße schlafen, containern gehen? Oder sage ich, dass ich mit den Fliesen gar nichts zu tun habe? Bei einer Fliese stimmt das sogar: Die Augenfliese am Mariscal Building habe ich definitiv nicht geklebt. Die Wimpern waren zu lang, die Iris war unsauber gefüllt. Eine einzige Fliese, die nicht von mir stammt, ist allerdings nicht sehr überzeugend. Am besten setze ich meinen Rucksack gar nicht erst ab, ich muss die Sache ja nicht unnötig in die Länge ziehen. Ich schaue nur schnell, ob Tara inzwischen getextet hat. Mit Sicherheit nehmen sie mir spätestens in der Office mein SigPhone ab. Nachdem Tara meinen Anruf weggedrückt hat, habe ich sie mit Messages bombardiert: *Jetzt ist es auch bei mir angekommen.*

Tarita, bist du blind? – Du bist nicht blind, oder? – Jetzt antworte doch mal!

Ich ziehe mein SigPhone aus dem Rucksack. Während ich die sechzehn Etagen nach oben gefahren bin, ist tatsächlich eine Message eingegangen.

Bist du endlich draufgekommen? Wenn ich dir wirklich was bedeuten würde, hättest du ein bisschen eher gecheckt, was in der Gelben Zone abgeht!

Wenn die zwei Securities in unserem Essbereich mein Herz zum Rasen gebracht haben, dann weiß ich nicht, was diese Message mit ihm tut. Lässt sie es hetzen? Sprinten? Oder stolpern? Tara, geht's eigentlich noch? Was erwartest du von mir? Dass ich mich in den vergangenen acht Monaten in einen Hellseher verwandelt habe? Wieso bist du nicht einfach ehrlich, so wie früher?

»Alún? Bist du das?«

Schnell stecke ich mein SigPhone weg und schiebe meine Turnschuhe unter die Garderobe. Dabei berühre ich den rosaroten Stoff von Lones neuer Funktionsjacke. Er ist glatt und unerwartet kühl. Ich streichle darüber, dann schlendere ich in den Essbereich. Meine letzten Schritte in Freiheit muss ich auskosten. Ciao, Frozen Juicy und Triple Chocolate Cookies. Ciao, Wolken und langes Duschen und *Lucifer's Paradise.*

Aber meine Eltern nicken mir nur zu und die zwei Securities (tatsächlich zwei, tatsächlich jünger als meine Eltern) nehmen kaum Notiz von mir. Der eine hat abrasierte Haare, der andere eine beeindruckend große Nase.

»Das ist unser Sohn«, sagt Mutter. »Vielleicht weiß er, wo sie steckt.«

»Sie war heute nicht in der Schule«, sagt Vater. »Alún, weißt du irgendwas?«

»Und wieso kommst du wieder so spät?«, sagt Mutter, dann wendet sie sich an die Securities: »Unser Sohn ist viel unterwegs und man soll die Kinder ja nicht unnötig einschränken.«

Okay. Ruhe bewahren. Und kurzer Faktencheck.

Erstens: Niemand hat den zwei Securities gesagt, dass Schuhe im Essbereich hier den größten anzunehmenden Sündenfall darstellen. Auf dem weißen Teppich wirken ihre schwarzen Schnürschuhe wie die Stiefel von Fap und Fop, den zwei Riesen.

Zweitens: Die zwei Securities scheinen nicht im Department für dilettantische Streetartisten zu arbeiten.

Drittens: Dass mein Vater nicht am Schreibtisch sitzt, ist kein gutes Zeichen.

Viertens: Aber teilweise ist die Welt noch in Ordnung, denn meine Mutter verhält sich immer noch total krank.

Fünftens: Kent hatte recht damit, dass Menschen verschwinden.

Und sechstens: Ich bin echt die absolute Niete. Wieso bin ich in der Ota High immer an Liva vorbeigegangen? Sie hat mich ignoriert, schon klar. Aber das heißt ja nicht, dass auch ich sie ignorieren muss. Ich hätte wenigstens versuchen können, mit ihr zu reden. Es kommt schließlich nicht jedes Jahr vor, dass die eigene Schwester bei einer Havarie ihren Freund verliert. Vielleicht hätte Liva mir von dieser Organisation namens Eyes Open erzählt und ich hätte sie dazu überredet, auszusteigen. Was soll ich denn jetzt sagen? Ich weiß ja nicht mal, warum die beiden Securities hier sind. Haben meine Eltern sie gerufen, weil Liva verschwunden ist? Oder sind die zwei Typen hier, weil sie Liva mitnehmen wollen?

»Letzte Woche habe ich sie noch in der Cafeteria gesehen«, sage ich vorsichtig.

»In welcher Cafeteria?«, fragt Vater.

»In der Ota.«

»Was macht Lone bei euch in der Cafeteria?«

Mir wird kalt. »Lone ist weg?«

»Das haben wir doch gerade gesagt!« Mutters Tonfall lässt mich zusammenzucken. »Ihre Schulsachen sind in ihrem Spielzelt. Offenbar hat sie nur ihren kleinen Rucksack mitgenommen.«

»Und wieso sucht ihr sie nicht?«, frage ich.

»Wo sollen wir sie suchen?« Vater klingt müde.

»Wir dachten, dass du irgendwas weißt«, sagt Mutter.

Jetzt setze ich doch meinen Rucksack ab. Lone ist verschwunden und genau wie meine Eltern habe ich keinen Schimmer, wo sie stecken könnte. Erst jetzt fällt mir auf, dass ich von Lone seit Wochen keinen Clip bekommen habe, und an ihren Ausschlag habe ich auch keinen Gedanken mehr verschwendet. Ich weiß nicht mal, wie ihre beste Freundin gerade heißt. Ist das noch Keke, ist das jetzt Nuri und bringt es irgendwas, wenn ich mir den Rucksack wieder aufsetze und durchs Zentrum streife?

»Was ist mit Liva?«, frage ich.

Vater schaut mich irritiert an. »Was soll mit Liva sein?«

»Das ist die andere Tochter?«, fragt der glatzköpfige Security.

Ich nicke. »Vielleicht ist sie mit Lone unterwegs.«

»Glaubst du das wirklich?« Mutter klingt total genervt.

Oh Mann. Sie haben ihr noch gar nicht Bescheid gegeben. Ich will schlucken, aber mein Hals will das nicht. Mir haben sie auch nicht Bescheid gesagt. Wenn Kent unser Gespräch nicht so abrupt beendet hätte, würde ich immer noch im Freezone hocken. Benutzen meine Eltern ihr Hirn eigentlich nur, wenn sie am Operationstisch stehen oder wenn sie sich durch eine ominöse Liste mit Medikamentenstudien arbeiten? Nach den Infos zu urteilen, die ich gerade von Kent erhalten habe, liegt Vater damit zumindest nicht komplett daneben.

Langsam ziehe ich mein SigPhone aus dem Rucksack. Dort steht immer noch: *Bist du endlich draufgekommen? Wenn ich dir wirklich was bedeuten würde, hättest du ein bisschen eher gecheckt, was in der Gelben Zone abgeht!*

Ohne lange nachzudenken, tippe ich: *Und wenn ich dir was bedeuten würde, hättest du mir das längst getextet. Wenn ich dir was bedeuten würde, würdest du einfach mal mit mir telefonieren.*

Dann wische ich mich zu Livas Signatur und tippe: *Lone ist verschwunden, weißt du irgendwas?*

Plötzlich bekomme ich Angst vor diesem Wort. Verschwunden sind der Journalist und die Aktivisten, von denen Kent erzählt hat. Verschwinden kann jeder, der vom Verschwinden redet, und die Securities, die dieses Verschwinden organisieren, sitzen drei Schritte von mir entfernt. Aber wissen diese Securities überhaupt, was in der Gelben Zone abgeht? Wer weiß Bescheid? Weiß es Dror? Weiß es Rose? Weiß es jemand wie Aldo?

Ich lösche meine Message und tippe: *Kannst du sofort nach Hause kommen?*

Ist grad ungünstig, textet Liva.

Es geht um Lone.

Ist echt ungünstig.

Was ist mit dieser Familie eigentlich los?

»Ein paar Fotos bräuchten wir noch«, sagt der Security mit der großen Nase.

»Je mehr Fotos Sie uns zur Verfügung stellen, umso bessere Ergebnisse liefert die Gesichtserkennung«, erklärt der Glatzkopf.

»Es können auch ältere Fotos ihrer Tochter sein«, ergänzt die Nase. »Unser Programm berechnet daraus das aktuelle Gesicht.«

Ganz genau. Bestimmt helfen auch Fotos, auf denen Lone gar nicht drauf ist. Am besten übergeben wir den Securities einfach alle Fotos, die wir auf unseren SigPhones finden. Und dann noch sämtliche Messages aus den letzten Monaten, egal ob die an Lone gerichtet waren oder nicht. Aber ist das überhaupt nötig, haben die Securities unsere SigPhones nicht längst ausgelesen? Kennen sie auch schon die Messages, die ich an Tara geschickt habe? *Tarita, bist du blind? Du bist nicht blind, oder?* Darf einer wie ich von den blinden Rückkehrern überhaupt wissen? Schnell lösche ich die Outbox, dann wische ich mich durch meine Fotos. Hauptsächlich Aufnahmen vom Tonfato Tower, die ich gemacht habe, um Taras erste Message zu entschlüsseln. Davor: schwarze Leitungen, die den Himmel zerschneiden. Eine ungewöhnliche Wolkenformation. Nebenbei checke ich immer wieder meine Inbox, aber Tara textet natürlich nicht. Von Lone finde ich kein einziges Bild.

»Alún, was ist mit deinen Fotos?«, fragt Mutter. »Würdest du uns bitte helfen?«

»Fehlanzeige.« Ich lege mein SigPhone auf dem Glastisch ab und schaue den Securities direkt ins Gesicht. »Wie kann es Ihnen eigentlich entgehen, dass ein siebenjähriges Mädchen allein durch die Stadt läuft? Sonst kriegen Sie doch auch alles mit.«

»Bleibst du bitte bei der Sache, Alún?« Mutters Gesicht färbt sich so dunkelrot, dass die Perlen in ihren Ohren wie kleine Sonnen leuchten. Immerhin weiß ich jetzt, von wem ich das habe.

»Ich bin bei der Sache«, sage ich.

»Das sehe ich anders.« Bevor Mutter weiterreden kann, summt ein SigPhone auf dem Glastisch. Es ist meines, aber Mutter ist schneller.

»Von wegen Lone«, sagt sie. »Und ich dachte, Tara sei Geschichte.«

»Geht's eigentlich noch?« Ich reiße ihr mein SigPhone aus der Hand.

Was kann mir jemand bedeuten, der Florazul und Mamas Figuren beschmiert?, lese ich. *Jemand, der es sich in Tonfato gemütlich macht, während unser Leben hier geschrottet wird?*

Habe ich gerade von Wut gesprochen? Hat irgendwer einen Schimmer, was Wut ist? Echte Wut ist weiß wie die Wolken. Sie ist schwarz wie die Uniformen der Securities. Am besten packe ich meine Wut in das isolierende Material, mit dem unser Hochhaus verkleidet ist – nicht dass sie auf unkontrollierbare Weise mit der Eiseskälte meiner Eltern reagiert.

»Können wir einen Blick in das Zimmer Ihrer Tochter werfen?«, fragt der Glatzkopf.

»Vielleicht schauen wir uns auch die anderen Zimmer an«, sagt die Nase. »Natürlich nur, wenn niemand etwas dagegen hat. Das hier soll schließlich keine Hausdurchsuchung werden.«

»Natürlich hat niemand etwas dagegen.« Mutter steht auf.

»Meinen Schreibtisch zeige ich denen aber nicht«, sagt Vater.

»Natürlich dürfen die beiden Herren den Arbeitsbereich sehen.«

»Liva will bestimmt auch nicht, dass jemand ihr Zimmer betritt«, sage ich.

»Habt ihr etwas zu verbergen?« Mutter lacht und klingt dabei erschrocken. Ich wusste gar nicht, dass das geht.

Mit ihren schwarzen Schuhen stiefeln die Securities vom Essbereich durch den Kochbereich in den Eingangsbereich. Als wäre das nicht mehr unsere Wohnung, gehen meine Eltern und ich hinterher. Meine Eltern bleiben im Türrahmen stehen. Über Vaters Schulter hinweg betrachte ich Lones perfekte Ordnung. Die Bettdecke: gefaltet. Die Schubladen: alle geschlossen. Die Bücher: nach Größe sortiert. Obwohl ich direkt hinter Vater stehe, entgeht mir nichts. Früher war das anders. Wenn Vater früher vor mir stand, hat er mir die Sicht genommen. Irgendwann nach unserer Ankunft in Tonfato muss ich ihm über den Kopf gewachsen sein.

In Lones Zimmer bewegen sich die Securities plötzlich sehr vorsichtig, fast auf Zehenspitzen. Sie heben Lones Bettdecke an, öffnen Lones Kleiderschrank, betrachten den kaputten Schaufelraddampfer aus Rekan. Es sieht nicht so aus, als würden sie in diesem Zimmer zu bahnbrechenden Erkenntnissen vorstoßen. Was mache ich bloß, wenn sie danach Livas Zimmer durchsuchen wollen? Seit Mutter den Fliesenkleber gefunden hat, passe ich höllisch auf. Tut Liva das auch? Und was antworte ich Tara? Vielleicht hätte ich mich etwas eher für die Gelbe Zone interessieren können, das stimmt. Aber es ist doch nicht meine Schuld, dass Aino ihre Figuren jahrelang nicht verkaufen konnte. Ich kann nichts dafür, dass gerade Tara in die Gelbe Zone zurückkehren musste. Und was habe ich davon, dass meine Mutter in ihrem neuen Job genug verdient? Geht es mir mit meiner XXL-Bastmatte und der teuren Lampe so viel besser? Und wo, verdammt noch mal, ist Lone? Kann ich jetzt bitte an Lone denken?

Zum Glück muss ich Livas Zimmer nicht verteidigen. Nachdem die Securities mit Lones Zimmer fertig sind, gehen sie direkt zur Wohnungstür.

»Machen Sie sich keine Sorgen«, sagt der Glatzkopf. »Die meisten Ausreißer werden innerhalb von vierundzwanzig Stunden aufgespürt.«

»Tut mir leid, dass unsere Tochter Ihnen solche Umstände macht.« Mutters Höflichkeit macht mich wahnsinnig.

»Wir melden uns wieder.« Die Nase steht schon im Hausflur. »Ich kann mir gut vorstellen, dass wir Ihre Tochter im Laufe des Abends finden.«

Eine Minute später sitzen wir wieder im Wohnbereich und bis auf das Brummen der Klimaanlage ist es still. Liva weiß es, Kent weiß es, jetzt weiß ich es – und was wissen meine Eltern über die Gelbe Zone? Wissen sie, dass die Rückkehrer erblinden? Was hat Vater letzte Woche in der National Library gemacht? Wenn er Mutters Zugang ins Mednet braucht, hat sie dann Zugriff auf irgendwelche Infos? Und was ist eigentlich mit Beer, ist der auch blind? Und Aino? Mein Herz setzt für einen Moment aus. Was, wenn Aino ihr Augenlicht verloren hat? Aino, die nur für ihre Arbeit lebt? (Aber Aino macht neue Figuren, Aino kann nicht blind sein.) Wie schlimm müssen die Monate in der Notunterkunft gewesen sein, dass jemand wie Aino freiwillig in einer Zone bleibt, in der die Menschen erblinden?

»Ich gehe wieder an den Schreibtisch«, sagt Vater. »Stefcio hat mir den Channel nur für vierundzwanzig Stunden eingerichtet.«

»Statt deine Recherchen voranzutreiben, hättest du dich lieber um Lone kümmern sollen. Ist dir eigentlich klar, dass das halbe University Hospital sich über mich lustig macht?«

»Weil dein Mann als einziger Arzt genügend Haltung besitzt, um es mit TNE aufzunehmen?«

»Weil mein Mann wirre Messages verschickt.« Mutter verdreht die Augen. »Außerdem geht es dir doch gar nicht um TNE. Dir geht es darum, nicht auf derselben Stufe wie deine Frau zu arbeiten. Du musst unbedingt –«

Bevor ich noch mehr hören muss, springe ich auf. Drei Schritte später bin ich in meinem Zimmer. Ich balle die rechte Hand zur Faust und schlage gegen meinen Kleiderschrank. Autsch. Ich habe echt keinen Bock mehr. Keinen Bock auf diese Eltern, die sich nur noch streiten. Keinen Bock auf Liva, die zweimal pro Woche nach Hause kommt und rumschreit. Keinen Bock auf Lone, die einfach nicht klarkommt. Keinen Bock auf die Sache mit den Fliesen, keinen Bock auf die Dauerpanik in meinem Kopf. Keinen Bock auf meine Gedanken, die nur noch um die Gelbe Zone kreisen. Keinen Bock auf Tara. Und keinen Bock auf mich.

Kann ich irgendwas dafür, dass ich in Tonfato bin und du nicht?, texte ich. *Du musst echt nicht denken, dass es hier so wahnsinnig toll ist.*

Keine Ahnung, wie lange ich danach auf dem Fußboden liege. Und mir ist schon klar, dass es albern ist, sich direkt neben eine Luxusmatte zu legen. Von draußen höre ich eine Sirene, und als ich den Kopf drehe, sehe ich über dem Dach des gegenüberliegenden Gebäudes einen roten Schimmer. Irgendwo im Osten scheint es zu brennen. Lone hat Angst vor Flammen. Wenn Fap und Fop ihr Lagerfeuer anzünden, muss ich immer weiterblättern. Tut mir leid, Lone, dass ich gerade auch auf dich sauer war. Weißt du was? Wir tun alle nur so, als würden wir klarkommen. Vielleicht hätte ich dir das einfach mal verraten sollen.

Und wegen der anderen Sache habe ich mich entschuldigt, texte ich. *Wie viele Entschuldigungen brauchst du noch?*

Die Sirene verklingt und jetzt höre ich ein anderes Geräusch. Erst ist der Regen leise, dann wird er lauter. Er trommelt regelrecht gegen die Fensterscheibe. In den letzten Wochen hat es manchmal genieselt, das hier ist der erste Regenschauer. Bald wird es jeden Abend regnen und mit dem Regen werden die Temperaturen sinken. Es wird Zeit, dass dieser schreckliche Sommer endet.

Jetzt schweigst du wieder, texte ich. *Das wird mir echt zu blöd.*

Hier rumzuliegen, wird mir auch zu blöd. Ich setze mich auf und wühle in meinem Kleiderschrank. Zwischen meinen Boxershorts finde ich ein leeres Sketcho, von meinem Schreibtisch schnappe ich mir den erstbesten Fineliner. Ab sofort zeichne ich keine Augen mehr. Draußen senkt sich die Nacht herab und ich schalte die tolle neue Lampe an. Wann komme ich hier endlich raus? Muss ich wirklich warten, bis ich die Ota High abgeschlossen habe? Aber wie soll ich dann Lone vor unseren Eltern schützen?

Ich habe fast ein Viertel des Sketchos gefüllt, als es klopft. Obwohl ich nicht reagiere, öffnet sich die Zimmertür. Es ist Mutter, die mir sagen will, dass Lone gefunden wurde. Die Gesichtserkennung hat sie auf den Aufnahmen des Dream Center identifiziert, wo sie zwei Äpfel und eine Banane gekauft hat. Vom Dream Center ist sie zur Tonfato Central Station gefahren, deren Kameras aufgenommen haben, wie sie sich erst sehr lange vor den Ticketautomaten herumgedrückt hat und dann doch ohne Ticket in einen Zug gestiegen ist.

In den Speedtrain nach Itapu.

Die Controller sind schon kurz hinter Banvío auf sie gestoßen. Seitdem sitzt Lone in der Office T10 und hält sich die Hände vors Gesicht und nur durch die Suchanfrage konnte sie identifiziert werden.

Wahrscheinlich dürfte ich jetzt keinen Hunger haben. Aber sobald ich weiß, wo Lone steckt, spüre ich das Loch in meinem Bauch. An Mutter vorbei gehe ich in den Kochbereich. Ich stopfe mir das Essen direkt aus dem Kühlschrank in den Mund: Teigbällchen und Tomaten, Käse und Joghurt, getrocknete Aprikosen und eine halbe Schachtel Eiskonfekt. Es ist ein mittelgroßes Wunder, dass Mutter zur Abwechslung den Mund hält.

Eine Stunde später wird Lone gebracht. Ihre Augen sind rund vor Erschöpfung und sie kommt mir kleiner vor, als wäre sie auf ihrer Reise geschrumpft. Sie steht im Hausflur und betrachtet ihre Füße.

»Hier sind ihre Sachen«, sagt der Glatzkopf und hebt seine Hand. Weil meine Eltern sich nicht rühren, nehme ich Lones Rucksack entgegen. Er ist so leicht, dass ich ihn kaum spüre.

»Wir haben ihr einen Burger gekauft«, sagt die Nase.

»Was schulden wir Ihnen?« Mutter greift nach ihrem Sig-Phone.

»Sechs achtzig«, sagt die Nase.

»Vergiss nicht die Cola«, sagt der Glatzkopf.

»Die ist schon dabei«, sagt die Nase und hält Mutter sein SigPhone entgegen.

»Stimmt so«, sagt Mutter, nachdem sie den Betrag übertragen hat.

»Willst du denn nicht reingehen?«, sagt der Glatzkopf zu Lone.

Niemand bewegt sich, nicht mal ich. Es ist unendlich still, das weiße Licht brennt in meinen Augen. Erst als weiter vorn im Flur eine Tür aufklappt, tritt Mutter über die Türschwelle. Lone macht einen Schritt nach hinten, Mutter kriegt sie trotzdem zu fassen. Sie nimmt sie auf den Arm und fragt: »War der Burger lecker?«

In diesem Moment mache ich eine seltsame Feststellung: Die Nase und der Glatzkopf sind zwar Securities, aber zumindest die Nase hat auch menschliche Regungen. Seinen Augen nach zu urteilen, findet er Mutters Frage genauso gruselig wie ich.

»Danke noch mal«, murmle ich und werfe die Tür ins Schloss. Dann hebe ich Lone von Mutters Arm und trage sie in mein Zimmer. Ich setze sie auf meine Bastmatte, ihr Blick fällt auf mein Sketcho. Die letzte Zeichnung zeigt den Dampfer mit dem kaputten Schaufelrad.

»Warum hast du den gemalt?«, fragt sie.

»Einfach so.«

»Kannst du auch Io malen?«

»Wie kommst du auf Io?«

»Er muss Hunger haben.« Lone schaut mich nicht a343n. »Wer füttert ihn denn jetzt?«

»Deshalb wolltest du nach Rekan.« Ich kapiere nicht, warum niemand von uns darauf gekommen ist. Seit wir in Tonfato sind, redet Lone von Io. Von Anfang an wollte sie zurück, um ihn zu füttern.

»Meinst du, er ist tot?«

Ich schaue auf die Finelinerspuren an meinen Händen. »Weißt du was? Tara lebt wieder in Rekan. Bestimmt kümmert sie sich um Io.«

»Wenn Tara dort sein darf, warum dürfen wir das dann nicht?«

»Das ist schwer zu erklären.« Ich schlucke. »Vielleicht schlafen wir erst mal.«

»Ich wette, morgen früh erklärst du es mir auch nicht.«

»Vielleicht nicht.«

Lone gibt keinen Mucks mehr von sich, während ich sie aus ihrem Rock und T-Shirt schäle und in ein frisches Shirt von mir stecke. Das Bild, das sich mir für wenige Sekunden bietet, bleibt noch über Stunden in meinem Kopf – die Schuppen auf Lones Bauch, auf ihren Armen, auf ihren Beinen. An ein paar Stellen ist die Haut blutig gekratzt und ich zögere, ehe ich den schmalen Körper meiner kleinen Schwester an mich drücke. Ich sehe die blutigen Kratzer noch, als ihr Atem ruhiger wird. Als sie sich aus meiner Umklammerung dreht. Als ich ihr Gesicht anschaue und dabei eine Träne an meiner Schläfe herunterrinnt. Als ich wegdämmere und wieder hochschrecke, weil mein SigPhone summt.

Dass dir das zu blöd wird, passt mir sehr gut, hat Tara getextet. *Ich brauche nämlich keine Entschuldigungen mehr. Habe überhaupt nie welche gebraucht. Mir reicht's auch.*

TARA

»Wer hat euch eigentlich ins Hirn geschissen?«

Langsam öffne ich die Augen. Mein Kopf fühlt sich zwei bis drei Nummern zu groß an und mein Mund ist so trocken, als hätte ich die halbe Nacht geweint oder geschrien, wahlweise beides gleichzeitig. Auf meiner Wange spüre ich das Geflecht meiner Bastmatte, ich muss also in Florazul liegen. Allerdings habe ich keine Ahnung, wie ich hierhergekommen bin.

»Hat es euch Spaß gemacht, das Feuer zu legen?« Beers Stimme ist flach vor Wut.

»Welches Feuer?« Ich bin total durcheinander. Vielleicht setze ich mich erst mal auf, auch wenn mein Kopf sich dadurch noch größer anfühlt. Vielleicht leere ich diese Wasserflasche, die wie durch ein Wunder in meine Hand geraten ist, und dann verarbeite ich, dass Beer gerade einen Ausdruck wie *geschissen* verwendet hat.

»Ihr könnt von Glück sagen, dass die Flammen nicht auf andere Häuser übergegriffen haben. Ich glaube nicht, dass der District Löschdrohnen geschickt hätte.«

»Der District hätte also sieben Jugendliche, von denen drei blind sind, diesem Feuer einfach überlassen?« Das Wasser in der Flasche ist kalt genug, um mein Gehirn halbwegs wieder in Gang zu setzen. »Und die dreißig Erwachsenen, die zu wenig Kohle hatten, um sich ein Leben außerhalb der kontaminierten Zone aufzubauen, wären dem District auch egal gewesen? Und uns wurde ins Hirn geschissen? Alles klar, Beer. Weißt du was? Bestraf mich doch! Am besten kürzt du mein Taschengeld, ich kann hier ja so viel davon kaufen. Oder du gibst mir Hausarrest, ich kann hier ja so viel unternehmen.«

»Ach, Tara.« Beers Stimme kommt näher. »Wann habe ich dich eigentlich zuletzt in den Arm genommen?«

Florazuls Dielen zittern, als Beer neben mir auf die Knie geht. Er tippt mir sanft auf die Schulter, dann nimmt er mich in den Arm. Beer fühlt sich ungewohnt an, er ist viel muskulöser als früher. Aber früher wäre ihm dafür klar gewesen, dass das gerade der falsche Zeitpunkt für eine Umarmung ist.

»Kann sein, dass wir es gestern übertrieben haben.« Ich mache mich von ihm los. »Aber was sollen wir sonst machen? Sollen wir Apfelkuchen backen? Einen abgehalfterten Journalisten poppen? Oder sollen wir uns wieder um unsere Lernprofile kümmern, damit wir später doch noch tolle Jobs finden, von deren tollen Gehältern wir uns den ganzen tollen TNE-Kram kaufen können?«

»Ich weiß es nicht, Tara.« Beer bleibt ganz ruhig, was mich noch rasender macht. »Ich finde aber, dass es wesentlich dümmere Tätigkeiten gibt, als Getreide anzubauen.«

»Schön für dich. Du hattest aber auch siebenundsechzig Jahre lang Zeit, alles andere auszuprobieren.«

»Und wieso probiert ihr nichts aus?«

»Wie denn, wenn wir blind sind?« Vor Wut kann ich kaum noch sprechen. Merkt Beer eigentlich, dass er die Sache mit jedem Satz schlimmer macht? »Und was sollen wir hier überhaupt ausprobieren?«

»Alles.«

»Alles? Spinnst du jetzt total?«

»Ich weiß nicht, wie ich es dir erklären soll.« Beer seufzt. »Es tut mir leid, dass wir die Welt so eingerichtet haben, dass, wenn eine Fabrik in die Luft fliegt, manche Menschen weitermachen können wie bisher und andere ihr Leben verlieren. Aber weißt du was? Ich habe manchmal das Gefühl, dass auch ich dadurch etwas gewonnen habe. Niemand will mehr Steuern von mir, niemand verfolgt mein SigPhone, und wenn ich krank werde und Ronin mich behandelt, muss ich dafür nicht einmal mehr bezahlen. Ich wünschte nur, all das hätte nicht diesen hohen Preis. Ich wünschte, diese Krankheit hätte nicht dich, sondern mich getroffen.«

»Du willst blind sein? Du hast doch keinen Schimmer, was das bedeutet.«

»Du hast recht«, sagt Beer. »Dass du blind bist, überfordert mich.«

»Dabei kriegst *du* das noch einigermaßen hin. Mama hat überhaupt keinen Plan mehr, wie sie mit mir umgehen soll.«

»Aino darfst du das nicht übelnehmen. Sie hat alle Hände voll zu tun, um die vielen Anfragen zu bedienen.«

»Was für Anfragen?«

»Hat sie dir immer noch nichts gesagt?«

Ein ekelhaftes Gefühl macht sich in mir breit. »*Was* hat sie mir nicht gesagt?«

»Das solltest du besser mit Aino klären.«

»Jetzt spuck's schon aus.«

»Frag Aino, nicht mich.«

»Beer!«

»Also schön.« Beer zögert noch immer. »Aber du musst mir versprechen, dass du noch heute zu ihr in die Werkstatt gehst.«

»Mache ich. Also, was ist los?«

»Deine Mutter hat Erfolg.«

»Erfolg?« Meine Stimme wird dünn. »Du meinst – als Künstlerin?«

»Anfangs gab es doch diese ganzen Berichte. Jedes Mal wurde erzählt, dass die Gelbe Zone bald wieder so schön aussieht wie früher, wenn nur alle Umsiedler zurückkehren. TNE war sich nicht mal zu schade, von einer neuen Factory zu sprechen. In ein paar Berichten gab es einen Schwenk durch unseren Garten und einmal war Ainos aktuelle Figur zu sehen. Ich glaube, es war das Schulmädchen, das gerade die Explosion erlebt.«

»Aus dieser neuen Serie, von der sie mir nichts erzählt?«

»Genau. Sie macht Figuren von Menschen, die die Explosion erleben, und die Kunstszene kriegt sich darüber gar nicht mehr ein. Angeblich gibt Aino mit ihrer Serie dem Tod ein Gesicht. Sie zeigt, wie ästhetisch abgrundtiefe Trauer sein kann und dass es auch im Schatten Licht gibt – du weißt ja selbst, wie diese Leute reden. Jedenfalls werden ihr die neuen

Figuren buchstäblich aus den Händen gerissen. Wenn alles gut geht, kriegt sie nächstes Jahr im National Art Museum eine Soloshow.«

»Wieso habt ihr mir das nicht erzählt?« Auf einmal fühle ich mich ganz klein. Alle außer mir kennen Mamas neue Serie und alle außer mir müssen mitbekommen haben, wie ihre Figuren eine nach der anderen abgeholt wurden. Vermutlich sind fahrerlose Autos gekommen und nicht diese Galeristenpseudos, die früher manchmal an unserem Küchentisch saßen. Ich kenne diese Pseudos und ich habe es gehasst, wenn Mama über sie gegrübelt hat. Warum sie Acryl auf Leinwand wollen und keine Skulpturen. Wie sie die Pseudos finden kann, die sich für ihre Skulpturen interessieren. Ob es diese Pseudos überhaupt gibt oder ob es im Gegenteil nicht sogar ein gutes Zeichen ist, dass es sie nicht zu geben scheint – das Zeichen dafür, dass sie sich auf einem radikalen Weg befindet. Mit dieser Grübelei ist es jetzt wohl vorbei.

»Tut mir leid, Tara.« Beer wirkt ehrlich zerknirscht. »Seit Wochen will ich Aino davon überzeugen, dass sie endlich mit dir redet, und wahrscheinlich habe ich jetzt alles noch schlimmer gemacht. Den Rest musst du mit ihr klären, ab jetzt mische ich mich nicht mehr ein. Nur in die Sache mit Jenitas Haus mische ich mich ein. Könnt ihr vielleicht etwas anderes tun, als unsere Häuser abzufackeln?«

»Und was?«

»Das müsst ihr schon selbst herausfinden.« Beer seufzt. »Ich kann dir nur sagen, dass es euch nicht weiterbringt, wenn ihr euch ab der Mittagszeit zuschüttet.«

Kaum hat Beer die Tür geschlossen, da öffnet er sie noch mal. »Sagt man das heutzutage überhaupt noch so – *zuschütten?*«

»*Zuschütten* ist okay.« Auf einmal wird mir ganz warm. »Aber *ins Hirn geschissen*, das sagt niemand. Beim nächsten Mal fragst du besser, ob wir gedrosselt sind.«

An diesem Tag versuche ich allerdings nicht mehr, irgendwas rauszufinden. An diesem Tag kriege ich nicht viel mehr auf die Reihe, als mich zu unserem Haus zu hangeln und dort mit einem Wasservorrat einzudecken, der meinen Körper im Laufe des Nachmittags in einen lebensfähigen Organismus zurückverwandeln soll. Neben dem Kühlschrank stoße ich auf Beers Keksdose, deren Inhalt zu dieser Verwandlung ein paar Kohlenhydrate beisteuern könnte. Gegen Abend finde ich mich schon wieder auf meinem uralten SigPhone zurecht, nur die Kopfschmerzen sind noch da. Die ganze Zeit rechne ich damit, dass Mama Florazul betritt, natürlich ohne vorher anzuklopfen. Aber sie kommt nicht und ich weiß nicht, ob ich deswegen wütend oder erleichtert bin.

Am nächsten Morgen bin ich so zeitig wach wie seit Wochen nicht. Die Luft ist angenehm kühl und meine Schritte führen mich zu Stes Haus. Erstaunt stelle ich fest, dass ich das gerade zum ersten Mal denke: Stes Haus, nicht Singalovs Haus. Das Herz klopft mir bis in den Hals, als ich meine Hand gegen den Sensor halte. Als Ste nach dem vierten Gong immer noch nicht geöffnet hat, gebe ich auf.

Auf der Main Road fühle ich mich noch sicher. Am Garten von Amber und Lex laufe ich diesmal vorbei und Jenitas

Haus erkenne ich an dem stechenden Geruch verbrannter Mauern. Erst dahinter zögere ich. Der Wind lässt die Birkenblätter rascheln, aber müsste ich nicht langsam auf dem Parkplatz des Leisure Park stehen, müsste ich nicht längst den Zaun ertasten?

Ich habe niemandem Bescheid gegeben, bevor ich losgegangen bin. Wenn ich außerhalb von Rekan die Orientierung verliere, finde ich nicht zurück und es kann ewig dauern, bis mein Verschwinden auffällt.

Panik drückt auf meine Brust, und erst als die dicken Streben des Zauns endlich auftauchen, atme ich wieder ruhiger. Ganz kurz ruhe ich mich aus, dann schaffe ich es tatsächlich, auf die andere Seite zu klettern. Ich setze mich in den Windschatten eines Strandkorbs und vergrabe Hände und Füße tief im Sand.

»Jemand da?«

Meine Stimme klingt leise und ich komme mir minimal klein vor. Erst jetzt merke ich, warum ich hier bin. Immer noch, immer wieder geht es um Ste. Um Ste, bei der ich vorhin nicht etwa geklopft habe, damit sie mich zum Zigosee führt. Stattdessen habe ich bei ihr geklopft, weil eine seltsame Kraft mich zu ihr zieht, unaufhörlich, immer wieder. Warum will ich ihr Geheimnis unbedingt lüften?

»Was dagegen, wenn ich mich zu dir setze?«

Ich zucke zusammen. Ist das Stes Stimme, ist sie mir gefolgt?

»Du siehst ganz schön fertig aus.« Nein, das ist Karmiel und in seiner Stimme liegt nicht sein übliches Grinsen.

»Und du klingst fertig«, sage ich. »Die Nacht bei Jenita war krass.«

»Auf der Sunset war es krasser.« Der Strandkorb knackt, als Karmiel sich dagegen lehnt. »Ich konnte Lex gerade noch davon abhalten, die Leinen zu kappen.«

»Er wollte die Sunset auf den See treiben lassen?«

»Keine Ahnung, was wir alle dort wollten. Die Sunset können wir jedenfalls vergessen.«

In den nächsten Tagen trudeln auch die anderen ein und wir reden nicht darüber, warum wir plötzlich wieder hier abhängen und nicht mehr bei Amber und Lex. Um uns vor dem Wind zu schützen, schieben wir noch mehr Strandkörbe zusammen. Wir holen Getränke und Algenchips von der Sunset und Karmiel bringt Boxen mit, aber wir drehen die Musik nicht mehr ganz so laut wie früher. Wir trinken auch nicht mehr so viel und bald braucht auch Tulip jemanden, der ihn runter zum Ufer führt und ihn beim Schwimmen mit einem Seil sichert, weil er sonst auf dem See die Orientierung verlieren würde.

»Ich kann das machen«, sagt Sorjana. »Es wird Zeit, dass ich schwimmen lerne.«

»Deswegen gehst du nicht ins Wasser?«, frage ich erstaunt. »Du kannst nicht schwimmen?«

Tulip übt mit Sorjana im flachen Wasser, nur einmal gehen die beiden offenbar zu tief hinein. Plötzlich schreit Sorjana um Hilfe, Karmiel springt auf und rennt hinterher. Wie immer, wenn etwas schiefgeht, rechne ich mit Ste. Langsam könnte sie aus ihrer Versenkung wieder auftauchen. Die

Nacht bei Jenita war nicht gerade ein Glanzpunkt, aber ist das ein Grund, sich in Luft aufzulösen?

Tulip und Sorjana schwimmen jeden Morgen und nach ein paar Tagen gebe ich mir einen Ruck und schwimme mit. Das Wasser ist immer noch erstaunlich warm und es nimmt mich genauso verlässlich auf wie früher. Früher hätte ich allerdings die Krise gekriegt, wenn ich gezwungen gewesen wäre, in Sorjanas Tempo zu schwimmen.

Als wir zurück am Ufer sind, bläst der Wind uns trocken und die Sonne hat noch genügend Kraft, um uns zu wärmen. Tulip scharrt mit den Füßen im Sand, Lex zerdrückt Dosen und Sorjana summt leise vor sich hin. Früher wusste ich über sie eigentlich nur, dass sie von den Sporttagen befreit ist und selbst dann rot wird, wenn man sie nach dem Wetter fragt. Inzwischen weiß ich, dass sie ziemlich witzig sein kann, solange ihr nicht mehr als zwei Leute zuhören. Irgendwie finde ich alle in Ordnung, selbst Amber, die mit ihrem derben Humor die ganze Zeit etwas beweisen will.

»Jetzt noch mal richtig Sonne tanken.« Ambers Stimme holt mich in die Wirklichkeit zurück. »Und dann – zack – ist es vorbei.«

Lex stöhnt. »Kannst du nicht mal fünf Minuten lang die Klappe halten?«

»Irgendjemand muss die magischen Momente doch zerstören.« Amber grinst, das höre ich in ihrer Stimme. »Habt ihr gehört, dass TNE die Factory sprengen will? Vor dem Prozess muss noch schnell das Beweismaterial vernichtet werden.«

»Das kann ich mir nicht vorstellen«, sagt Sorjana. »Das würde das Gericht gar nicht zulassen.«

»Außerdem würden sie uns vorher hier wegbringen.«

»In die Notunterkunft will ich aber nicht zurück.«

»Müssen wir dann auch wieder in die Schule?«

»Ich will nie wieder das Wort Kurvendiskussion hören.«

»Und ich mache keine freiwilligen Projekte mehr.« Bei dem Wort *freiwillig* schraubt sich Lex' Stimme in die Höhe. »Freiwillige Projekte sind der größte Hirnfick aller Zeiten.«

»Ganz genau. Bevor gesprengt wird, werden wir in klimatisierten Bussen evakuiert und dann kriegen wir neue Wohnungen und werden ins Schulsystem integriert.« Amber klingt richtig fies. »In welcher Welt lebt ihr eigentlich?«

Ich muss an Beers Worte denken. Beer würde sich vielleicht gar nicht evakuieren lassen. Ich merke, dass es auch in mir einen Teil gibt, der hierbleiben will, und zwar nicht nur, weil ich mich hier allein zurechtfinde und weil die Erwachsenen uns meistens in Ruhe lassen. Auch die Sunset will ich nicht aufgeben und den Zigosee würde ich ebenfalls vermissen. Ich spüre, wie sich eine Wolke vor die Sonne schiebt. Vor zwei Monaten hätte ich nicht gedacht, dass ich so was jemals wieder wahrnehmen werde.

»Meint ihr wirklich, dass wir hier wegmüssen?«, frage ich. Als niemand reagiert, setze ich mich auf. »Lasst uns vorher wenigstens noch was Cooles machen. Lasst uns die Sunset aufräumen. Wir könnten dort ein richtiges Lager einrichten.«

»Wozu?«, fragt Amber.

»Damit wir in der Regenzeit nicht nass werden.«

»Schon klar«, sagt Amber. »Ich meine, warum?«

»Die Fensterscheiben der Kommandobrücke sind noch in Ordnung«, sagt Tulip, als wäre mein Vorschlag schon angenommen.

»Vielleicht kriege ich den Motor doch noch zum Laufen«, sagt Karmiel.

»Aber auf der Sunset wird Garman B verboten.«

»Was hast du gegen Garman B?«

»Boood ist cooler.«

»Booods Texte sind Schwachsinn.«

»*Stop bein' so ansty, follow your fears.*«

»Eben – der totale Schwachsinn.«

Während die anderen sich über die Musik streiten, stehe ich auf. Langsam laufe ich in die Richtung, in der ich die Gangway der Sunset vermute. Jetzt zerrt wieder der Wind an meinen Klamotten und ich stelle mit Erstaunen fest, dass ich heute noch kein einziges Mal an Alún gedacht habe. Stattdessen habe ich Ste vermisst – Stes helle Stimme, ihren Duft nach Vanille und Kaffee, ihre Verlässlichkeit. Wenn wir die Sunset wirklich aufräumen wollen, dann brauchen wir Stes Hilfe. Das ist aber nicht der einzige Grund, aus dem ich später noch mal bei ihr klopfen will. Ich will ihr endlich sagen, was ich für sie empfinde. Wer weiß, ob durch meine Worte nicht eine ganz neue Geschichte beginnt.

ALÚN

Ich kapiere das nicht: Tara sagt nichts mehr.

Tara schweigt. Tara bleibt stumm, Tara gibt keinen Mucks von sich. Tara kriegt den Mund nicht auf, sie kriegt keinen einzigen Ton raus. Klar haben wir uns gestritten, wir waren beide ziemlich wütend. Dass danach das Zeitalter des absoluten Schweigens weitergeht, damit habe ich aber nicht gerechnet. Ich habe Tara tausend Messages geschickt, manche entschuldigend, manche nett, manche sauer – nichts. Erst war ich depri, jetzt reicht es mir. Tara ist diejenige, die mich von der ersten Message an belogen hat, und nachdem ihre Lügen rausgekommen sind, redet sie nicht mehr mit mir. Ergibt das irgendeinen Sinn?

Tara schweigt und ich gehe mit Lone zum erstbesten Hautarzt. Erst will er uns nicht behandeln, weil wir Umsiedler sind. Wir pflanzen uns einfach in den Wartebereich und werden schließlich doch ins Sprechzimmer gerufen. Auch wenn der Arzt nicht länger als eine Zehntelsekunde hinsieht, wird Lones Haut mit seiner Creme langsam besser und das ist für den Anfang wahrscheinlich okay.

Tara schweigt und ich passe Liva in der Ota High ab. Ein paar ihrer Kurse kenne ich, dienstags sind wir zur selben Uhrzeit in der Science Section. Sie schaut durch mich hindurch, als ich auf sie zugehe. Diesmal lasse ich das nicht gelten.

»Lone ist abgehauen«, sage ich. »Hast du das überhaupt mitbekommen?«

»Wenn es wirklich brenzlig gewesen wäre, hätte ich es schon erfahren.« Liva meidet meinen Blick.

»Vielleicht könntest du, wenn du das nächste Mal zu Hause aufkreuzt, zur Abwechslung nicht gleich rumschreien. Das würde Lone sicher helfen.« Ich stutze. Liva trägt wie immer Kabelbinder in den Haaren und an einem Kabelbinder hängt ein kleiner Anhänger. Es ist dasselbe Auge, das ich neulich im Freezone gesehen habe. Ich berühre es mit dem Zeigefinger. »Woher hast du das?«

»Das geht dich nichts an.« Liva wischt meinen Arm aus der Luft. »Warum ist Lone überhaupt weggelaufen?«

»Vielleicht wollte sie sich andere Eltern suchen.«

»Die hätte ich früher auch gebraucht.«

»Du warst aber nicht sieben, als TNE dein komplettes Leben gegen die Wand gefahren hat.« Prüfend sehe ich Liva an, aber sie reagiert nicht. »Ich bringe Lone jetzt manchmal ins Bett und erzähle ihr noch Geschichten.«

»Die Eine-Minute-Geschichte, die Mutter uns immer erzählt hat?« Liva hebt eine Augenbraue und es schmerzt, als unsere Blicke sich treffen.

»Stell dir vor«, sage ich. »Ich nehme mir etwas mehr Zeit.«

»Sag unseren Eltern doch lieber, was du von ihnen hältst«, sagt Liva. »Oder nein, das kannst du gar nicht. Du bist ja genauso kalt wie sie.«

»Da ist noch was.« Vielleicht hat Liva recht. Ich habe jetzt aber keine Kraft für diesen Streit. »Kannst du bitte vorsichtig sein?«

Aber Liva dreht sich ohne ein weiteres Wort weg und geht schweigend davon.

Und auch Tara schweigt weiter. Tara verliert kein Wort, sie denkt nicht daran, mir eine Message zu schicken. Tara ist stummer als ein Fisch und ich nehme mir an manchen Tagen die Zeit und hole Lone in der Ota Primary ab, damit sie nicht immer allein nach Hause gehen muss. Die Gänge dort sind mit übelkeitserregendem Papierkram beklebt: Schmetterlinge. Sonnenblumen. Möwen. (Als hätte diese Stadt, von Dato Cals Gemälden mal abgesehen, jemals eine Möwe erblickt.) Zum Glück hat Lone diese demütigenden Jahre bald hinter sich. Die Middle School ist nicht besser, aber wenigstens erwartet niemand, dass man sich über buntes Papier freut.

Den Spielplatz im Palast-Garden findet Lone langweilig, der im Royal Park gefällt ihr besser. Dort verbringen wir ganze Nachmittage und einmal rafft Vater sich auf und kommt mit. Es regnet schon wieder, allerdings nicht so stark, dass die Werbedrohnen uns in Ruhe lassen. Eine Drohne fliegt direkt über uns und säuselt uns die unglaubliche Wahrheit über die neue Joja ins Ohr: Sie hat noch längeres Haar und noch mehr Kleider und jede Joja, die in den nächsten fünfzehn Minuten gekauft wird, trägt ein Extrakleid mit eingenähtem Unterkleid. Lone will sie sofort haben, und ohne mit der Wimper zu zucken, fährt Vater mit uns in die sechste Etage des Dream Center und überträgt von seinem SigPhone einen absurden Betrag. Kaum haben wir sie aktiviert, will die neue Joja ins Tonfato Marinarium. Also gehen wir weiter. Die Quallen und Seepferdchen hinter den Glasscheiben interessieren Lone nicht. Sie hängt sich über das Fühlbecken und streichelt die Flundern. Vater und ich setzen uns auf eine Bank. Ausnahmsweise hat er sich rasiert, verschwitzt riecht er trotzdem.

»Deine Mutter will ja nichts davon wissen«, sagt Vater. »Aber dir kann ich es sagen: Ich hab's jetzt.«

»Was hast du?«

»In der Factory 11 wurden nicht nur Schmerzpflaster hergestellt, sondern auch ein neues Medikament. Es war ein Zytostatikum, der Wirkstoff wurde aus einer unbekannten Regenwaldpflanze extrahiert.«

»Woher weißt du das? Hast du ein Zertifikat gefunden?«

»Das nicht.« Vater schüttelt den Kopf. »Aber in der Woche, nachdem die Factory in die Luft geflogen ist, hat TNE ganz kurzfristig eine Phase-1-Studie abgesagt. Man müsste sich jetzt ansehen, ob in der Sperrzone ein unbekannter Wirkstoff nachweisbar ist.«

Ein Zytostatikum, das in der Factory 11 hergestellt wurde? Das klingt doch nach einem Ergebnis. »Und darum kümmerst du dich als Nächstes?«

»Dafür brauche ich mehrere Bodenproben und einen Laborplatz und an beides komme ich nur mit der Hilfe deiner Mutter. Würdest du mit ihr reden? Vielleicht schaffe ich es dann bis zum Prozess.« Vater grinst mich an. Sein Mund ist so flach wie die Flundern, die Lone streichelt. »Wenn ich das beweisen kann, wird das ein Knaller. Dann hat TNE keine andere Wahl, als mir einen Chefarztposten zu verschaffen.«

Vater lächelt immer noch und ich schaue fassungslos zurück. Neben mir sitzt ein fünfundfünfzigjähriger Mann, der dringend zum Friseur muss und unter dessen oberstem Hemdknopf ein Kaffeefleck prangt. Ein Mann, der seine Tochter niemals dabei unterstützen würde, TNE zu verklagen und den Rückkehrern zu helfen. Neben mir sitzt ein Mann, der sich ausschließlich um seine Karriere sorgt.

Und Tara hüllt sich weiter in Schweigen. Ihre Lippen sind versiegelt, sie gibt keinen Piep von sich, kriegt keinen Finger auf das Display ihres SigPhones. Tara schweigt und ich kämpfe mich durch meine Projektpräsentation. Alles, was ich zustande gebracht habe, ist eine ziemlich oberflächliche Beschreibung von Anse Len Grivens Blasenskulptur. Mit hochrotem Gesicht erkläre ich, dass die Blasen im Auge des Betrachters zu wachsen scheinen, und damit symbolisieren sie einerseits eine unendliche Leidenschaft für die Kunst und andererseits die vielen Klamotten im Dream Center, die uns weismachen wollen, dass sie ein Teil unserer Freiheit sind.

»Wenn es nach Anse Len Griven geht, rennen wir in Zukunft also nackt herum?«, sagt ein Typ aus der letzten Reihe. »Alún ist der Letzte, der mit Freiheit anfangen sollte.«

Dror fährt herum. »Spinnst du?«

»Meinem Onkel war sein neuer Job fest versprochen und dann wurde plötzlich ein Umsiedler eingestellt«, sagt der Typ.

»Und meine Eltern mussten ihren zweiten Parkplatz an Umsiedler abgeben«, sagt das Mädchen neben ihm.

»Aber was kann Alún dafür?«, fragt Dror.

»Ist doch klar.« Kent knurrt fast. »Manche halten es für Freiheit, jederzeit genügend Parkraum zur Verfügung zu haben. Vielleicht sollten sie mal darüber nachdenken, dass die Umsiedler nicht aus freien Stücken hier sind.«

»Außerdem geht es Anse Len Griven doch gerade darum«, sagt Hana. »Mit ihrer Skulptur will sie zeigen, dass Parkplätze nichts mit Freiheit zu tun haben.«

»Sondern?«, fragt Aldo. »Hana, was ist für dich Freiheit?«

»Freiheit ist, keine Ahnung, immer das tun zu können, was ich will.«

»Und was ist, wenn du dadurch den anderen ihre Freiheit nimmst?«, fragt Aldo.

»Klar.« Hana wird rot. »An die muss ich auch irgendwie denken.«

»Klingt anstrengend«, sagt Aldo.

»Genauso anstrengend wie das, was Alún uns vorgesetzt hat«, ruft der Typ ganz hinten.

Ein paar Leute lachen, aber ich gebe dem Typen recht. Ich habe mir keine Mühe gegeben, Aldos enttäuschten Blick habe ich verdient. Wenn Tara mich nicht gerade zum zweiten Mal abgeschossen hätte, hätte ich das besser hingekriegt. Ich hätte das alles besser hingekriegt, wenn die Erwachsenen nicht jahrelang zugesehen hätten, wie ein Konzern so mächtig wird, dass er in einer Factory mitten in einem Wohngebiet ein neuartiges Krebsmittel produzieren und nach einer

Explosion sämtliche Zertifikate verschwinden lassen kann. Aldo, weißt du was? Einerseits bist du echt okay, andererseits gehörst du auch zu diesen Erwachsenen. Was hast du gemacht, als die Factory 11 gebaut wurde? Hast du gerade optische Täuschungen gezeichnet?

Und Tara schweigt immer noch. Tara sagt überhaupt nichts, Tara lässt mich mal wieder im Stich. Erblindung, gebe ich in mein SigPhone ein. Augenkrankheit. Holm Stepovic. Krebsmedikament. Eyes Open. Was, wenn die Rückkehrer erst erblinden und ihnen dann Schlimmeres zustößt? Was, wenn Tara krank ist? Was, wenn Tara sich halb tot lacht, weil ich mich wieder auf sie eingelassen habe? Aber habe ich das überhaupt – mich *wieder* auf sie eingelassen? War ich denn jemals *nicht* in Tara verliebt?

Und wieso ist ganz Tonfato plötzlich voller Augenfliesen? Die fremde Fliese am Mariscal Building bleibt nicht die einzige. Als ich mit Lone über den Pajonal Square laufe, entdecke ich das nächste falsche Auge. Diesmal sind die Wimpern nicht zu lang, dafür ist die Pupille zu groß. Am selben Tag entdecke ich eine Fliese am Dix Building, in der Woche danach die an der Rustic Tavern und der East Bridge. Macht das Aldo, will er sich für meine laue Präsentation rächen? Aber er ist ja im Besitz meiner Fliesen, er müsste nicht diese dilettantischen Imitate kleben. Außer Aldo weiß nur eine Person in Tonfato von meinen Fliesen. Zufälligerweise hat diese Person genügend Erfahrung im Kleben und eine künstlerische Krise hat sie auch. Aber muss Rose sich unbedingt an meine Fliesensache dranhängen?

Es ist schon Abend, als ich vor Roses Glastür stehe. In der dunkelblauen Spiegelfolie kann ich mir dabei zusehen, wie ich die Hand hebe und dann doch zögere. Es liegt nicht nur daran, dass ich schon wieder an den Abend in der Haltebucht denke. Es liegt auch an dem neuen Bild am Ende des Gangs – ein Hurrikan, der einen gedeckten Esstisch leer fegt. Eigentlich müsste ich jetzt an unserem Esstisch sitzen. Liva ist garantiert unterwegs, also ist Lone mal wieder allein mit meinen Eltern. Aber ich kann Rose das einfach nicht durchgehen lassen.

Als die Klinke von innen runtergedrückt wird, beginnen meine Knie zu zittern. Rose trägt ihren Faltenrock, unter ihren Ohren schaukeln Bärenpfoten.

»Alún?« Ihrem Gesicht nach zu urteilen, scheint Rose sich über meinen Besuch tatsächlich zu freuen. Sie nimmt meine Hand und zieht mich in ihr Studio. »Komm rein. Die letzten zwei Monate waren unglaublich, ich muss dir sofort alles erzählen.«

»Was genau willst du mir erzählen?« Ich löse mich aus ihrem Griff. »Dass du immer noch deine Krise schiebst und deshalb jetzt meine Fliesen klebst?«

Rose zieht die Nase kraus. »*Was* mache ich?«

»Vielleicht hatte ich ein Brett vor dem Kopf, was Maira betrifft. Aber das ist doch kein Grund, mir mein Muster kaputtzumachen.«

»Wie kommst du darauf, dass ich deine Fliesen klebe?«

»Das warst du nicht?«

»Mensch, Alún, jetzt lass dich erst mal drücken.«

Rose hat einen muskulösen Körper und sie lässt mich gar nicht wieder los. Sie drückt mich so lange an sich, dass ich gar nicht anders kann, als ihre Brüste zu spüren. Mann, ich bin ja auch froh, sie wiederzusehen. Ich bin richtig erleichtert, damit habe ich gar nicht gerechnet. Aber muss das wirklich sein?

Endlich gibt Rose mich wieder frei. »Habe ich dich zerquetscht?«

»Ein bisschen.«

»Ich freue mich einfach so.« Rose verfrachtet mich auf eine Matte und mein SigPhone in einen Kühlschrank, meinen Rucksack pfeffert sie in eine Ecke. »Weißt du, was an diesem Abend in der Bucht passiert ist? Die ganzen Wochen, die wir gemeinsam geklebt haben, habe ich dich für einen Schisser gehalten. Ich meine, ständig wirst du rot und nie erzählst du irgendwas von dir. Aber als wir dort hockten, ist mir plötzlich klar geworden, dass du eigentlich ganz anders bist. Du ziehst dein Ding einfach durch. Und was ist mit mir? Ich mache mir seit zwei Jahren in den Rock, weil niemand erfahren soll, wie viel Spaß mir meine zivilisierten Tiere machen! An dem Abend in der Bucht bin ich endlich draufgekommen, was in meine Schatzkiste gehört – die Tiere natürlich, was sonst? Anse meint, dass sie von mir weitaus bessere Arbeiten kennt. Aber weißt du was? Ich habe ihr gesagt, dass ich das anders sehe.« Rose hält inne. »Es ging gerade nicht um mich, oder? Was ist noch mal mit deinen Fliesen?«

Ich muss lachen. »Du hast sie jedenfalls nicht geklebt.«

»Ich weiß gar nicht, wie du darauf kommst – als würde ich es mit dir aufnehmen können. Ich kann kein handtellergroßes Auge mit Leben füllen.«

»Wer war es dann? Und es sind ja nicht nur die Fliesen. Ganz Tonfato ist plötzlich voller Augen. Sogar hier im Hillside habe ich welche gesehen. Was hat das zu bedeuten?«

»Woher soll ich das wissen?«

»Du wohnst doch hier.«

»Das heißt aber nichts.« Rose legt sich auf den Rücken und ich lege mich neben sie. Der Himmel über uns ist ein graues Tuch, auf dem jemand die Sterne als weiße Farbspritzer verteilt hat. Es stören nur die roten Warnlampen der Wolkenkratzer. Wie wachsame Augen schauen sie auf uns herab. »Es wirkt ziemlich subversiv, hier zu wohnen. Ja, die Wände sind bunt und ja, jeder legt sein SigPhone in den Kühlschrank. Die Securities haben sich damit arrangiert, dass in diesem Sektor am laufenden Band Signaturen verschwinden. Und warum haben sie das? Weil wir gebraucht werden, um die Sammler mit Anlageobjekten zu versorgen, denn nichts anderes sind unsere Arbeiten. Weißt du, was wirklich subversiv wäre? Ein Jahr lang nichts zu malen, das wäre subversiv. Eine andere Kunstgeschichte zu schreiben, das wäre subversiv. Und obwohl ich das weiß, kann ich nicht aufhören zu arbeiten. Was in den Gängen hängt, das kriege ich gar nicht mehr mit.« Rose sieht mich an. »Tut mir leid, wenn ich den Zauber jetzt zerstört habe.«

»Auf einen Zauber mehr oder weniger kommt es nicht an.«

»So schlimm?«

Über uns im Nachthimmel erscheint eine Leuchtschrift: *Kansaii kennt deine Wünsche.* Die Buchstaben sind heller als die Sterne. »Tara will nichts mehr von mir wissen.«

»Tara mit den schönen Augen?«

»An dem Abend im Metro-Schacht hat sie mir plötzlich wieder getextet. Nachdem sie mich ein Jahr lang ignoriert hat, war sie auf einmal wieder da.«

»Du bist ja schnell über mich hinweggekommen.« Rose grinst mich an. »Hast du ihr von den Fliesen erzählt?«

»Ich war so dumm, ihr Fotos davon zu schicken.«

»Das nenne ich Liebe. Was hat sie gesagt?«

»Wirklich begeistert war sie nicht. Was mich gewundert hat, denn eigentlich steht Tara auf absolute Aktionen.«

»Vielleicht musst du ihr die Fliesen zeigen.«

»Das will ich ja. Aber sie meldet sich nicht mehr. Zwei Monate lang haben wir fast täglich getextet, jetzt herrscht wieder Funkstille.«

»Dann musst du sie zu ihrem Glück zwingen. Hol sie zu Hause ab, zeig etwas Einsatz.«

»Ich soll in die Gelbe Zone fahren?«

»Tara ist in der Gelben Zone?« Rose setzt sich auf. Ihr Gesicht verdeckt das Wort *Kansaii.* Rose kennt deine Wünsche, steht jetzt am Himmel. »Deine Lehrerin, diese Aino, ist aber nicht zufällig Aino Doron? Die auch in der Gelben Zone lebt und deren Arbeiten gerade durch die Decke gehen?«

»Aino ist Taras Mutter.«

»Du hast bei Aino Doron gelernt? Und jetzt bist du ihr Schwiegersohn?«

»Im Moment sieht es nicht danach aus und es wäre nicht sehr klug, in die Gelbe Zone zu fahren.«

»Was ist das denn für eine Ausrede?«

Die Nacht hat sich jetzt vollständig herabgesenkt, aber viele Fenster sind noch erleuchtet. Irgendwo sitzt jemand allein an seinem Esstisch, irgendwo träumt jemand schlecht. Jemand weint, jemand hat Sex und jemand verlässt endlich sein Schneckenhaus.

Rose unterbricht mich nicht, als ich alles erzähle, was ich über die Folgen der Explosion und diese ominöse Organisation namens Eyes Open weiß, und als ich damit fertig bin, mache ich mit der anderen Geschichte weiter.

Ich beginne mit dem Moment, in dem ich noch aufhören kann. (Ich beginne dort, wo es am meisten wehtut.) Es gibt ihn – diesen Moment, in dem ich noch aufhören kann. Ich höre aber nicht auf. Ich bin wütend, weil Tara und Tulip miteinander rumgemacht haben. Ich tauche den Pinsel in die schwarze Farbe. Ich bin wütend, weil Tara vorher ihre Bastmatte verschoben hat, damit ich das auf keinen Fall verpasse. Ich ziehe den Pinsel wieder raus. Ich bin wütend, weil ich in der letzten Nacht vom Hochsitz abgehauen bin. Ich hebe den Pinsel über meinen Kopf. Ich bin wütend, weil ich nebenan lebe, in dieser furchtbaren Familie. Ich lasse den Pinsel durch die Luft sausen. Ich bin wütend, weil ich nichts mehr habe, was mir wichtig ist. Beers Beete färben sich schwarz. Ainos Figuren färben sich schwarz. Taras Florazul färbt sich schwarz. Es tut so unheimlich gut, alles kaputtzumachen, was Tara und Aino und Beer wichtig ist.

Mir war Tara wichtig. Aber Tara habe ich in der Nacht davor verloren. Nein, wahrscheinlich habe ich sie schon viel früher verloren.

Den ganzen Tag wollte ich mit Tara reden. Ich will mit ihr reden, seit ich vom Hochsitz geklettert bin. Ich tippe hundert verschiedene Messages in mein SigPhone und lösche sie wieder. Eine Message reicht nicht aus. Ich kann Tara nicht in einer Message erklären, wie falsch es sich angefühlt hat, mich mitten in der Nacht aus ihren Armen zu lösen und nach Hause zu sprinten. Ich kann ihr nicht in einer Message erklären, dass sich seit ihrem dreizehnten Geburtstag alles falsch anfühlt – unsere heimlichen Treffen, das ständige Verstecken, meine unzähligen Lügen. Selbst aus der Ferne sehe ich den Vorwurf in Taras Augen: Sie hat auf diese Heimlichtuereien keinen Bock. Wenn ich nicht so ein Schisser wäre, hätte ich meinen Eltern längst verklickert, dass sie mir nichts zu sagen haben. Dabei kann ich nicht mal erklären, wovor ich Angst habe – davor, dass meine Eltern schreien? Dass sie schweigen? Meine Eltern können schweigen wie sonst nichts. Wenn sie schweigen, bleiben die Uhren stehen, das Blumenwasser gefriert in der Vase und Lone wird starr wie ein Stein.

Eine Message reicht einfach nicht aus, damit Tara versteht, wie es sich anfühlt, in dieser Familie zu leben. Wahrscheinlich würden auch hundert Messages nicht reichen. Seit wir uns kennen, habe ich mit Tara alles geteilt bis auf das eine – bis auf den Frust auf meine Eltern. Weiß der Himmel, warum meine Eltern von früh bis spät über unsere Nachbarn lästern müssen, über Taras Laube und Beers Beete und vor allem über Ainos Figuren, für die sie immer neue Beschreibungen finden: hässlich. Absurd. Beleidigend. Nein, vielleicht ahne ich den Grund dafür sogar und will ihn nur nicht wahrhaben, weil meine Eltern immer noch die Menschen sind, mit denen ich aufgewachsen bin. Weil ich mit ihnen über Wiesen gerannt und durch den Nordwald spaziert bin, weil sie mir Zählen und Fahrradfahren beigebracht haben. Weil ich weiß, worüber sie – manchmal, sehr selten – lachen. Weil ich gesehen habe, wie meiner Mutter das SigPhone aus der Hand rutschte, als mein Opa gestorben ist. Weil ich dabei war, als Vater die winzige Lone zum ersten Mal in den Armen hielt. Ich ahne, dass meine Eltern in Ainos Figuren etwas sehen, was sie selbst verloren haben. Was sie über die Jahre immer besser wegorganisiert haben, vielleicht um nicht an den langen Diensten im Krankenhaus oder an unseren schicken Möbeln zu verzweifeln. Selbst zum Kuscheln oder für Kissenschlachten gab es bei uns zu Hause feste Zeiten und deshalb bin ich schon als Baby geflohen. Deshalb bin ich mit elf Monaten in den Nachbargarten gekrabbelt, habe mich zu Tara auf die blaue Babydecke gelegt und die Wolken betrachtet, so lange, bis sich ihre Gesichter in unser Blickfeld schoben und etwas Falsches endete und gleichzeitig etwas Wahres begann.

Ich öffne die Augen und verstumme. Die Nacht dünnt an den Rändern schon aus. Kansaii kennt noch immer meine Wünsche, aber im Licht des neuen Tages beginnen die Buchstaben zu verblassen. Wortlos sehen wir zu, wie Roses Studio sich nach und nach mit hellrotem Licht füllt. Zwischendurch beginnt es zu regnen – schwere Tropfen, die wie Stoff über das Glasdach des Studios fließen.

»Irgendwie bin ich erleichtert«, sagt Rose schließlich. »Als du mir erzählt hast, dass du was Schlimmes angestellt hast, habe ich mir alles Mögliche ausgemalt.«

»Schlimmer als die Schmierereien geht es doch nicht.«

»Ich glaube, das warst nicht du. Das war der Sohn deiner Eltern. Aber würde der Sohn deiner Eltern in ganz Tonfato Fliesen kleben? Du bist jemand anders und es ist an der Zeit, das Tara zu beweisen.«

»Was genau soll ich ihr texten?«

»Vergiss das Texten. Ruf Tara an.«

»Sie geht aber nicht ran.«

»Dann ruf Aino an. Lass sie Tara ans SigPhone holen.« Die Bastmatte knistert, als Rose ihren Kopf zu mir dreht. »Und zwar jetzt.«

»Und wenn sie nicht mit mir reden will?«

»Jetzt«, sagt Rose.

»Wenn sie mich fragt, warum ich ihre Figuren beschmiert habe?«

»Jetzt«, sagt Rose.

»Oder wenn sie einfach wieder auflegt?«

»Hör mal, Alún. Nur wenige Menschen haben das Glück, ihre große Liebe zu treffen. Tara ist definitiv deine große Liebe, und wenn du nicht alles versuchst, um sie zurückzugewinnen, wirst du das dein Leben lang bereuen.« Rose setzt sich auf und zieht auch mich nach oben »Du holst jetzt dein SigPhone aus diesem Kühlschrank, fährst nach unten und rufst Aino an. Bei der Gelegenheit kannst du sie gleich fragen, aus welchem Holz sie das Schulmädchen geschnitzt hat. Maira und ich haben eine Wette laufen, ob das Birke oder Esche ist.«

TARA

Eigentlich will ich nur ein Schälchen von dem Knuspermüsli verputzen, das Beer aus dem ersten Hafer der Gelben Zone gebacken hat. Es ist sieben Uhr morgens, aber ich bin unruhig. Seit Amber das Gerücht von der Sprengung in die Welt gesetzt hat, sind wir alle nervös. Bisher haben wir nicht viel mehr geschafft, als die Sunset halbwegs aufzuräumen, und bei Ste bin ich immer noch nicht gewesen. Dabei gibt es keinen Grund, nervös zu sein. Laut Karmiel und Sorjana sind in der Gelben Zone weder Securities noch Drohnen unterwegs. Karmiel ist sogar zur Roten Zone gefahren und auch dort ist ihm nichts aufgefallen, was auf eine Sprengung hindeuten würde.

Ich stoße mit Mama um sieben Uhr morgens aber nicht zusammen, weil es so zeitig ist. Ich stoße mit ihr auch nicht zusammen, weil die Geräusche unseres Hauses in den Morgenstunden andere als tagsüber sind und ich ihre Schritte nicht rechtzeitig höre. Ich stoße mit ihr zusammen, weil ich nicht mit ihr rechne. Ich rechne nicht mit ihr, sie rechnet nicht mit mir. So geht das seit Wochen und deshalb rennen wir in vollem Lauf gegeneinander. Es gibt einen regelrechten Gong, als unsere Stirnen aneinanderknallen. Das

Müslischälchen rutscht mir aus der Hand und zerschellt auf dem Boden.

»Tut mir leid, mein Stern.« Mamas Stimme ist schon wieder viel zu weich. »Wieso machst du denn kein Licht?«

»Große Rätselfrage.« Ich beiße die Zähne aufeinander. Mein Fuß tut höllisch weh, anscheinend ist das Schälchen darauf gelandet. »Ist die Glühbirne kaputt? Habe ich den Lichtschalter nicht gefunden? Oder liegt es etwa daran, dass ich blind bin?«

»Komm schon, Tara. Sei nicht ungerecht.« Ich höre das Klicken, mit dem Mama den Lichtschalter dreht. »Mist, du blutest. Das müssen wir desinfizieren. Setz dich erst mal hin.«

Ich zucke zusammen, als sie mich ohne Vorwarnung an den Schultern packt und auf die Küchenbank bugsiert. Bevor ich ihr zum hundertsten Mal erklären kann, dass das für eine Blinde nicht sonderlich angenehm ist, ist sie schon aus der Küche gerauscht, und natürlich gibt sie auch keinen Mucks von sich, als sie zurückkehrt. Ich stelle mich einfach darauf ein, dass sie mich gleich wieder anfasst. Dass sie sich wortlos meinen Fuß schnappt und dann – ebenfalls ohne ein Wort – das kühle Jod darauf verteilt.

Aber plötzlich spüre ich etwas an der Stirn und fuchtele erschrocken mit dem Arm durch die Luft. Glas landet mit einem Klirren auf den Fliesen und ein scharfer Geruch steigt mir in die Nase. Offenbar wollte Mama meine Stirn desinfizieren und dabei habe ich ihr die Jodflasche aus der Hand geschlagen.

»Geht's noch?« Jetzt ist auch Mama genervt.

»Tut mir leid, ich bin erschrocken. Ich dachte, ich habe mir den Fuß verletzt.«

»Was soll an deinem Fuß sein?« Mama hat mir schon den Rücken zugedreht. »Deine Stirn ist aufgeschrammt, das muss meine Haarklemme gewesen sein.«

Vorsichtig taste ich nach der Wunde an meiner Stirn, tatsächlich brennt die Haut unter meinen Fingern. Ich höre, wie eine Schranktür aufgeht, und dann schaben die Borsten unseres Handfegers über die Fliesen. Ich weiß genau, auf welche Weise Mama jetzt die Lippen aufeinanderpresst. Mama hasst es zu putzen und erst recht hasst sie es, wenn sie anderen hinterherputzen muss.

»Und was machen wir nun?«, fragt Mama. »Jod haben wir jedenfalls nicht mehr.«

»Ich werde es schon überleben.«

»Du wolltest etwas essen, oder?« Mamas Stimme wird wieder weicher. »Soll ich dir ein neues Müsli machen? Auf den Schreck kann ich auch eine Portion vertragen.«

Ich zögere, aber Mama nimmt schon das Geschirr aus dem Schrank. Ich höre, wie sie zwei Schälchen und zwei Wassergläser füllt, und dann setzt sie sich neben mich. In der Küche ist es kühl und für meinen Geschmack sitzt sie zu nahe bei mir. Ohne es zu wollen, spüre ich Mamas Körper – die Wärme ihres Oberarms, ihrer Hüfte, ihres Oberschenkels.

Mama hat mir einen kleinen Löffel hingelegt. Mit einem großen Löffel würde mir das Essen leichterfallen, aber das gebe ich keinesfalls zu. Wir essen stumm. Kauen, trinken. Wenn wir früher hier gesessen haben, haben wir nicht geschwiegen. Früher haben wir stundenlang geredet, auch wenn ich mich nicht erinnern kann, worüber wir gesprochen haben. Nur ein Thema fällt mir ein – Mamas Figuren. Und das passt ja, darüber müssen wir jetzt auch sprechen.

»Als wir zurückgekehrt sind, hast du gesagt, dass du Florazul knallrot streichen willst«, sagt Mama. »Ein knallrotes Haus könnten wir gut gebrauchen, jetzt, wo der Sommer zu Ende geht. Machen wir das zusammen?«

Ich esse weiter, auch wenn mir der Appetit vergangen ist. Beer findet, dass Mama sich Mühe gibt. Aber gibt man sich Mühe, wenn man mit seiner blinden Tochter über Farben redet?

»Weißt du noch, wie wir Florazul zum ersten Mal gestrichen haben? Erst ist uns das Gelb ausgegangen, dann das Orange und dann das Rot.« Eines muss man Mama lassen: Wenn sie mit etwas angefangen hat, hört sie so schnell nicht wieder auf. »Das war echt ein knappes Jahr. Es hat mir wehgetan, dass ich nicht mal genug Geld für den Anstrich deiner Laube hatte.«

»Zum Glück hatte Alún die Idee, sie in das Gemälde von Dato Cal zu verwandeln.« Gegen meinen Willen muss ich grinsen. »Und dann hat er sie Florazul genannt, als hätten wir das von Anfang an so geplant.«

»Nachdem wir uns ausgetobt hatten, sah es richtig gut aus.« So einig sind wir uns selten, das ist ein schlechtes Zeichen. Mama scheint das ähnlich zu sehen, schon rutscht sie ein Stück von mir ab. Jetzt kann sie es nicht länger aufschieben. Jetzt beginnt das *Gespräch.* »Übrigens gibt es etwas, was ich dir sagen muss. Auch wenn ich nicht weiß, ob du das wirklich erfahren möchtest.«

»Weil du es besser findest, wenn alle im Ort wissen, dass du neuerdings eine angesagte Künstlerin bist, und nur deine eigene Tochter hat keinen Schimmer? Oder liegt es daran, dass du dich für deine neue Serie schämst? Hast du eigentlich auch eine Figur von Henk gemacht? Wie hat er ausgesehen, als er mit der Factory in die Luft geflogen ist, und wie viel hast du an seiner Nachbildung verdient?« Ich müsste angriffslustig klingen, aber ich klinge einfach nur müde.

»Ich erschaffe doch keine echten Menschen.« Mama ist erschrocken. »Woher weißt du das überhaupt?«

»Das mit Silver weiß ich auch.«

»Ach, Tara. Das hat mich alles komplett überrollt. Manchmal habe ich das Gefühl, dass ich gleich aufwache, und alles ist wie früher.« Mama seufzt. »Aber jetzt geht es nicht um mich. Was ich nicht weiß, ist, ob du von Alúns Anruf erfahren möchtest.«

In einem Clip von Frntnrf müsste ich mich jetzt an Beers Müsli verschlucken. Ein Haferspelz müsste mir in der Kehle stecken bleiben und ich müsste husten und würgen, bis mein Gesicht sich dunkelrot verfärbt und ich entweder tot umfalle oder der Spelz doch noch aus meiner Kehle springt und in hohem Bogen durch die Küche fliegt.

Das ist aber kein Clip. Das ist das Leben und ich kaue einfach weiter. Auch sonst ist das Leben eher leise. Leise trinke ich einen Schluck Wasser, leise stelle ich mein Glas auf den Tisch, leise frage ich: »Wann hat er angerufen?«

»Er hat auf meinem SigPhone angerufen. Ich war total erstaunt, dass er meine Signatur nicht längst gelöscht hat. Hätte ich dich holen sollen?«

»Und was hat er gesagt?« Meine Stimme klingt so gepresst, dass ich sie selbst kaum erkenne.

»Es ging um irgendeine Message.«

»Ging es um eine Message von mir oder von ihm?«

»Ich glaube, es ging um mehrere Messages und dann hat er noch gesagt, dass du an dein SigPhone gehen sollst. Wenn du seine Anrufe weiter wegdrückst, dann kommt er hierher. Er schien total entschlossen zu sein.« Mama seufzt. »Aber wahrscheinlich hätte ich dir das gar nicht erzählen sollen.«

»Und warum nicht, wenn ich fragen darf?«

»Glaubst du wirklich, dass Alún dich besucht? Ich habe durch euren Streit meinen besten Schüler verloren. Es war hart für mich, dass er danach nicht mehr in meine Werkstatt kommen durfte. Aber mir ist klar, dass die Sache für dich viel schlimmer war. Weißt du was, mein Stern? Ihr beide wart einfach zu verschieden. Nach der Explosion hättet ihr euch sowieso auseinandergelebt.«

Seit Tagen, seit Wochen, seit Monaten trage ich diesen Kloß in meiner Kehle. Seit Alún unseren Garten beschmiert hat, habe ich nicht mehr geweint. Ich habe nicht geweint, als mir eine Woche später im Educational Center wegen einer Kleinigkeit mein SigPhone abgenommen wurde, und ich habe nicht geweint, als ich wieder eine Woche später die fünfzig Meter Kraul gegen diese Ziege aus Itapu verloren habe. Ich habe weder geweint, als wir geflüchtet, noch, als wir zurückgekehrt sind. Ich habe nicht geweint, als ich in Ronins Praxis saß, und ich habe nicht geweint, als an jenem Dienstagmorgen alles schwarz geblieben ist. Nicht mal in den Duschen des Linden Home habe ich geweint, als ich mitten in der Frauenduschzeit diese zwei Typen entdeckt habe, die mich schon die ganze Zeit beobachtet haben mussten.

Ausgerechnet jetzt fange ich an zu weinen. Ich weine, weil ich draußen im Garten ein Geräusch höre und nicht rausfinden kann, woher dieses Geräusch stammt. Die meisten von uns können das nicht rausfinden, auch deshalb weine ich. Ich weine, weil Io manchmal schreit, ohne dass mir jemand den Grund nennen kann, und weil ich Beer noch nie so glücklich erlebt habe und weil Karmiel immer nur schweigt, statt über seinen Vater zu reden, und weil ich immer noch nicht weiß, wer Ste eigentlich ist und was ich für sie empfinde.

»Aber die Sache ist nicht zu Ende«, schluchze ich. »Sie hat vor fünfzehn Jahren begonnen und sie geht einfach nicht zu Ende. Weißt du überhaupt, dass Alún und ich uns geküsst haben? Kurz bevor er unseren Garten beschmiert hat, haben wir uns geküsst, und das war das Schönste, was mir jemals passiert ist. An diesem Abend hat die Welt den Atem angehalten, hast du so was schon mal erlebt? Und dann ist Alún freigedreht, das stimmt, aber er hat mich trotzdem noch gezeichnet. Bis zur Explosion hat er meinen Mund gemalt und meine Ohren und meine Kniekehlen und am häufigsten hat er meine Augen gemalt. Meinst du, er kommt wirklich hierher? Aber was mache ich, wenn er von meinen Schleimaugen total angewidert ist? Mama, was mache ich dann?«

Einen Moment lang sagt niemand etwas. Schon wieder höre ich ein Geräusch, diesmal kommt es vom Flur. Meine Beine zittern, ich sollte mich hinsetzen. Allerdings weiß ich nicht, ob hinter mir noch die Küchenbank steht. Ich habe gar nicht mitbekommen, wie ich aufgestanden bin. Bin ich überhaupt noch in unserer Küche?

Dann sagt eine Butterstimme: »Tara, du hast keine Schleimaugen.«

Das ist nicht Mamas Stimme, das ist auch nicht Beers Stimme. Ich kenne diese Stimme, aber ich kann sie nicht zuordnen.

»Wer ist noch hier?« Mir ist übel. »Mama, wer außer uns beiden ist hier?«

»Silver ist hier.« Mama spricht ganz ruhig. »Ich habe ihn angerufen, weil ich mit meiner Figur feststecke. Wir wollten zusammen frühstücken, deshalb bin ich überhaupt in die Küche gekommen.«

»Hast du sie noch alle?« Jemand schreit und das bin wohl ich. »Ist es zu viel verlangt, dass du mir sagst, wenn du Besuch bekommst? Denkst du, ich will mein Herz vor jedem Typen ausschütten, der gerade zufällig in unsere Küche spaziert? Wieso kann sich jeder Mensch auf meine Blindheit einstellen, nur du kriegst das nicht hin?«

Wenn ich etwas sehen würde, wäre mein Abgang etwas effektvoller. Ich habe immer noch keinen Schimmer, wo ich mich befinde. Zuerst brauche ich eine halbe Ewigkeit, bis ich auf eine Wand stoße, und die zweite Hälfte der Ewigkeit verbringe ich damit, diese Wand zu identifizieren. Ich bin so sauer, dass ich Beers Gewürzregal erst nach ein paar Sekunden erkenne. Ich reiße sogar ein paar seiner heiligen Dosen runter. Immerhin weiß ich jetzt, dass ich noch in der Küche bin.

So schnell wie möglich gehe ich in den Flur und von dort ins Wohnzimmer. Mit voller Absicht drücke ich mich so knapp an der Bilderwand vorbei, dass ein paar Bilder runterfallen. Klirrend gehen sie zu Boden und ich trample einfach über die Scherben.

Silver hält die Klappe, dafür redet jetzt Mama auf mich ein. Wie leid es ihr tut, dass sie Silvers Auftauchen nicht angekündigt hat, und genauso leid tut es ihr, dass ihr bei der Geschichte mit ihren Figuren offenbar jemand zuvorgekommen ist. Sie wollte mir ja davon erzählen. Die ganze Zeit wollte sie das, aber sie hat sich einfach nicht getraut, weil es mir so schlecht ging. Wenn ich will, erzählt sie mir jetzt alles, auch von dem schrägen Galeristen, der sie seit Kurzem vertritt, und vor allem unternehmen wir etwas zu zweit, nur wir beide, sie und ich, denn das haben wir schon viel zu lange nicht gemacht.

Als ich endlich das Glas der Terrassentür unter meinen Fingern spüre, sind sicher zwei Minuten vergangen. Meine Wut hat sich allerdings nicht abgekühlt. Was denkt Mama eigentlich von mir? Dass ich unfähig bin, mich für meine Mitmenschen zu freuen, bloß weil ich selbst erst meine große Liebe und dann mein Augenlicht verloren habe? Da hat sie zufällig recht. Ich hasse sie für ihr Glück, trotzdem hätte sie mir das alles nicht verschweigen dürfen.

Kaum bin ich in Florazul, krame ich mein SigPhone raus. Die traurige Wahrheit ist, dass ich Alúns Signatur immer noch auswendig weiß. Ich rufe den Signaturmanager auf und nenne die Ziffern.

Aber will ich das überhaupt?

»Null.«

Will ich wirklich mit Alún sprechen?

»Zwei.«

Und was sage ich zu ihm?

»Vier.«

Hast du das wirklich zu Aino gesagt?

»Drei.«

Kommst du in die Gelbe Zone?

»Vier.«

Weißt du, dass du hier dein Augenlicht verlieren kannst?

»Fünf.«

Was geht mich Alúns Augenlicht an?

»Null.«

Wie kann es überhaupt sein, dass Alún mich erst fünf Monate nach meiner Message zu erreichen versucht?

»Sieben.«

Dass er erst ein knappes halbes Jahr später rausfinden will, warum ich ihm einmal und nie wieder getextet habe?

»Fünf.«

Ich rede mir das doch alles nur ein.

»Null.«

Ich rede mir ein, dass ich Alún noch etwas bedeute.

»Fünf.«

Ich rede mir das ein, weil ich es mir immer noch wünsche. Ich bin so eine Idiotin, dass ich damit nicht endlich aufhören kann.

Ehe die Verbindung zustande kommt, unterbreche ich sie. Hoffentlich zeigt Alúns SigPhone diesen Anruf nicht an. Was mache ich, wenn er gleich zurückruft? Und was mache ich, wenn er nicht zurückruft? Schon wieder fange ich an zu weinen, das ist alles so albern. Ich beruhige mich jetzt und nachher gehe ich zur Sunset und lasse mich von den anderen aufheitern. Wenn ich mir Mühe gebe, kann ich über Ambers Witze ausnahmsweise lachen und vielleicht bringt Karmiel ja gerade heute den Motor zum Laufen. Ich warte einfach, bis die anderen wach sind. Jetzt ist es acht, ich muss also höchstens drei Stunden überbrücken. Drei Stunden sind überhaupt kein Problem. Zuerst aktualisiere ich meine Playlist, damit kriege ich die erste Stunde rum. Vielleicht dauert das sogar anderthalb Stunden. Und dann höre ich mir die brandneue Staffel von *Lucifer's Paradise* an. Karmiel hat ein Datacenter in Juka geknackt, und solange das nicht auffliegt, können wir auf alles zugreifen.

»Tara?«

Nein, bitte nicht. Ich will dieses Gespräch nicht fortsetzen. Ich will in den nächsten zehn Jahren überhaupt keine Gespräche mehr führen.

»Ist alles okay bei dir? Darf ich reinkommen?«

Das ist gar nicht Mama, das ist Ste. Das ist die nächste Baustelle in meinem Leben, die hat mir gerade noch gefehlt. Ich gebe ein undefinierbares Grunzen von mir, das Ste offenbar als Ja nimmt. Im nächsten Moment öffnet sich Florazuls Tür und dann sitzt Ste neben mir.

»Mensch, Tara, was ist denn los?«, fragt sie. »Darf ich dich in den Arm nehmen?«

Zuletzt hat Ste mich umarmt, nachdem ich vom Roten Felsen gesprungen bin. Ich weiß noch genau, wie sich diese Umarmung angefühlt hat. Ihr Körper war knochig, ihre Haare waren weich und ich habe mich viel zu schnell von ihr gelöst. Diesmal ist es Ste, die mich gleich wieder loslässt. Bevor ich ihren Duft einatmen und ihre glatte Haut spüren kann, hat sie sich schon wieder losgemacht.

»Alún hat angerufen«, sage ich mit dünner Stimme. »Er will in die Gelbe Zone kommen.«

»Hat er auf deinem alten SigPhone angerufen?« Ste klingt erschrocken. »Kennt er noch die Signatur?«

»Keine Ahnung, ob er die noch kennt. Nein, er hat auf Mamas SigPhone angerufen. Sie hat mit ihm gesprochen.«

»Bist du sicher, dass er kommen will?« Ich höre, wie Ste zum Fenster geht. »Ist ihm klar, dass er dabei erblinden kann?«

»Das ist mir egal«, sage ich.

»Das darf dir nicht egal sein.« Ste scheint immer noch am Fenster zu stehen. Aber ihre Stimme klingt weit entfernt, als wäre sie ganz woanders. »Schließlich hat er versucht, dich zu erreichen. Wir nehmen jetzt dein SigPhone und rufen ihn zurück.«

»Das habe ich gerade gemacht. Er ist nicht rangegangen.«

»Dann versuchen wir es noch mal.«

Ich schüttle den Kopf. »Ganz sicher nicht.«

Ste hat ihre Berührungen immer angekündigt. Von Anfang an war sie rücksichtsvoll und ich habe sie für die Letzte gehalten, die meine Blindheit ausnutzen würde. Aber jetzt nimmt sie mir mein SigPhone einfach aus der Hand. Ich höre, wie sie über das Display wischt, und dann höre ich das Klingeln. Ich spare mir den Versuch, ihr mein SigPhone aus der Hand zu winden. Von vornherein ist klar, wer dabei gewinnt. In meiner Brust hämmert mein Herz. Zwischen dem ersten und dem zweiten Klingelton schlägt es einmal, zwischen dem zweiten und dem dritten Klingelton schlägt es zweimal. Es schlägt immer schneller, und kurz bevor es mir aus der Brust springen kann, bricht das Klingeln ab. Ich will schon aufatmen, aber Ste lässt nicht locker. Dreimal wiederholt sie die Prozedur, ehe sie aufgibt. Wenigstens haben wir jetzt unsere Pflicht getan. Wir haben versucht, Alún zu warnen, und er hat sich nicht warnen lassen.

»Dann fahren wir jetzt nach Itapu«, sagt Ste.

Ich schüttle den Kopf. »Ich fahre nirgendwohin.«

»Wir müssen Alún abpassen. Er kommt garantiert mit dem Speedtrain und er darf die Gelbe Zone nicht betreten. Vertrau mir, Tara. Ich weiß über Alún mehr, als du denkst.« Inzwischen klingt Ste wirklich verzweifelt.

»Was soll das heißen?«

»Das erkläre ich dir unterwegs. Wahrscheinlich hasst du mich danach, aber du musst das jetzt endlich erfahren. Pack ein paar Sachen zusammen und dann fahren wir los. Ich hole nur noch den Roller.«

Erst als Ste Florazuls Tür hinter sich schließt, beginnen meine Hände zu zittern. *Ich weiß über Alún mehr, als du denkst,* was meint Ste damit? Ich schnappe mir meinen Rucksack. Plötzlich kommt es mir wichtig vor, dass ich nichts vergesse, genau wie vor zehn Monaten, als ich davon ausgegangen bin, dass wir nicht zurückkehren. Obwohl ich keinen klaren Gedanken fassen kann, finde ich alles auf Anhieb. Es ist fast ekelhaft, wie ordentlich ich geworden bin. Ich stopfe eine Wasserflasche und mein SigPhone in das große Fach. Alúns Sketchos stecke ich in den Deckel, zusammen mit dem kaputten Goldring von Ste. Als ich den Rucksack verschließe, fällt mir ein, dass ganz unten noch meine Schwimmsachen drinstecken.

Ich streife mir meine Fleecejacke über und trete nach draußen. Ste ruft mir von der Main Road etwas zu. Ich laufe durch unseren Garten und setze mir widerspruchslos den Helm auf, den sie mir in die Hand drückt. Hinter ihr steige ich auf das Trittbrett und im nächsten Moment sind wir unterwegs.

ALÚN

Ich bin echt sauer. Ich bin so sauer, dass ich in der Blue Line keine Sekunde stillsitzen kann, wodurch ich die genervten Blicke zahlreicher Anzugmenschen auf mich ziehe. Ich kann nicht mal sagen, auf wen ich sauer bin – auf Rose? Auf Aino? Auf Tara? Nein, ich weiß es: Ich bin sauer auf mich. Was war das für eine Idee, aus dem Nichts heraus bei Aino anzurufen?

Aino, bist du's? Hier ist Alún. Die Sache mit deinen Figuren tut mir leid, aber können wir darüber ein andermal reden? Jetzt muss ich erst mal mit Tara sprechen, würdest du die mal eben ans SigPhone holen?

Habe ich das wirklich gesagt? Habe ich nach Tara gefragt, so als wäre ich erst neulich in Ainos Werkstatt gewesen? Als hätte ich gestern noch in Dorons Küche gesessen? Als hätten Tara und ich vor wenigen Stunden in Florazul gelegen und Lemonade getrunken?

Das willst du lieber nicht? Würdest du ihr dann bitte etwas ausrichten? Würdest du ihr ausrichten, dass sie mir wieder texten soll? Ich vermisse nämlich ihre Messages.

Ich vermisse Taras Messages? Was für ein Schwachsinn.

Oder nein, sag ihr, dass sie endlich an ihr SigPhone gehen soll. Ich muss unbedingt mit ihr reden. Wenn sie nicht rangeht, dann komme ich zu euch in die Gelbe Zone, das ist echt mein Ernst.

Und wenn du ihr das nicht ausrichtest, dann rufe ich morgen wieder an. Denn dann werde ich echt sauer. Dann beschmiere ich noch mal deine Figuren. Ganz genau. Nach allem, was passiert ist, habe ich Aino jetzt auch noch gedroht – noch dazu mit etwas, was ich ganz sicher nicht wahr machen werde. Niemals bringe ich es über mich, in die Gelbe Zone zu fahren. Da schicke ich auf Taras SigPhone lieber doch noch mehr verzweifelte Messages, die allesamt unbeantwortet bleiben.

Es ist noch nicht mal sechs Uhr, als mich die Rolltreppe nach oben ins Ota Quarter bringt, und nach dem Regenschauer ist die Luft angenehm kühl. Gerade gehen die Laternen aus und im selben Moment springt die Leuchtwerbung am Alarm Shop an. *We Offer Safety.* Ich habe Wut im Angebot. Und eine geballte Ladung Traurigkeit. Wenigstens kann ich demnächst damit aufhören, auf eine Antwort von Tara zu warten. Sobald ich zu Hause aufschlage, werden meine Eltern mein SigPhone konfiszieren – es sei denn, sie haben nicht mitgekriegt, dass ich die ganze Nacht weggeblieben bin, was alles in allem eher unwahrscheinlich ist.

Die meisten Fenster unseres Hochhauses sind bereits erleuchtet. Bevor ich abzählen kann, ob unsere Fenster dabei sind, wird auch der Vorraum in weißes Licht getaucht und es erscheint ein siebenjähriges Mädchen in der abenteuerlichsten Klamottenkombination, die diese Stadt jemals gesehen hat. Lone trägt ein rotes T-Shirt und pinke Leggings zu einem gelben Rock mit orangeroten Pünktchen. Zum Glück hat sie ihre rosarote Funktionsjacke vergessen, so ist die Farbpalette wenigstens um einen Ton ärmer.

Schnell zücke ich mein SigPhone und öffne die Tür. »Lone! Was machst du hier?«

Lone verzieht das Gesicht. »Ich will nicht schon wieder Burger und Cola.«

»Was soll das heißen?«

»Beim letzten Mal haben die Securities mir auch Burger und Cola gegeben und das ist voll ungesund.«

»Von welchen Securities sprichst du?«

»Und warum baust du jetzt Badezimmer? Die Securities haben gesagt, dass du seit mindestens fünf Monaten Fliesen klebst.«

»Die sind in unserer Wohnung?«

Lone kann mir kaum folgen, so schnell renne ich zurück zur Metrostation. Ich blicke mich nur flüchtig um, ehe ich die Netzbox aufdrücke und das Supercase raushole. Hektisch fingere ich ein SickPhone raus und schiebe mein SigPhone rein. In dem Moment, in dem ich das Supercase schließe, beginnt mein SigPhone zu summen. Die Signatur, die mir angezeigt wird, kenne ich irgendwoher, zuordnen kann ich sie jedoch nicht. Über diese elf Zahlen kann ich später nachdenken. Jetzt muss ich erst mal vom Radar verschwinden.

So lässig wie möglich schiebe ich das SickPhone in meinen Rucksack, dann nehme ich Lone an die Hand und schlendere weiter. Ich habe ein SickPhone erwischt, das ich schon eine ganze Weile nicht mehr verwendet habe. Mit diesem SickPhone gewinne ich etwas Zeit, in der ich – was genau mache?

Okay. Ganz langsam. Ich muss ruhig bleiben. Irgendwie muss ich das jetzt auf die Reihe kriegen, auch wenn ich seit vierundzwanzig Stunden auf den Beinen bin. Am besten fahre ich zurück zu Rose. Sie kann mir bestimmt mit den Alibis für meine Fliesen helfen, das sind ja nur zweiundfünfzig Stück. Zumindest kann sie mir erklären, wie ich jetzt vorgehen soll. Irgendwann hat Rose erwähnt, dass bei solchen Festnahmen fast immer nach anderen Streetartisten gefragt wird. Für Klarnamen wird Strafmilderung versprochen und dieses Versprechen wird grundsätzlich nicht eingelöst. Hoffentlich bin ich jemand, der in einer solchen Situation dichthalten kann. Oder ist es besser, wenn ich in die nächste Office spaziere und mich freiwillig stelle? Auf jeden Fall muss ich Lone aus dieser Sache raushalten. Sie darf nicht schon wieder in einer Office landen.

Ich schaue auf mein SickPhone. Mittlerweile ist es zehn nach sieben. In zwölf Minuten werden aus der Ota North zwei hochgestylte Businessfrauen gespült, dann ein Anzugmensch mit langen Haaren und danach ein Hacker und ein Gamer, die zumindest bis vor Kurzem ein ziemlich gutes Team darstellten. Die beiden könnten mir wenigstens ein Problem abnehmen. Vielleicht ist das nicht die perfekte Lösung. Ich habe jetzt aber keine Zeit für perfekte Lösungen.

Lone und ich positionieren uns an der Rolltreppe und vertreiben uns die Wartezeit mit dem Rucksackspiel. Wir packen ihre Joja und meine Sketchos ein, das Buch von

Fap und Fop und meine Fineliner, ihre Monsterkarten und meine Kansaii. Als Lone gerade den Schaufelraddampfer einpackt, taucht neben ihrem kleinen Gesicht schon der Anzugmensch auf. Dahinter steht Dror und in einem Sicherheitsabstand von zehn Stufen Kent. Ich winke die beiden zu mir heran. Skeptisch kommen sie näher.

»Wen hast du dabei?«, fragt Dror. »Ist heute Haustiertag?«

»Ich bin doch kein Haustier«, sagt Lone empört.

»Kleiner Witz.« Dror grinst verlegen.

»Sehr witzig«, murmelt Kent.

»Lone ist total pflegeleicht«, sage ich. »Und ich muss dringend was erledigen. Könnt ihr sie zur Ota Primary bringen?«

Lone schüttelt den Kopf. »Ich kenne die doch gar nicht.«

»Was ist dein Plan?«, fragt Dror. »Geht es wieder um diese Zara?«

»Du meinst Tara? Die aus der Gelben Zone?« Kents Augen werden schmal. »Hast du dir die immer noch nicht aus dem Kopf geschlagen?«

Ich zucke mit den Schultern. In die Fliesensache will ich die beiden nicht reinziehen und auf den aktuellen Stand in Sachen aussichtsloser Liebe kann ich sie auf die Schnelle auch nicht bringen.

»Ich überlege schon seit Tagen, ob ich dir davon erzählen soll.« Kent schiebt sein SigPhone in sein Case. Das ist kein gutes Zeichen. »Wenn du deiner Tara helfen willst, habe ich einen heißen Tipp für dich. In fünfundzwanzig Minuten verlässt der Speedtrain nach Itapu die Tonfato Central Station und in genau diesem Zug solltest du sitzen.«

»Ich soll in die Gelbe Zone fahren? Vor zwei Monaten hast du mir das noch ausgeredet.«

»Vor zwei Monaten war auch nicht die genialste Aktion in der Geschichte des Campo District am Start«, sagt Kent. »Wenn du Glück hast, wirst du eines Tages in den Geschichtsbüchern stehen.«

»Und wenn ich Pech habe?«

»Das weiß ich auch nicht.« Kent meidet meinen Blick. »Immerhin ist inzwischen mehr oder weniger sicher, dass man von einem Tag in der Gelben Zone nicht erblindet, und für unsere Aktion können wir jeden gebrauchen.«

»Und was machst du dann noch hier?«

»Ich bin für die Timeline verantwortlich.«

»Mit dem TNE-Key-Exchanger oder was?« Dror lacht, aber er wirkt dabei nicht besonders fröhlich. »Für meinen Geschmack habt ihr jetzt genug paranoiden Kram gelabert. Ich schlage vor, dass wir uns alle wieder locker machen. Sag mal, Kent, hast du überhaupt schon mitgekriegt, dass Alún und Tara die Ersten sind, bei denen Create the Date gefunzt hat?«

»Du hast Create the Date getestet?« Zum ersten Mal seit drei Monaten scheinen Kent und Dror einander wieder wahrzunehmen. »Welchen Pfad hast du verwendet?«

»Den für Fernbeziehungen.«

»Hattest du alle Variablen?«

»Die volle Ladung.«

»Wie lange hat es gedauert, bis eine Response ausgespuckt wurde?«

»Keine Sekunde.«

»Und die Response war korrekt?«

»Check ihn doch mal aus.« Dror boxt mir gegen die Schulter. »Alún ist so verknallt, dass er uns zwei Quipstern seine kleine Schwester anvertrauen will.«

Ich will ihm widersprechen. Eigentlich haben Lone und ich hier nicht wegen Tara gewartet. Eigentlich wollte ich Lone loswerden, damit ich zurück zu Rose fahren und mit ihr zusammen ein paar Alibis entwerfen kann. Plötzlich bin ich mir nicht mehr sicher, ob das wirklich eine gute Idee ist. Vielleicht sind die Securities mittlerweile darauf gekommen, dass es etwas weltfremd ist, einen fünfzehnjährigen Streetartisten frühmorgens in seinem eigenen Bett zu vermuten. Im Laufe des Tages werden sie vermutlich anfangen, meine SickPhones zu orten, und dann sollte ich mich nicht unbedingt in Roses Nähe aufhalten. Ich muss mir nichts vormachen: Wenn die Securities mich festnehmen wollen, werden sie das früher oder später schaffen. Wenn ich jetzt Kents Ratschlag folge und in die Gelbe Zone fahre, wird das vielleicht erst später sein.

»Und was geht in der Gelben Zone ab?«, frage ich. »Wird das eine Aktion von Eyes Open?«

Kent grinst. »Das wirst du schon mitkriegen.«

»Ich gehe aber nicht mit denen«, sagt Lone. »Außerdem habe ich Hunger.«

»Die beiden sind echt okay.« Ich schaue zwischen Kent und Dror hin und her. »Das sind meine Freunde.«

Ja, das stimmt. Dror und Kent sind meine Freunde und ich verdrücke mich jetzt lieber. Sonst kriege ich es noch mit diesem unangenehmen Gefühl zu tun, das einen davon abhält, die wirklich wichtigen Dinge zu erledigen. Wenn ich mich nicht irre, wird es Angst genannt.

»Könnt ihr Lone auch wieder abholen? Kann sein, dass ich länger unterwegs bin.«

»Klarer Fall von Babysitting«, sagt Dror. »Zuerst checken wir ein Frühstück aus. Wie wäre es mit Mister Better?«

»Total ungesund.« Lone verzieht das Gesicht.

»Wir schwänzen?«, fragt Kent. »Umso besser, dann kann ich mich voll und ganz der Timeline widmen. Was spricht deiner Meinung nach gegen den Key-Exchanger?«

»Heutzutage verschlüsselt man mit Takeda-Junen.« Dror schnaubt leise. »Ich will mit deinen Verschwörungstheorien aber nichts zu tun haben.«

»Das werden wir noch sehen.« Kent hält Lone seine Hand hin. »Magst du Obstsalat?«

»Ich liebe Obstsalat!«

Aus der Ota North kommen zwei Securities. Sie steuern zielstrebig auf die Netzbox zu. Schnell gehe ich zur Rolltreppe. Bevor ich in die Ota North eintauche, drehe ich mich um. Kent und Dror kann ich noch erkennen, Lones kleine Gestalt hat sich zwischen den Passanten schon verloren.

DRITTER TEIL

TARA

Mit dem Hukji sind wir schnell, und wenn der Highway bergab führt, werden wir noch schneller. Es ist einigermaßen sinnfrei, dass wir Helme tragen, denn wir verstoßen gerade gegen jedes andere Gesetz. Erstens ist der Highway nur für Fahrzeuge, die mindestens siebzig Sachen draufhaben, und dass dieser Hukji zweitens getunt ist und dadurch zumindest bergab auf siebzig Sachen kommt, werden die Securities wohl kaum zu unseren Gunsten auslegen. Drittens stehen wir zu zweit auf dem Trittbrett und viertens sind wir beide minderjährig und auf dem Weg zur Zonengrenze, und zwar ohne einen Passierschein unserer Erziehungsberechtigten. Ste hat ja nicht mal Erziehungsberechtigte.

Aber eigentlich passt das ganz gut, denn die Aktion an sich ist ebenfalls sinnfrei. Wir sind unterwegs und Alún ist mir egal. Daran hat sich nichts geändert, bloß weil er sich fünf Monate nach meiner Message zu einem Anruf aufgerafft hat. Ich wüsste auch nicht, was Ste mir über ihn noch verraten könnte. Woher will sie eigentlich etwas über ihn wissen und warum genau werde ich sie demnächst hassen? Mein erster Morgen in der Gelben Zone fällt mir ein, als ich in unseren Garten getreten bin und nebenan den schmalen

Jungen entdeckt habe, dessen Gesicht mir so seltsam vertraut erschien und der sich kurz darauf als Mädchen mit drei Kansaii Limiteds entpuppte. Damals hatte ich das Gefühl, dass mit diesem Mädchen etwas nicht stimmt, aber dann hat mich etwas an ihr in seinen Bann gezogen und ich habe dieses Gefühl nach und nach beiseitegeschoben.

Dass Ste mir etwas zuruft, spüre ich zuerst nur. Plötzlich geht ihr Atem etwas tiefer und ihre Haut vibriert unter meinen Fingern.

»Hast du was gesagt?« Meine Stimme klingt dumpf unter dem Helm.

»Ich wusste es«, ruft Ste. »Wir werden verfolgt.«

»Ist das Mama?«

Statt noch mehr Gas zu geben, verringert Ste die Geschwindigkeit. Der Motor wird leiser und zugleich wird ein anderes Geräusch lauter. Dieses Geräusch habe ich so lange nicht gehört, dass ich ganz vergessen habe, wie unangenehm es ist. Es ist irgendwo über uns. Dem feinen Surren nach zu urteilen, kann es sich nur um einen Watcher handeln. Für einen Watcher schiebt Ste allerdings ziemliche Panik. Ich spüre, wie sie sich immer wieder umdreht, und dann bringt sie den Roller zum Stehen.

»Warum fahren wir nicht weiter?« Ich lasse Ste los.

»Wir müssen abtauchen.«

»Kann man hier überhaupt abtauchen?«

Aber Ste hat mich schon vom Trittbrett gezerrt. Die Helme auf unseren Köpfen schlagen gegeneinander und für ein paar Sekunden fiept es in meinen Ohren. Die ersten paar

Schritte kann ich Ste noch folgen. Dann bringt mich eine dichte und zugleich durchlässige Mauer zu Fall. Ste stellt mich zurück auf die Füße und zieht mich weiter. Wir scheinen in einem Weizenfeld zu sein, die Halme reichen mir bis zur Hüfte und sie sind scharf wie Messer. Es ist quasi unmöglich, hindurchzurennen, und ich will auch gar nicht rennen. Ich will wissen, was das alles soll. Aber Ste lässt mich nicht los und ich darf ihre Hand nicht abschütteln. Klar komme ich in Rekan inzwischen zurecht. Mitten in der Gelben Zone wäre ich allerdings verloren. Ist der Watcher überhaupt noch hinter uns? Sein Surren ist verstummt oder wird es nur von meinem lauten Atmen übertönt? Wenigstens unsere Helme könnten wir loswerden, aber dafür ist jetzt vermutlich auch keine Zeit. Und ich habe gedacht, dass Mama uns folgt. In was für einer Welt lebe ich eigentlich?

Endlich stoppt Ste unseren Lauf. Das liegt aber nicht daran, dass wir es geschafft haben. Ste will mich nur über eine Absperrung dirigieren. Danach zieht sie mich weiter. Immerhin ist unser Weg jetzt frei. Jetzt rennen wir über Asphalt, und wenn ich mich nicht irre, stehen links und rechts von uns Häuser. Ich trete in etwas Weiches, dann klirrt unter meinen Schuhen Glas. Irgendwann zieht Ste mich unter eine Überdachung. Zeitgleich plumpsen wir auf den Boden. Meine Beine sind aus Watte und außer unserem Atem ist es still. Der Watcher ist jedenfalls weg.

»Er ist abgedreht.«

»Du bist abgedreht. Das war doch nur ein Watcher, oder? Wieso mussten wir vor dem abhauen?« Mein Atem geht schnell. »Seit wann gibt es in der Gelben Zone überhaupt wieder Drohnen? Hat Amber recht damit, dass die Factory gesprengt wird?«

»Keine Ahnung.« Ste lässt meine Hand los. »Ich glaube, die suchen eher nach mir.«

»Wer soll dich suchen?«

»Außerdem sind wir gar nicht mehr in der Gelben Zone.«

»Sondern? In der Roten Zone, oder was?« Ich will lachen, aber dann fallen mir die Glasscherben unter meinen Schuhen ein und die Absperrung, über die wir geklettert sind. »Das ist nicht dein Ernst, Ste.«

»Doch«, sagt Ste. »Im Galapa Bus Terminal sind wir erst mal sicher.«

»Und was wollen wir hier? Was ist heute überhaupt mit dir los?«

»Verstehst du das immer noch nicht?«

»Nein, ich verstehe das nicht.« Ich nehme endlich den Helm ab. »Die ganze Zeit machst du irgendwelche Andeutungen. Das nervt.«

»Ich hoffe einfach, dass du die Wahrheit allein rauskriegst. Aber du kommst nicht drauf.«

»Worauf komme ich nicht?«

»Erinnerst du dich an den Typen, mit dem ich texte? Den ich kennengelernt habe, nachdem ihr alle schon zurückgekehrt wart? Der in Tonfato wohnt und Fliesen klebt, sodass sie ein riesiges Auge bilden?«

Plötzlich riecht Ste nicht mehr nach Kaffee und Vanille. Plötzlich riecht sie nach Angst und mir fallen lauter seltsame Momente aus den letzten Wochen und Monaten ein. Dass Ste mich bei unserer allerersten Begegnung gleich nach Alún fragt. Dass sie mir seine Sketchos gibt und mich dabei nicht aus den Augen lässt. Dass sie Alún ständig erwähnt, obwohl ich nicht über ihn reden will. Dass sie im Gegensatz zu allen anderen von unserer Geschichte nicht genervt ist, sondern ihn stattdessen verteidigt. Mir fällt ein, dass Ste tausend kleine Dinge über mich weiß. Sie kennt meine Playlist und meine Lieblingsszenen aus *Lucifer's Paradise.* Sie weiß, dass ich auf Kakisorbet stehe. Sie muss es gewesen sein, die mich in Ambers Garten Tarita genannt hat, obwohl diesen Namen nur einer kennt, und vorhin hat sie gesagt, dass ich sie eines Tages hassen werde. Und wie kann es sein, dass Ste aus ihrer Versenkung genau in dem Moment auftaucht, als ich wegen Alúns Anruf komplett am Boden bin? Ste hat recht: Es ist nicht zu fassen, dass ich darauf nicht von allein gekommen bin.

»Der Typ, mit dem du dir textest, ist Alún«, höre ich mich sagen.

Ich muss nichts sehen, um zu wissen, dass Ste nickt.

»Deshalb hat Alún versucht, mich zu erreichen«, sage ich. »Er wollte mir sagen, dass ihr jetzt zusammen seid.«

»So ist das nicht.« Diesmal schüttelt Ste den Kopf. »Alún weiß gar nicht, dass er mit mir textet.«

»Wie kann er das nicht wissen?«

»Ich habe ihm nicht mit meiner Signatur getextet. Wir texten uns mit dem SigPhone, das du an der Schranke verloren hast.«

»*Du* hast mein SigPhone?« Unwillkürlich taste ich nach meinem Rucksack. Erst jetzt bemerke ich, dass er nicht mehr auf meinem Rücken sitzt. Ich muss ihn im Weizenfeld verloren haben. »Und Alún hat sich darüber nicht gewundert?«

»Ich habe die Messages mit deinem Namen unterschrieben.«

»Was?« Ich schüttle den Kopf. »Das kann nicht sein, Ste. Das ergibt keinen Sinn.«

»Es ergibt sogar ziemlich viel Sinn.« Stes Stimme ist dünn.

»Wie viele Messages sind es gewesen?«

»Ich habe nicht mitgezählt.«

»So viele?«

»Alún und ich haben uns zwei Monate lang fast täglich getextet, so lange, bis wir uns verstritten haben.«

»Warum habt ihr euch verstritten?« Oder soll ich besser fragen: *Warum haben wir uns verstritten?* Wenn ich alles richtig verstanden habe, hat Alún sich ja mit mir gestritten und nicht mit Ste.

»Ich war sauer auf dich. Und ich war sauer auf Alún.« Dem Klang von Stes Stimme nach zu urteilen, fängt sie gleich an zu heulen. »Das ist kompliziert.«

»Dann erklär es mir.«

»Das versuche ich ja gerade. Vielleicht fange ich ganz vorn an.«

ALÚN

Bin das wirklich ich? Bin ich der Junge, der quer durch die Tonfato Central Station rennt? Der Junge, der alles gibt, um den Speedtrain nach Itapu zu erwischen, während seine Eltern das Vergnügen mit zwei Securities haben und mittlerweile nicht nur ihren Sohn, sondern auch ihre kleine Tochter vermissen? Bin ich der Junge, der diese kleine Tochter in die Obhut von zwei Nerds gegeben hat, weil er für seine große Liebe an einer geheimnisvollen Aktion teilnimmt? (Bin ich der Junge, der an die große Liebe glaubt?)

Level 15. Level 16. Da ist endlich der Lift zu Level 17. Ich habe noch exakt vier Minuten und ich werfe mich förmlich in den Lift. Die Anzugmenschen darin glotzen mich an, als hätten sie Angst, dass ich gleich ein Messer zücke und ihnen die Lunchboxen abknöpfe. Damit haben sie gar nicht so unrecht: Ich habe wirklich Hunger. Noch dringender als eine Lunchbox brauche ich allerdings ein Ticket. Und einen Wegweiser zu Plattform C. Kaum hat sich der Aufzug wieder geöffnet, habe ich nämlich schon das nächste Problem. Alles, was ich sehe, sind sprechende Burger und Kansaiis in fragwürdigen Farben und eine Familie, die vor lauter Freude über ihre Unfallversicherung durch ein Getreidefeld tanzt.

Ich schlage Haken wie ein Roboter mit Softwarefehler, sämtliche Kameras fokussieren garantiert mich. Ich bin auch schon an mindestens fünf Securities vorbeigerannt.

Endlich entdecke ich das Schild, das mir den Weg zur richtigen Plattform weist, und dann stehe ich auf der Rolltreppe. Während ich nach unten zuckele, sehe ich den Zug einfahren. Ich sehe auch das Gewühl auf der Plattform. Kaum zu glauben, wie viele Leute zu Kents Aktion unterwegs sind. Brauchen die mich überhaupt? Und wenn ich direkt nach Rekan fahre? Die letzten Stufen der Rolltreppe springe ich, bei der Landung verliere ich das Gleichgewicht. Ein Typ mit blauem T-Shirt fängt mich auf. Statt mich zu bedanken, ziehe ich mir die Kapuze über den Kopf. Während ich mich in den mittleren Wagen schiebe, werfe ich einen letzten Blick auf die Glaskonstruktion über mir. Darüber schweben mehrere Watcher. Wenn ich sie mit meinem Fineliner verbinden würde, würden sie eine kubistische Katze ergeben. Pass gut auf dich auf, Tonfato. Nicht dass du eines Tages noch schön anzusehen bist.

Auf einen Sitzplatz habe ich nicht spekuliert, auf neue Freunde allerdings auch nicht. Während ich noch nach Luft schnappe, mustere ich die vier Leute, die sich an dieselbe Haltestange klammern wie ich. Es sind ein Junge links und drei Mädchen rechts von mir.

»Schon krass, dass die Securities uns so gar nicht auf dem Schirm haben«, flüstert ein Mädchen.

»Dafür ist der Strahl in Belo aufgeflogen«, sagt das zweite Mädchen.

»In der Timeline stand, dass man in Gera auch nicht mehr losfahren soll«, sagt das dritte Mädchen.

»Fahrt ihr auch nach Itapu?«, frage ich leise. »Was passiert dort genau?«

Die drei mustern mich von oben bis unten, dann senken sie ihre Stimmen zu einem Flüstern. Vermutlich war das nicht die geschickteste Frage. Ich hätte so tun müssen, als wüsste ich Bescheid. *Krasse Aktion, oder? Meint ihr, wir kommen durch?*

Während ich noch überlege, ob ich es bei jemand anderem versuchen soll, entdecke ich die Augen. Das erste Mädchen trägt ihr Auge in den Haaren wie Liva, das zweite trägt ihr Auge um den Hals und das dritte Mädchen hat sich ihr Auge auf die linke Hand gezeichnet. Jeder in diesem Wagen trägt irgendwo ein Auge. Es gibt Augen an Basecaps und Rucksäcken, auf T-Shirts und Tüchern. Ich fahre mir mit der Hand durchs Gesicht, offenbar habe ich in den vergangenen sechsundzwanzig Stunden zu wenig geschlafen. Als ich wieder hinschaue, sind die Augen aber immer noch da.

Eigentlich habe ich gehofft, dass ich ruhiger werde, sobald Tonfato hinter mir liegt. Sobald die Glaskuppel von Banvío am Horizont verschwunden ist, habe ich gedacht, kann ich mir überlegen, was ich zu Tara sage – nur für den Fall, dass ich ihr über den Weg laufe.

Warum hast du mir nicht mehr getextet, Tara? Mit einem Vorwurf sollte ich vielleicht nicht einsteigen.

Es war schön, dass wir uns wieder getextet haben. Nein, die Vergangenheit bringt niemanden weiter.

Ich will mein Leben mit dir verbringen, Tarita. Das ist es auch nicht, davon kriegt Tara nur einen Lachflash. Etwas Besseres fällt mir aber nicht ein, was vermutlich daran liegt, dass ich das Gegenteil von ruhig bin. Jeden Moment kann ein Controller kommen und dann ist meine kleine Reise ohne Ticket ohnehin vorbei. Wahrscheinlich hätte ich gar nicht erst losfahren dürfen. Welcher Junge fährt in die Gelbe Zone wegen eines Mädchens, das seit Wochen keinen Anruf entgegennimmt? Eines Mädchens, das ihm seit Kurzem nicht mal mehr textet? Das keine einzige Entschuldigung akzeptiert? Darf ich die Gelbe Zone ohne mein SigPhone überhaupt betreten und wie geht es dann weiter? Für einen Augenblick erscheint in meinem Kopf wieder die Signatur, die vorhin auf meinem SigPhone angerufen hat. Woher kenne ich nur diese zwölf Zahlen?

Mittlerweile haben wir den Campo District erreicht und der Blick aus dem Fenster zieht mir fast den Stecker. Nein, es zieht mir den Stecker, dass mir die glitzernden Strommasten so viel selbstverständlicher vorkommen als das Grün der Wälder. Ich habe eindeutig zu lange nur glatte Fassaden gesehen, die jeden Schritt spiegeln. Die das Spiegelbild jedes Schrittes spiegeln. Die das Spiegelbild jedes Spiegelbilds spiegeln. In der Glastür spiegelt sich der Typ, der mich unten an der Rolltreppe aufgefangen hat. Unsere Blicke treffen sich in der Scheibe, und statt wegzuschauen, runzelt er die Stirn. Was will der von mir? Mit seinem blauen T-Shirt und seinen kurzen Haaren könnte er glatt als Zivilsecurity durchgehen. Folgt der mir etwa, wurde mein SickPhone schon geortet?

Ich will mein Leben mit dir verbringen, Tarita, aber bevor ich dir das sagen konnte, wurde ich festgenommen. Am besten setze ich mich in Itapu sofort ab.

Als sich die Zugtüren öffnen, habe ich allerdings nur eine Option: Ich kann mich nur gemeinsam mit den Augenmenschen auf die Plattform spülen lassen. Von dort geht es weiter in die stählerne Itapu Station. Auf dem President Square muss ich blinzeln. Hier ist alles sehr grün und sehr hell und sehr weit. Kaum sind wir draußen, ziehen die Augenmenschen Tücher in allen möglichen Farben raus und verbinden sich gegenseitig die Augen. Ein paar Leute stolpern bereits blind über den Platz. Wenn sie jemanden anstoßen, lachen sie. Muss man sich auf diese Weise vor der Augenkrankheit schützen? Kent hat doch gesagt, dass ein Tag in der Gelben Zone nicht gefährlich ist. Das hier ist mir ein paar Nummern zu schräg. Dass der Zivilsecurity im Zug statt der zweihundert Aktivisten mich ins Visier genommen hat, ist mir auch zu schräg. So lässig wie möglich schiebe ich mich quer über den Platz zum Bus Terminal. Vielleicht habe ich das Glück, einen Bus nach Rekan zu erwischen. Ein Spaziergang durch die Gelbe Zone ist jedenfalls keine Option. *Ich will mein Leben mit dir verbringen, Tarita, aber jetzt muss ich mich erst mal ausruhen. Dreißig Kilometer am Stück bin ich schon lange nicht gelaufen.*

Offenbar ist ein Spaziergang doch die einzige Option. Das Scoreboard ist komplett überwuchert und die Plattformen sind genauso grün wie der President Square. Es sieht nicht so aus, als würde hier in absehbarer Zeit ein Bus abfahren. Ich zögere nur einen Moment, dann gehe ich weiter. Ich muss mich nicht umdrehen, um zu wissen, dass ich verfolgt werde. Losrennen darf ich jetzt jedenfalls nicht. Ich laufe nur zügig. Ich laufe so zügig, als hätte ich ein Ziel. Nein, ich habe keine einzige Fliese geklebt und ich weiß nicht, wer die zivilisierten Tiere in der Stadt verteilt. Ich weiß überhaupt nicht, was ich hier will. Oder doch, ich weiß es: Ich will meine Oma besuchen, die hierher zurückgekehrt ist. Meine Gelbe-Zonen-Oma wollte unbedingt wieder im Haus ihrer Kindheit leben und sie freut sich immer so, wenn sie mich sieht. An den Mauern neben mir wächst Moos und hinter der eingeschlagenen Schaufensterscheibe rechts von mir gibt es keine SigPhones, sondern Blumen.

Als mich jemand ruft, renne ich doch.

»Bleib mal kurz stehen.«

Die Stimme klingt freundlich, aber ich renne. Ich renne vorbei an staubigen Autos. Vorbei an noch mehr eingeschlagenen Scheiben. Vorbei an einem zerfetzten Handtuch, vorbei an einem herrenlosen Schuh.

»Wir wollen dich nur was fragen.«

Der Asphalt wird brüchiger und ich renne weiter. Vor mir taucht ein Stapel Betonspinnen auf, und als ich darüberspringe, schlagen meine Zähne schmerzhaft aufeinander.

»Jetzt bleib doch mal stehen!«

Die Stimme ist jetzt direkt hinter mir. Aber ich bin nicht so dumm, mich von meiner Angst leiten zu lassen. Ich bin nicht so dumm, zurückzuschauen und dabei wertvolle Sekunden zu verlieren. Und vielleicht ist gerade das dumm, denn der Griff um meinen Oberarm kommt viel zu überraschend. Weil ich anscheinend wirklich dumm bin, verliere ich das Gleichgewicht. Mein linkes Knie schlägt zuerst auf, danach die linke Schulter. Dann kommt der Schmerz und als Nächstes schaue ich in zwei erschrockene Gesichter. Der Zivilsecurity aus dem Zug hat Verstärkung bekommen. Zumindest vermute ich, dass es sich bei der Frau an seiner Seite um Verstärkung handelt. Einen weiblichen Security habe ich noch nie gesehen. Die Security steckt in einer knallgelben Hose und ihre Haare sind am ehesten als aquamarin zu bezeichnen. Das ist keine sonderlich subtile Tarnkleidung. Sie trägt sogar ein Auge auf ihrem T-Shirt und über ihrer rechten Augenbraue verläuft wie ein Ausrufezeichen eine lange, dünne Narbe.

»Musste das sein?«, fragt der Typ.

»Der Junge ist doch selbst schuld, wenn er nicht stehen bleibt«, sagt die Frau.

»Und deswegen reißt du ihn zu Boden? Der blutet sogar.« Der Typ sieht mich mitfühlend an. »Alles okay?«

»Heulst du jetzt mit?«, fragt die Frau

Während die beiden Securities in ihren Klamotten nach einem Taschentuch suchen, setze ich mich auf. Mein Knie ist aufgeschürft, ansonsten ist alles im grünen Bereich. Na gut, ein bisschen schwindlig ist mir. Das liegt aber eher an meinem leeren Magen. Oder sind das schon die Auswirkungen der Gelben Zone?

»Hast du echt geglaubt, dass hier noch Busse fahren?« Die Frau geht neben mir in die Hocke und drückt mir eine

Serviette von Mister Better in die Hand. »Weißt du überhaupt, wo du bist?«

Mit der Geschichte von der Oma muss ich jetzt wohl nicht um die Ecke kommen. Ich presse die Lippen aufeinander. Dürfen die mich eigentlich duzen?

»Wenn du nicht mit uns redest, müssen wir dich in die Office bringen«, sagt der Typ.

»Aber zuerst nehmen wir dir dein SigPhone ab.« Die Frau greift schon nach meinem Rucksack.

»Kann ich das bitte selbst raussuchen?«

Wie durch ein Wunder widersprechen mir die Securities nicht. Während ich das SickPhone rauskrame, checke ich meinen Rucksack auf Spuren von Fliesen und Kleber.

»Klar weiß ich, dass ich an der Grenze zur No-go bin.« Ich räuspere mich. »Ich kapiere nur nicht, was die vielen Leute hier wollen. Sie haben mir Angst gemacht, deshalb bin ich abgehauen.«

»Und was willst *du* hier?«, fragt die Frau.

»Machen die eine Demo oder so was in der Art? Haben Sie die vielen Augen gesehen?« Am besten, ich lenke mit maximaler Naivität von meiner eigenen Person ab. Vielleicht finde ich nebenbei raus, warum die beiden mich geschnappt haben. Irgendwie habe ich das Gefühl, dass es gar nicht um meine Fliesen geht.

»Du hast Zelis Frage nicht beantwortet«, sagt der Typ.

»Wieso habe ich das Gefühl, dass der Typ nur so ahnungslos tut?«, fragt Zeli. »Wenn du uns nicht sofort sagst, was du hier willst, bringen wir dich zur Office.«

»Aber ich habe keine Zeit«, sage ich. »Ich muss –«

»Ja?« Zeli sieht mich herausfordernd an. »Was musst du?«

Ich muss mir eine andere Taktik überlegen.

Die zwei Securities nehmen mich in die Mitte und führen mich zum President Square zurück. Nur noch ein paar Tücher auf dem Boden deuten darauf hin, dass sich hier vor wenigen Minuten zweihundert Aktivisten die Augen verbunden haben. Die Leute sind alle verschwunden, und bevor ich den Kopf nach ihnen recken kann, ziehen die Securities mich weiter.

Im Innern der Office riecht es genau so, wie ich mir das vorgestellt habe, nach einer Mischung aus Desinfektionsspray und Macht. Der Mann, der über den Gang läuft, ist allerdings das Gegenteil von dem, was ich mir vorgestellt habe. Statt einer Uniform trägt er eine zerrissene Jeans und ein altes T-Shirt und in seinem Ohr glitzert auch ein Auge. Entweder wird diese neue Tarnkleidung jetzt flächendeckend ausgegeben oder es gibt noch eine Möglichkeit, die ich einfach nicht blicke.

»Warte mal, Ronin!«, ruft der blonde Security. »Wir haben hier einen Typen, der abhauen wollte.«

»Er war schon im Zug total hibbelig«, sagt Zeli. »Vielleicht ist das ein Security.«

Mein Kopf fährt zur Seite. »Ihr seid doch die Securities!«

Ronin dreht sich zu uns. Erst jetzt erkenne ich den Kollegen meiner Eltern. Seinem Geruch nach zu urteilen, hat er schon längere Zeit keine Dusche mehr betreten.

»Bist du nicht der Junge von den Singalovs? Wie heißt du noch gleich?«

»Alún.« Meine Stimme ist rau. »Ich will zu Tara. Tara Doron, die Tochter von Aino. Kennen Sie sie? Wissen Sie, ob es ihr gut geht?«

»Ist es nicht die Hauptsache, wie es dir und deinen Eltern geht?«, fragt Ronin.

»Wie meinen Sie das?«

»Dass ich der einzige Arzt in der Gelben Zone bin, kann ich deinen Eltern wohl nicht vorwerfen.« Ronin sieht plötzlich sehr müde aus. »Aber dass sie am Tag der Explosion nicht nach Galapa gekommen sind, das geht einfach nicht in meinen Kopf. Sie waren nicht die einzigen Ärzte, die gekniffen haben. Wenn es nach mir ginge, hätte man all diesen Feiglingen die Lizenz wegnehmen müssen.«

»Ich kann nichts dafür, dass meine Eltern abgehauen sind.«

»Aber dass du nicht mit allen anderen zwei Tage lang in der Itapu Station warten musstest, war dir schon ziemlich recht, oder?«

»Wenn Sie die Wahl gehabt hätten, wären Sie dann nicht in das Auto gestiegen?«

»Diese Frage hat sich für mich nicht gestellt.« Ronin durchbohrt mich mit seinem Blick. »Und die Leute, die bei der Evakuierung ums Leben gekommen sind, wurden auch nicht danach gefragt.«

»Ich wurde andere Dinge nicht gefragt«, sage ich. »Ich war noch nicht mal auf der Welt, als die Factory gebaut wurde.«

Ronin und ich schauen uns an. Er ist der Erste, der wegschaut.

»Ein Security bin ich jedenfalls nicht«, sage ich.

»Das werden wir noch sehen. Passt gut auf ihn auf, okay?« Ronin wendet sich ab. »Ich muss erst mal die Timeline checken. Über der Roten Zone wurde vorhin ein Watcher gesichtet.«

Ehe ich widersprechen kann, hat Zeli eine Tür geöffnet und mich hinter einen leeren Schreibtisch verfrachtet. Sich selbst pflanzt sie in den Türrahmen. Ich lasse mich in den Bürostuhl plumpsen. Die Tischplatte vor mir ist staubig. Eine vertrocknete Topfpflanze steht darauf, daneben liegen ein paar Stifte und über mir hängt die schlechteste Reproduktion von Edin Anas' *Quellwaldruh*, die ich je gesehen habe. Noch schlimmer ist nur der Spiegel daneben. Er zeigt einen Jungen, der monatelang die Securities von Tonfato austrickst und der dann an der Grenze zu einer Sperrzone selbst für einen Security gehalten wird. Einen Jungen, der sich mitten in einer Aktion befindet, die er nicht mal ansatzweise durchschaut, und dessen Wissen über eine geheimnisvolle Organisation namens Eyes Open ihn jetzt auch nicht weiterbringt. Einen Jungen, der seine große Liebe mit hoher Wahrscheinlichkeit heute nicht wiedersehen wird.

Dieser Junge bin ich.

TARA

Wahrscheinlich existieren von jedem Wort so viele Definitionen, wie es Menschen gibt. Es gibt Milliarden Definitionen von Liebe und Freundschaft und Vertrauen, von Kakisorbet und davon, was der Anfang ist. Für mich fängt diese Geschichte vor einem halben Jahr an, als ich in die Gelbe Zone zurückgekehrt bin. Ste sieht das offenbar anders, sie beginnt mit ihrer allerersten Erinnerung, in der sie durch den Keller einer Villa irrt. Die Villa von Stes Eltern steht tatsächlich in Banvío, so wie Amber das vermutet hat, und wie alle Häuser in Banvío verfügt sie über einen riesigen Keller mit einem Fitnessraum, einer Bar und einem eigenen Kino. Ste ist drei Jahre alt und braucht eine Weile, bis sie findet, wonach sie sucht. Irgendwann steht sie am Rand des Swimmingpools, den es in diesem Keller natürlich auch noch gibt. Sie hat sich in den Kopf gesetzt, schwimmen zu lernen, und zwar ganz allein. Deshalb schlüpft sie aus ihrem T-Shirt und ihrem Rock und dann springt sie. Das Wasser nimmt sie auf und zieht sie nach unten. Immer wieder kämpft sie sich an die Wasseroberfläche, aber der Beckenrand ist unerreichbar und bald ist ihr Gesicht nicht mal mehr lange genug über Wasser, um nach Luft zu schnappen.

»Da du neben mir sitzt, wirst du vermutlich gleich gerettet.« Die ganze Zeit wollte ich Stes Geheimnis lüften und jetzt ist es mir plötzlich egal. Nein, das stimmt nicht. In Wahrheit habe ich plötzlich Angst davor zu erfahren, wer sie ist. »Kannst du die Einleitung vielleicht skippen und direkt zum Hauptteil springen?«

»Du musst aber wissen, was in diesem Keller passiert ist. Es ist wichtig.« Stes Stimme ist immer noch dünn. »Irgendwann habe ich aufgehört zu strampeln. Ich habe einfach aufgegeben und im selben Moment wurde ich nach oben gezogen. Ich habe geschrien und gehustet und geheult, und als ich mich wieder beruhigt hatte, sah ich in das Gesicht meines Vaters.«

»Ganz toll.«

»Und das ist wirklich seltsam, denn mein Vater war um diese Uhrzeit eigentlich nie zu Hause. Nur an diesem Tag ist er eher gekommen, so als hätte er gespürt, dass ich ihn brauche.« Ste redet einfach weiter. »Sonst hat er immer lange gearbeitet, so wie fast alle Väter in Banvío. Die meisten sind irgendwelche hohen Tiere bei TNE und schalten, kaum dass sie zu Hause sind, den Rechner an und arbeiten weiter. Bei meinem Vater war das nicht ganz so krass. Als ich klein war, hat er mit mir oft die Games auf dem Monitor gespielt. Wir haben Baumhäuser gebaut, später hat er mir sämtliche Filmklassiker gezeigt. Wir konnten nächtelang über die Besetzung und den Schnitt diskutieren. Es gibt einen siebenstündigen Film, der ohne einen einzigen Schnitt auskommt. Kennst du den?«

»Das reicht jetzt, Ste.« Meine Stimme ist sehr leise. Sie würde mir besser gefallen, wenn ich schreien würde. »Komm endlich zum Punkt.«

»Ich will aber, dass du mich verstehst.«

»Was genau soll ich verstehen?«

»Alles«, sagt Ste. »Warum ich Alún getextet habe. Warum ich nach der Party bei Jenita abgetaucht bin. Warum ich euch meinen wirklichen Namen nicht verraten habe.«

»Du heißt gar nicht Ste?«, frage ich.

»Ste ist nur ein Teil. Welcher Name fällt dir zuerst ein, wenn du Ste weiterdenkst?«

»Soll das jetzt ein lustiges Ratespiel werden?«

»Hier ist überhaupt nichts lustig.« Plötzlich ist Stes Stimme nicht mehr dünn. »Es ist das absolute Gegenteil von lustig, wenn man Juna Stepovic heißt.«

Wahrscheinlich gibt es auch Milliarden Definitionen des Wortes lustig. Manche lachen über sprechende Schafe, andere über missglückte Dates und wieder andere über Zeichentrickfiguren, die sich mit Gummihämmern prügeln. Vielleicht gibt es sogar Leute, die Stes echten Namen lustig finden. Ste und ich gehören nicht dazu. Zumindest höre ich Ste nicht lachen und auch ich lache nicht. Ich stehe auf und laufe los. Genauer gesagt will ich loslaufen. Kaum bin ich oben, knicken meine Knie ein. Ich will mich noch festhalten, aber meine Hände greifen ins Leere. Ehe ich falle, ist Ste bei mir. Sie schiebt mir die Hände unter die Achseln und lässt mich zu Boden gleiten und dann setzt sie sich neben mich und hält mich fest.

»Ich wollte etwas wiedergutmachen, Tara, kannst du das verstehen?« Stes Stimme ist direkt an meinem Ohr. »Es war reiner Zufall, dass ich in eurem Nachbarhaus gelandet bin. Eigentlich wollte ich nicht mal in die Gelbe Zone. Ich musste einfach von zu Hause weg und dann saß ich plötzlich in Alúns Zimmer und hielt seine Skizzen in der Hand. Sie waren so liebevoll und du warst so verletzt, dass ich dachte, ich muss euch wieder zusammenbringen.«

»Indem du dich mit einem falschen Namen vorstellst?« Jedes Wort fällt mir schwer.

»Ich konnte euch meinen Namen nicht verraten. Mein Vater hat eine Belohnung auf mich ausgesetzt und ihr hättet mich bestimmt gemeldet. Jedenfalls hättet ihr nichts mit mir zu tun haben wollen. Und die Sache mit Alún habe ich mir ganz anders vorgestellt. Eigentlich wollte ich dir dein Sig-Phone wiedergeben, sobald es dir wieder besser geht. Aber dann gingen die Messages immer schneller hin und her und ich wusste nicht mehr, wie ich dir das erklären soll. Ich weiß, dass ich einen Fehler gemacht habe. Aber du musst mir glauben, dass ich nur helfen wollte.«

»Und wieso glaubst du, dass ich Hilfe brauche? Etwa weil ich blind bin?« Ein ungutes Gefühl macht sich in mir breit. »Hast du Alún das auch getextet?«

»Ich glaube, er ahnt es schon.«

»Ach, vergiss es.« Ich winke ab. »Alúns Messages sind mir sowieso egal.«

»Mensch, Tara!« Plötzlich ist Ste wütend. »Kannst du mal aufhören, die ganze Zeit so unschuldig zu tun? Klar waren

Alúns Schmierereien komplett daneben. Aber dein Verhalten ist genauso daneben. Du hast mir ja nicht mal erzählt, was Alún alles getan hat, um sich bei dir zu entschuldigen. Wieso kommt es nicht bei dir an, dass ihm die Sache total leidtut? Was soll Alún denn noch alles unternehmen? Du bist so stur, du kannst echt von Glück sagen, dass er dich nicht längst in den Wind –«

Ehe Ste ihren Satz beenden kann, löse ich mich aus ihrer Umarmung und hole aus. Ich lege in den Schlag alle Kraft, die mir zur Verfügung steht, und obwohl das nicht viel ist, reicht es aus. Ich höre, wie Ste zu Boden geht. Ich höre so was wie ein Wimmern und ich kann mich mittlerweile gut genug orientieren, um dieses Wimmern zu lokalisieren. Schon mein erster Tritt trifft, danach trete ich immer wieder zu. Stöhnt Ste wirklich so laut oder ist das nur der Hall im leeren Galapa Bus Terminal? Und muss mich das überhaupt kümmern? Erst nach einer Weile spüre ich, wie Ste nach mir zu greifen versucht, und als sie meinen Fuß erwischt, bringt sie mich mit einem einzigen Ruck aus dem Gleichgewicht.

Mein Kopf knallt auf den Boden und im nächsten Moment liegt Ste auf mir und drückt meine Arme nach unten. Ich will mich aus ihrem Griff winden, aber sie ist unerwartet stark.

Auch als ich aufhöre, mich zu wehren, bleibt Ste auf mir liegen. Ihre Beine sind schwer, ihre Hüftknochen sind spitz und ihre Haare liegen kühl und weich auf meiner Stirn. Plötzlich ist ihr Atem sehr nahe, und als sie ihre Lippen auf meine legt, drehe ich das Gesicht nicht weg. Unser Kuss ist heftig, fast schmerzhaft und danach rutscht Ste von mir runter. Ich bleibe einfach liegen. Ste hat kein einziges Mal zurückgeschlagen und doch gibt es an meinem Körper keine Stelle, die nicht wehtut.

»Jemand wollte ihn umbringen.« Ste weint. »Kurz nach dem Unfall hat vor der TNE Base ein Arbeiter gewartet. Er hat bei der Explosion die rechte Hand verloren und mit der linken hat er die Pistole so schlecht gehalten, dass er den Assistenten meines Vaters getötet hat. Mein Vater war schon vorher total fertig und danach ist er überhaupt nicht mehr aus seinem Arbeitszimmer gekommen. Denkst du, er hat das alles gewollt?«

»Na und? Schuld ist er trotzdem.«

»Ich weiß, dass ich das nicht sagen darf, aber ich wäre froh, wenn ich auch blind wäre.« Ste lacht kurz auf. »Wahrscheinlich hätte ich auch vom Roten Felsen springen sollen.«

»Das stimmt.« Ich verstumme, weil sich in meinem Hirn ein Schalter umlegt. Es knackt und knirscht und alle Fakten rutschen an die richtigen Stellen. »Scheiße, Ste. Das ist es.«

»Was meinst du?«

»Überleg mal, wer außer dir noch sehen kann. Sorjana und Karmiel sind die Einzigen, die ihr Augenlicht nicht verloren haben.«

»Und?«

»Ihr drei habt etwas gemeinsam: Karmiel hat die ganze Zeit im Maschinenraum abgehangen, Sorjana konnte bis vor Kurzem nicht schwimmen und du hast Angst vor Wasser.

Deshalb können auch die Erwachsenen noch sehen, die haben den Sommer nämlich nicht am Zigosee verbracht.«

Ste zieht die Luft ein. »Und Karmiels Mutter, die als einzige Erwachsene erblindet ist, war in den ersten Wochen jeden Morgen schwimmen.«

Die Sonne geht unter, die Sonne geht auf. Auch wenn ein neuer Tag anbricht, wird es für mich nicht wieder hell. Es bleibt schwarz wie früher, wenn ich beim Kopfsprung die Augen geschlossen habe. Dabei habe ich wertvolle Zehntel verloren und Henk ist fast daran verzweifelt, mir das abzugewöhnen. Ist es wirklich erst ein Jahr her, dass er mich zu sich an den Beckenrand gerufen hat?

»Warst du dabei, als Amber und ich Lex ins Wasser geworfen haben? Und letzte Woche haben wir Sorjana dazu überredet, dass sie mit uns schwimmen geht. Aber wenn wir jetzt wissen, dass die Substanz im Zigosee ist, können die Ärzte bestimmt etwas tun.«

»Meinst du?«

»Oder dein Vater kann etwas tun«, sage ich. »Du musst ihm sagen, dass wir einen Augenspezialisten brauchen.«

»Ich weiß nicht, ob das geht.«

»Und wieso nicht?«

»Er darf nicht rausfinden, wo ich bin. Deshalb mussten wir vorhin vor dem Watcher fliehen. Außerdem kann mein Vater sowieso nichts gegen TNE unternehmen.«

»Weil er noch mehr Geld scheffeln will, oder was?« Ich spucke die Worte förmlich aus. »Wenn ihn das alles so fertigmacht, wieso steigt er dann nicht einfach aus?«

»So einfach sind die Dinge nicht. Das ist genau wie bei Alún, auch da gibt es nicht nur richtig und falsch.«

»Das eine hat mit dem anderen rein gar nichts zu tun.« Plötzlich ist die Wut von vorhin zurück. »Wenn dein Vater das alles nicht wollte, dann könnte er doch die Konsequenzen ziehen. Bestimmt hat er irgendwas gegen TNE in der Hand, damit könnte er an die Öffentlichkeit gehen. Er könnte irgendein Zeichen setzen.«

»Damit als Nächstes TNE ein Zeichen setzt?« Ste klingt aufgebracht. »Es gibt Leute, die glauben, dass das Attentat auf meinen Vater ganz anders gemeint war. Angeblich hat TNE den Arbeiter direkt auf den Assistenten angesetzt, weil der den Aktivisten wichtige Informationen zuspielen wollte. Sicher hat mein Vater Fehler gemacht. Aber er ist immer noch mein Vater.«

»Ein Vater mit einem dreckigen Job, der dir ein wunderbares Leben finanziert hat, inklusive drei Kansaii Limiteds. Wenn dein Vater die fetten Gewinne nicht in seine Tochter, sondern in die Sicherheit der Factory 11 investiert hätte, dann säßen wir jetzt nicht hier.«

»Das ist nicht dein Ernst.«

Ich presse die Lippen aufeinander und sage nichts.

»Also gut.« Ich höre, wie Ste aufsteht. »Wenn du ein Zeichen willst, dann setze ich jetzt eines.«

»Tu dir keinen Zwang an.«

Stes Schritte quietschen auf den Fliesen.

»Hau doch ab«, rufe ich.

Das Quietschen wird leiser, bis es schließlich verklingt.

»Ich will dich nie wiedersehen«, rufe ich und etwas leiser füge ich hinzu: »Kann ich ja auch nicht.«

Dann ist es schwarz und kühl und still.

ALÚN

»Und jetzt kommen wir zu dir.« Ronin und Zeli haben vor dem Schreibtisch Platz genommen und das fühlt sich falsch an. Es fühlt sich so an, als würden sie etwas von mir wollen. Dabei ist es ja umgedreht, ich will etwas von ihnen. »Was machst du gerade heute in Itapu?«

»Und woher hast du dieses SickPhone?«, fragt Zeli. »Noch nie im Leben habe ich ein SickPhone mit einem Five-Point-Ranking in den Händen gehalten. Ist das neuerdings die Standardausstattung von Zivilsecurities?«

»Glaubst du wirklich, dass Alún ein Security ist?«, fragt Ronin.

»Ihr Ärzte habt einfach zu wenig Vorstellungskraft.« Zeli mustert mich von oben bis unten. »Nach Belo und Gera ist jetzt auch noch der Strahl in Canota aufgeflogen und ich habe keinen Bock, dass uns wegen eines dreizehnjährigen Securityanwärters hier dasselbe passiert. Also, was hast du in Itapu verloren? Auf Exkursion bist du sicher nicht.«

»Als ich dreizehn war, war ich hier auf Exkursion.« Eigentlich will ich mich von den beiden nicht einschüchtern lassen, trotzdem ist meine Stimme viel zu leise. »Drei Stunden lang mussten wir uns im Municipal Museum die

Geschichte von TNE reinziehen, danach hatten wir zehn Minuten Freizeit. Tara und ich haben uns einen Frozen Juicy geteilt. Er war sündhaft teuer und wir dachten, dass er auch sündhaft lecker sein muss. Aber er war viel zu süß, quasi ungenießbar. Inzwischen bin ich fünfzehn.«

»Und du bist aus sentimentalen Gründen zurückgekehrt?« Zeli runzelt die Stirn und die Narbe über ihrer Augenbraue verrutscht. »Oder was willst du uns mit dieser Geschichte sagen?«

»Nein.« Ich schüttle den Kopf. »Ich bin aus demselben Grund hier wie alle anderen. Ich nehme an eurer Aktion teil. Ihr seid doch von Eyes Open, oder nicht?«

»Schlaues Kerlchen.« Zelis Stimme ist voller Spott. »Und warum trägst du dann kein Auge?«

»Vielleicht hat er ja von unserer Aktion erfahren und wollte die Gunst der Stunde nutzen, um sich unauffällig in die Gelbe Zone zu schmuggeln.« Ronins Gesichtsausdruck ist fast als freundlich zu bezeichnen. »Ist Tara deine Freundin?«

»Sie ist eine Freundin.« Obwohl das mehr oder weniger stimmt, wird mein Gesicht heiß.

»Komisch, dass du dabei rot wirst«, sagt Zeli. »Und komisch, dass du wegen *einer* Freundin in die Gelbe Zone fährst. Offenbar macht Liebe wirklich blind.«

»Nicht lustig, Zeli.« Ronin bedenkt sie mit einem strengen Blick.

»Warum bist du vorhin abgehauen?« Zelis Augen weiten sich. »Und was ist das hier?«

Sie zeigt auf den Schreibtisch. Während ich gewartet habe, habe ich gekritzelt. Ich habe einen Teil der Tischplatte so dicht bekritzelt, dass er fast schwarz ist. Wenn man dicht genug rangeht, sind Taras Pupillen aber doch zu erkennen. Ihre Wimpern. Der Lidbogen. Taras wacher, mutiger Blick. Hätte ich mir nicht ein anderes Motiv einfallen lassen können?

»Du sagst jetzt endlich, was du hier willst«, zischt Zeli. »Sonst lassen wir dich in dieser Office verschmoren. Zufälligerweise haben wir heute noch einiges vor.«

»Okay.« Ich schlucke mehrmals hintereinander. Wenn ich dieses Büro in absehbarer Zeit verlassen will, komme ich um die Wahrheit wohl nicht herum. »Ursprünglich wollte ich wirklich an eurer Aktion teilnehmen. Aber dann hatte ich plötzlich das Gefühl, dass ich verfolgt werde. Die Securities haben mich auf dem Schirm, weil ich in letzter Zeit ziemlich viele Fliesen geklebt habe.« So viel zu meinem Verhalten in Verhören. Immerhin habe ich es geschafft, bisher weder Rose noch Liva oder Kent zu erwähnen. »Offenbar sind diese Augen euer Symbol. Ich war aber der Erste, der die Augen geklebt hat. Das sind Taras Augen.«

Ronin schaut mich erstaunt an. »Taras Augen?«

»Der Junge spinnt.« Zeli steht auf. »Gehen wir?«

Mein Interesse daran, einem Bekannten meiner Eltern und einer Frau mit quietschgelber Hose und blauen Haaren mein halbes Leben anzuvertrauen, hält sich in Grenzen. Aber wenn ich hier rauswill, habe ich wohl keine Wahl.

Meine Kurzfassung klingt ziemlich peinlich, und als ich fertig bin, kann Ronin sich das Grinsen nicht verkneifen.

»Nicht zu fassen. Wir haben uns nach der Liebeserklärung eines Fünfzehnjährigen benannt.«

»Glaubst du ihm etwa?« Zeli mustert mich, als hätte ich gerade ihr Leben zerstört.

»Schau dir seine Zeichnungen doch an. Für mich ist das eindeutig das Original.« Ronin wirkt inzwischen etwas zugänglicher. »Und es gibt in Rekan wirklich eine Tara. Außerdem war doch klar, dass ein Großteil der Strahlen auffliegt. Die meisten Leute haben wir in Tonfato gezogen, und wenn wir es mit denen in die Rote Zone schaffen, reicht das vollkommen.«

»Und dort werden wir eingekesselt, weil dieser Typ Infos weitergegeben hat? Echt praktisch, wenn sämtliche Aktivisten aus Tonfato auf einen Schlag erblinden.«

»Niemand wird erblinden.« Ronin wirft einen Blick auf sein SigPhone, dann drückt er sich von seinem Stuhl hoch. »Wir müssen los, Zeli. Unsere Leute sind schon fast in Nipad. Wir müssen sie einholen, sonst verpassen wir das Beste.«

»Und was wird aus mir?«, frage ich.

»Unser Jeep ist leider voll«, sagt Zeli.

»Ihr müsst mich mitnehmen.« Auf keinen Fall bleibe ich allein in Itapu. Zur Not setze ich mich sogar auf Zelis Schoß. »Wenn ihr mich hierlasst, dann erfährt jeder, dass ihr eure Organisation nach meinem Liebesleben benannt habt.«

Ronin muss lachen. »Warum sind Arztsöhne nur so schlau?«

»Das liegt daran, dass du das erwartest«, sagt Zeli. »In Wirklichkeit sind sie nicht schlauer als der Durchschnitt.

Aber Alún bleibt in unserer Nähe. Keine Alleingänge, hast du gehört? Sonst organisiere ich dir ganz schnell eine Rückfahrgelegenheit in diese Office.«

Ich hätte es nicht gedacht, aber Zeli kann tatsächlich lachen. Auf der Fahrt im Jeep lacht sie fast die ganze Zeit. Zuerst will Ronin mir erklären, was Eyes Open heute vorhat, aber schon nach wenigen Sätzen fällt Zeli ihm ins Wort. Sie ist so begeistert, dass sie ganz vergisst, mich für einen Zivilsecurity zu halten. In zwölf verschiedenen Orten sind die Aktivisten am Morgen aufgebrochen. Die vielen Startpunkte sollten die Securities verwirren und bisher hat das funktioniert. Es sind immer noch fünf Richtungen, aus denen die Aktivisten auf die Factory 11 zulaufen, und wenn alles gut geht, haben sich am Nachmittag in der Roten Zone so viele Aktivisten verteilt, dass die Sprengung abgesagt werden muss. Genau deshalb findet die Aktion nämlich statt: Am Nachmittag soll die Factory gesprengt werden, TNE will das Beweismaterial für den anstehenden Prozess vernichten. Die Aktion von Eyes Open soll das verhindern und im besten Fall werden sogar die Monitore darüber berichten. Nur wenn das Warnsignal ertönt, das dreißig Minuten vor jeder Sprengung vorgeschrieben ist, müssen wir anfangen, uns Sorgen zu machen.

Kurz vor Nipad bringt Ronin den Jeep zum Stehen, und als ich aussteige, fällt mein Blick zuerst auf die Stahlkuppel. Sie ist riesig und grau und es ist mir ein Rätsel, wie man es mit dieser Kuppel vor der Nase auch nur einen einzigen Tag aushalten kann. Schnell drehe ich mich weg und da sehe ich die Menschen hinter uns. Es sind viel mehr, als im Zug gesessen haben, und allesamt haben sie sich ihre Augen mit Tüchern, mit Schlafbrillen, mit Karnevalsmasken bedeckt.

Jetzt kapiere ich, warum Zeli und Ronin es für möglich halten, dass über die Aktion berichtet wird. Auch wenn die Monitore sich selten gegen TNE stellen – das Bild von tausend blinden Menschen, die schweigend durch ein Weizenfeld laufen, lassen sie sich vielleicht nicht entgehen.

Ronin legt den Kopf in den Nacken.

»Seht ihr eine Drohne?«, fragt er.

Zeli sucht den Himmel ab. »Keine einzige.«

»Und so wird es auch bleiben.«

Dann erreicht uns der Strahl und wir laufen mit. Zeli drückt mir ein Tuch in die Hand, und bevor ich es mir vor die Augen binde, sehe ich lange und kurze Haare und ein paar Glatzen. Ich sehe rote und braune Haare, ich sehe ein T-Shirt mit dem Spruch *Your SigPhone knows you better than you know* und mittendrin glaube ich einen von Aldos blauen Anzügen zu erkennen. Es fühlt sich komplett irre an, im Dunkeln zu laufen. Alle paar Sekunden schiebe ich meine Augenbinde nach oben und checke die nächsten Meter und doch gerate ich immer wieder ins Stolpern. Ich bin längst nicht der Einzige, der schummelt. Selbst Ronin und Zeli prüfen immer wieder ihre Umgebung. Als wir Nipad erreichen, habe ich mich schon ein Stück von Zelis blauem Haarschopf entfernt, aber ich spüre, dass sie immer wieder nach mir schaut. So unauffällig wie möglich mustere ich die verwilderten Gärten, so unauffällig wie möglich schaue ich durch die geplatzten Fensterscheiben in die Häuser. Die Aktion von Eyes Open ist genial und doch denke ich die ganze Zeit an Tara. Um in einer vertretbaren Zeit von hier nach Rekan zu gelangen, bräuchte ich allerdings so was wie einen Roller.

Wir nähern uns dem Zentrum, ich kann auch schon das Glasdach des Swimmingpools erkennen. Die Menge schiebt mich in die South Street, dann erreichen wir das Weezie. Auch hier habe ich mit eingeschlagenen Scheiben gerechnet, mit zertrümmerten Stühlen und einer geplünderten Bar. Aber das Weezie ist bunter, als ich es in Erinnerung habe. Die Türen stehen offen, an der Theke sitzen Leute. Einen Jungen kenne ich aus dem Educational Center. Ich sehe sofort, dass er blind ist. Es sind nicht seine Augen, die haben sich nicht verändert. Es ist eher sein Blick, der auf die Aktivisten gerichtet ist und sie doch nicht wahrnimmt.

Eine Frau kommt nach draußen. Ronin redet mit ihr, wir anderen gehen weiter. Das Zentrum von Nipad wirkt anders als die Straßen am Ortsrand. Himbeeren wachsen an Sträuchern, unter den Bäumen liegen Aprikosen, dazwischen stehen Sonnenstühle. Die Schönheit endet so abrupt, wie sie begonnen hat. Nach wenigen Minuten sind wir am Campo Hospital, das komplett entglast wurde.

Hinter Nipad frischt der Wind noch mal auf, und wenn ich meine Augenbinde nach oben schiebe, kann ich wieder die Stahlkuppel erkennen. Dahinter liegt der Zigosee. An Tagen wie diesen hat er dieselbe graue Farbe wie der Himmel und auch das Ocker des Roten Felsens wirkt wie grau schraffiert. Mein Blick bleibt an dem kleinen Plateau ganz oben hängen. Dort hat es begonnen, dass alles den Bach runtergegangen ist. Der Watcher, der uns gefilmt hat. Meine Eltern, die ausgerastet sind. Tara, die mich nicht mehr verstanden hat. Der ich mich nicht erklärt habe. Dabei wäre das vielleicht gar nicht so schwer gewesen.

Gerade als ich das Tuch wieder über meine Augen ziehen will, sehe ich sie – die Gestalt ganz oben. Ich kenne nicht viele, die mutig genug sind, um auf den Roten Felsen zu klettern. Selbst wenn keine Watcher unterwegs sind, ist das eine halsbrecherische Angelegenheit.

Wenn ich den Zeigefinger ausstrecke, kann ich den Tonfato Tower umstoßen. Und du so?

Das kann nicht Taras Ernst sein. Gerade heute fällt ihr nichts Besseres als eine Kletterpartie ein? Was passiert, wenn die Aktion schiefgeht und die Factory doch in die Luft fliegt? Und ich spaziere hier seelenruhig durch Nipad? *Ich will mein Leben mit dir verbringen, Tarita, aber leider bin ich in dieser Aktion von Eyes Open hängen geblieben und dann hat dich eine Druckwelle vom Roten Felsen gefegt.*

Zuerst will ich auf direktem Weg zum Roten Felsen. Ich reiße mir das Tuch vom Kopf und schiebe mich seitlich durch den Strahl, aber schnell wird mir klar, dass das nicht nur sinnlos, sondern vor allem gefährlich ist. Weil die Leute mich nicht sehen, laufen sie gegen mich. Mehrmals verliere ich fast das Gleichgewicht, und inmitten von tausend mehr oder weniger blinden Aktivisten zu Boden zu gehen, ist wahrscheinlich nicht die beste Idee. Also drehe ich mich nach vorn und mache ein paar Schritte ins Feld. Erst dann wende ich mich nach links, Richtung Westen. Zeli ruft mir etwas nach, was mein Repertoire an Schimpfwörtern erheblich erweitert. Der Wind bläst mir entgegen, und durch den Weizen zu rennen, ist ziemlich schmerzhaft. Habe ich nicht vor ein paar Stunden eine glückliche Familie durch ein Getreidefeld tanzen sehen? Um Weizen kann es sich dabei nicht gehandelt haben, der ist einfach nur hart. Jedes Mal, wenn ein Halm über mein aufgeschürftes Knie streift, zucke ich zusammen.

Nach ein paar Minuten erreiche ich den Highway, hier komme ich besser voran. Meine Schuhe schlagen in einem regelmäßigen Rhythmus auf den Asphalt und ich versuche, möglichst gleichmäßig zu atmen. Es ist nicht so, dass ich durch das Kleben zum Marathonläufer geworden wäre. Ein bisschen Kondition habe ich mir in Tonfato aber schon antrainiert, dennoch werde ich bis zum Roten Felsen sicher eine Stunde brauchen. Ich werfe einen Blick über meine Schulter, die Straße hinter mir ist nach wie vor leer. Mein Magen ist auch leer, aber nicht nur deshalb ist mir mulmig. Es fühlt sich einfach falsch an, ganz allein über einen Highway zu laufen, auf dem ich vor zehn Monaten in wenigen Sekunden das Leben verloren hätte. Ab und zu schaue ich nach oben zum Roten Felsen, Tara steht immer noch dort.

Als ich weiter vorn etwas liegen sehe, beschleunige ich meinen Schritt. Es ist etwas Rotes, Schmales. Ein Stück größer als ein Longboard. Als ich es erreicht habe, kann ich mein Glück kaum fassen. Vor mir liegt ein Roller, und zwar ein echter Hukji. Dieses Modell habe ich in Rekan besessen, sogar die Lenkerschoner sind dieselben. Wenn am Lenker nicht diese Schramme prangen würde, könnte es sich glatt um meinen alten Roller handeln. Ich stelle den Fuß aufs Trittbrett und schiebe den schwarzen Hebel in den ersten Gang. Nicht zu fassen: Das Teil funktioniert.

Eigentlich ist es unmöglich, einen Hukji im ersten Gang durch ein Weizenfeld zu lenken. So fest ich kann, umklammere ich den Lenker, und als ich einen Feldweg erreiche, wechsle ich in den zweiten Gang. Nur vom dritten Gang lasse ich lieber die Finger. Nach wenigen Minuten tauche ich in den Nordwald ein. Birken und Kiefern fliegen an mir vorbei und aus dem Augenwinkel nehme ich wahr, dass mit dem Waldboden etwas nicht stimmt. Nein, mit den Kiefern stimmt etwas nicht. Sie haben ihre Nadeln abgeworfen und diese Nadeln haben die falsche Farbe. Während ich noch über die richtige Bezeichnung dieser Farbe nachdenke, knalle ich fast gegen eine Schranke. Ich kann von Glück sagen, dass ich nur im zweiten Gang unterwegs bin. *Ich will mein Leben mit dir verbringen, Tarita, und gerade hat mich eine Schranke vom Roller gehoben. Du standst im selben Moment auf dem Roten Felsen, von dort hattest du sicher eine gute Aussicht auf die Sprengung. Echt schade, dass es dich dabei erwischt hat.*

Am Fuß des Roten Felsens lasse ich den Roller einfach fallen. Das erste Stück renne ich fast, so schnell ist sicher noch niemand auf dem winzigen Vorsprung gewesen. Mit rasendem Herzen mache ich mich an den schwierigsten Teil des Aufstiegs. Ich hangele mich von Stein zu Stein und blende dabei das Wissen aus, dass gleich dieser Eifelsen kommt, auf den noch niemand allein geklettert ist – niemand außer Tara, sonst wäre sie jetzt nicht dort oben. Als ich nur noch wenige Schritte von dem schwierigen Felsen entfernt bin, sehe ich die Felshaken. Diese Haken sind neu, offenbar ist den Rückkehrern das Kletterverbot egal. Mit diesen Haken komme ich ziemlich sicher nach oben und meine Arme werden vor Erleichterung ganz leicht. Im selben Moment rutsche ich ab.

Ich falle nicht tief, vielleicht drei Meter. Dann kriege ich eine Felskante zu fassen. Meine Stirn brennt und mit meiner linken Schulter stimmt jetzt gar nichts mehr. Aber meine Füße finden Halt und langsam drücke ich mich nach oben. Eine halbe Ewigkeit später greife ich den ersten Haken. Er ist wackelig, aber er hält. Der nächste Haken ist nur einen kurzen Griff entfernt und darüber ist schon der nächste. Mit diesen Haken ist der Eifelsen nur noch ein Felsen von vielen, und auch wenn ich noch nicht viele Felsen bewältigt habe, bewältige ich diesen.

Auch als ich oben bin, beruhigt mein Herz sich nicht. Es schlägt eher noch schneller, wenn das überhaupt möglich ist. Jetzt, da ich das Plateau fast erreicht habe, kommt es mir komplett irreal vor, dass ich gleich Tara treffe. Ich habe keinen blassen Schimmer, wie sie reagiert, wenn sie mich sieht. *Wenn* sie mich sieht. Ich kann nichts dagegen tun, dass mein Hirn mir immer wieder eine Tara zeigt, die mich auf dieselbe Weise anschaut wie dieser Junge im Weezie. Mir ist speiübel, meine Kehle ist eng. Wie war das noch gleich? *Ich will mein Leben mit dir verbringen, Tarita.* Auf allen vieren schiebe ich mich nach oben, so lange, bis die Gestalt auf dem Plateau in meinen Blick kommt. Sie steckt in Taras rotem Dino-Shirt. Dazu trägt sie eine blaue Hose, die ich nicht kenne, und auf ihrem Kopf sitzt ein Cap. Ich habe Tara noch nie mit einem Cap gesehen. *Ich bin hier, um dich zu warnen, auch wenn ich nicht weiß, ob du von mir überhaupt gewarnt werden willst.* Als ich das letzte Stück hinter mir habe und mich endlich aufrichten kann, überblicke ich den gesamten Campo District und mein Herz setzt für einen Schlag aus. Eigentlich hatte ich erwartet, von hier oben tatsächlich einen Stern zu sehen. Ich hatte fünf oder sechs Strahlen aus bunt gekleideten Menschen erwartet, die aus allen Richtungen auf die Rote Zone zulaufen. Stattdessen ist der Norden des Campo District schwarz von den Uniformen der Securities, die sich den anderen Strahlen in den Weg gestellt haben. Es bewegt sich nur noch der Strahl, den Ronin und Zeli anführen. Unten wirkte er so mächtig, von hier oben wirkt er geradezu verletzlich. Auf einmal erscheint es mir ausgeschlossen, dass irgendwer die Sprengung aufhalten kann. *Natürlich hätte ich dich auch anrufen können, aber du gehst ja nicht mehr an dein SigPhone.* Ich weiß, woher ich die elf Zahlen kenne, die vorhin auf dem Display meines SigPhones geleuchtet haben. Kann es sein, dass Tara mich heute Morgen mit ihrer alten Signatur angerufen hat?

Als sich unter meinen Schritten ein Stein löst, dreht Tara sich um. Ich schaue ihr mitten ins Gesicht. Ich will ihre Augen sehen, und als ich sie sehe, weiß ich sofort, dass Tara nicht blind ist. Unsere Blicke verhaken sich für weniger als eine Sekunde und etwas stimmt nicht. Bevor ich es benennen kann, dreht Tara sich um und geht los. Sie geht zügig, als hätte sie ein Ziel, und sie bleibt auch am Felsrand nicht stehen. Sie geht einfach weiter und dann ist sie verschwunden.

Ich stürze nach vorn. Kurz vor dem Felsrand bremse ich ab, um den letzten Meter zu robben. Ich kralle meine Finger in den Stein und schiebe mein Gesicht über den Abgrund. Unter mir liegt der Zigosee. Dort, wo Tara gelandet ist, bildet das Grau des Wassers einen Wirbel. Aus diesem Wirbel taucht Tara gleich auf. Wenn ich bis zehn gezählt habe, ist sie da.

Eins. Und wenn sie nicht auftaucht?

Zwei. Tara ist nicht blind.

Drei. Springe ich dann hinterher?

Vier. Woher kommt plötzlich dieser Drohnenschwarm?

Fünf. Trotzdem hat mit Taras Augen etwas nicht gestimmt.

Sechs. Taras Augen sind grün.

Sieben. Die Augen, in die ich gesehen habe, waren hellblau.

Acht. Der Drohnenschwarm hält direkt auf den Strahl von Ronin und Zeli zu.

Neun. Und nicht das Cap war seltsam.

Zehn. Seltsam waren die Haare unter dem Cap.

Zehn. Die Haare waren rot.

Zehn. Die Drohnen haben den Strahl erreicht.

Zehn. Das war nicht Tara.

Zehn. Soll ich trotzdem springen?

Zehn. Die ersten Aktivisten fallen um wie Bausteine.
Zehn. Es muss sehr laut sein dort unten.
Zehn. Hier oben ist es still.
Zehn. Wie fühlt sich Tränengas an?
Zehn. Und wenn es doch Tara war?
Zehn. Wie viele Zehnen gibt es in der Welt?

TARA

»Endlich hat es einen Vorteil, dass ich blind bin.« Trotz der Stille im Galapa Bus Terminal ist meine Stimme sehr leise. »Selbst wenn du zurückkehrst, bleibt mir dein Anblick erspart.«

Dass ich Ste nicht mehr höre, muss nichts heißen. Vielleicht ist sie nur ein paar Schritte gegangen und glotzt mich jetzt mit ihren hellblauen Augen an. Es würde perfekt zu ihr passen, wenn sie hier rumstehen würde, um mich in meiner Hilflosigkeit wie das Resultat eines kleinen, aufschlussreichen Experiments zu studieren.

Was nicht heißen soll, dass ich mir das wünsche. Ich wünsche mir, dass Ste auf dem Weg nach sonst wo ist, und das kann sie ruhig wissen.

»Das heißt aber nicht, dass ich mir das wünsche.« Diesmal spreche ich lauter. »Ich wünsche mir, dass du auf dem Weg nach sonst wo bist.«

So hilflos bin ich außerdem gar nicht. Ich war noch nie im Galapa Bus Terminal, aber irgendwie werde ich nach draußen finden. In allen Bus Terminals, die ich kenne, gibt es diesen Glaskasten für den Operator und überall markiert dieser Glaskasten den Eingang zu einer Ladenzeile, in der ausschließlich überflüssiges Zeug im Angebot ist, vielleicht abgesehen von den Teigbällchen bei Mister Better, die ich mal wieder vertragen könnte, am besten mit reichlich braunem Zucker. Am Ende dieser Ladenzeile öffnen sich fast immer die Schiebetüren nach draußen. Wenn ich die Arme ausstrecke und loslaufe, werde ich diese Schiebetüren früher oder später finden.

Bei der Wand, gegen die ich nach wenigen Schritten knalle, könnte es sich tatsächlich um den Glaskasten handeln. Vielleicht ist es auch die Parkgarage. Eigentlich könnte es jede Wand sein, ich weiß ja nicht mal mit Sicherheit, ob ich wirklich im Bus Terminal bin. Vielleicht hat Ste mich gar nicht nach Galapa geführt. Vielleicht sind wir mit dem Hukji einfach im Kreis gefahren und gleich stehe ich im Leisure Park. Ich habe keinerlei Beweis, dass Ste den Highway nach Itapu genommen hat. Wieso sollte sie mich diesmal nicht belogen haben? Ste hat ständig mit uns abgehangen, sie hat Beer mit seinen Pflanzen und Manar mit ihren Kuchen geholfen. Überall hatte Ste ihre Finger im Spiel und die ganze Zeit war sie die Tochter von diesem Stepovic.

»Ist es toll, in Banvío aufzuwachsen?«, frage ich. »Sag schon, Ste. Fühlt man sich da richtig gut? Fühlt man sich da besser als alle anderen?«

Ich drehe mich ein Stück und laufe weiter. Bei jedem Schritt spüre ich etwas anderes unter meinen Schuhen. Fliesen, Scherben und das hier, ist das nur durchweichte Pappe oder etwas ganz anderes, kann ich von Glück sagen, dass ich es nicht sehen muss? Wenn ich nachher auf der Sunset bin und den anderen von Juna Stepovic erzähle, werden sie mich erst mal auslachen. Auf keinen Fall werden sie mir sofort glauben. Ich bin nicht die Einzige, die sich über Wochen und Monate täuschen lassen hat. Ich habe keine Schuld, ich konnte darauf überhaupt nicht kommen. Hätte ich darauf kommen müssen?

»Du hast mit Ste doch auch viel Zeit verbracht, Beer«, sage ich. »Warum hast du nichts gemerkt? Und Mama, warum hast du nichts gemerkt?«

Endlich ist Asphalt unter meinen Schuhen und im selben Moment erfasst mich der Wind. Er schiebt mich nach links, vielleicht sollte ich ihm einfach folgen. Die Rote Zone ist nicht klein, riesig ist sie aber auch nicht. Egal, in welche Richtung der Wind mich schiebt – über kurz oder lang werde ich wieder auf die Betonspinnen stoßen. An ihrer Form sind sie leicht zu erkennen und bestimmt schaffe ich es darüber, ohne mir sämtliche Arme und Beine zu brechen. Ich will keine Angst haben und ich habe auch keine Angst. Spaziergänge sind dazu da, um sie zu genießen, genau wie Schmerz dazu da ist, um ihn zu vergessen. Diesen Spruch hat Henk gern gebracht, wenn einer von uns zu lange am Beckenrand hing.

»Ich schwimme nicht mehr, Henk«, sage ich. »Ich habe nicht mal richtig abtrainiert, findest du das schlimm?«

Meine Finger stoßen auf einen Zaun, der mit metallenen Blumen verziert ist. Ich lege die Fingerspitzen auf die Verzierung und lasse mich vom Wind weiterschieben. Ist Ste noch hier, ist sie hinter mir? Passt sie auf mich auf? Lacht sie mich aus? Filmt sie mich, schickt sie den Clip an Alún? Und ist das ein Stuhl, den ich da spüre? Ja, das muss einer dieser leichten Liegestühle sein. Es sind sogar mehrere Stühle, die zu einer absonderlichen Skulptur verkeilt sind. Ich taste mich um die Stühle herum und laufe weiter. Nicht mehr lange und ich bin wieder in der Gelben Zone. Auch wenn dort nicht allzu viele Menschen leben, werde ich irgendwann auf jemanden stoßen, der mir hilft. Die Leute haben sich verändert, seit sie in einer Sperrzone leben. Niemand hier ist wie Alúns Eltern, niemand ist bösartig. Niemand beschwert sich über seine Nachbarn, niemand denkt sich hirnverbrannte Regeln aus.

»Was genau hat euch an uns eigentlich gestört?«, frage ich. »Warum habt ihr uns von Anfang an –«

Ein greller Ton lässt mich zusammenzucken, wie von selbst taste ich nach meinem Rucksack. Dabei habe ich den im Weizenfeld verloren. Meine Schwimmsachen waren darin, eine Wasserflasche, ein kaputter Goldring, Alúns Sketchos und vor allem mein SigPhone. Dieser Ton kommt aber nicht von einem SigPhone. Er erinnert mich an das Warnsignal, mit dem wir im Educational Center manchmal beschallt wurden. Mitten im Unterricht mussten wir aufspringen und uns im Hof aufreihen. Jedes Mal haben wir gehofft, dass irgendwer den Probealarm boykottiert und sich die Sache deshalb in die Länge zieht, und jedes Mal wurde unsere Hoffnung enttäuscht und wir saßen nach wenigen Minuten wieder an unseren Projekten, die ungefähr so freiwillig waren wie die Tatsache, dass wir in unmittelbarer Nähe zu einer Chemiefabrik aufwuchsen. Was dieser grelle Ton hier und jetzt zu bedeuten hat, das kapiere ich allerdings nicht. Hat Amber recht, wird die Factory tatsächlich gesprengt? Darüber hätte man uns doch informiert, oder nicht? Vielleicht bin ich gar nicht mehr in der Sperrzone. Vielleicht bin ich in der Nähe einer Schule, deren Schüler genau wie wir damals ins Freie rennen und im Hof den Probealarm feiern. Es kann jedenfalls nicht schaden, wenn ich in die Richtung gehe, aus der das Warnsignal kommt. Wo ein Warnsignal ist, dort sind auch Menschen und diese Menschen kann ich fragen, wie ich zurück nach Rekan komme. Oder soll ich sie nach Itapu fragen? Nicht nur Ste hat gesagt, dass Alún in die Gelbe Zone kommen will. Auch Mama hat das gesagt. Aber selbst wenn er das tut, muss ich mir keine Sorgen um ihn machen. Ich muss ihn nicht warnen. Er kann sein Augenlicht nur verlieren, wenn er in den Zigosee springt, und das ist ausgeschlossen. Alún hasst Wasser. Niemals würde er freiwillig in eine Badehose steigen, ganz abgesehen davon, dass heute nicht gerade Badewetter ist. Außerdem ist Alún mir egal.

Ist er nicht.

Ist er doch.

Ist er nicht.

Um das zu entscheiden, müsste ich wissen, was er mir getextet hat. Dass er an mich denkt? Dass er mich vermisst? Dass er nichts mehr mit mir zu tun haben möchte? Dass er mich wiedersehen will?

»Hast du mein SigPhone noch, Ste?«, frage ich. »Hast du es dabei? Kannst du es mir geben?«

Ich weiß nicht, ob ich noch in die richtige Richtung laufe. Das Warnsignal ist verstummt, vielleicht habe ich es mir auch nur eingebildet. Heute Abend auf der Sunset werde ich mit den anderen darüber lachen. Heute Abend werde ich wieder etwas mehr Whisky in meinen Devil mischen und mir zuerst Ste und danach Alún für immer aus dem Hirn trinken. Wie schlimm war es, dass ich damals Tulip geküsst habe? Dass ich vorher meine Bastmatte verschoben habe, damit dieser Kuss von Alúns Fenster aus zu sehen war? Wie schlimm war es, dass ich Alúns Album in winzige Schnipsel gerissen habe? Dass ich wegen einer einzigen Nacht kein Wort mehr mit ihm gesprochen habe? Wie viel ist eine Nacht gegen vierzehn Jahre? Und wenn es die schlimmste Nacht meines Lebens war?

Eine Ampelsäule, höchstwahrscheinlich. Ein Roller. Eine Hauswand und da ist wieder das Warnsignal. Es ist vor mir, ich bin also noch richtig. Liege ich auch mit allem anderen richtig? Dass ich nicht mehr in der Sperrzone bin? Dass uns jemand Bescheid geben würde, wenn die Factory gesprengt wird? Dass ich Alún nicht wiedersehen will? Dass ich in den letzten Wochen ständig an Ste gedacht habe? Dass ich den Kopf nicht weggedreht habe, als sie mich geküsst hat? Nur Ste kann mir sagen, was in Alúns Messages stand. Ste hat mit mir ständig über Alún reden wollen und ich habe mir jedes Mal die Ohren zugehalten. Warum habe ich ihr nicht zugehört? Habe ich schon geahnt, dass sie mich belügt? Ste ist Juna, aber kann sie etwas dafür? Kann sie etwas für das, was ihr Vater getan hat? Und was kann Alún für seine Eltern? Hätte er ihre Regeln ignorieren sollen? Hätte ich ihn fragen müssen, warum er sie nicht ignorieren kann?

»Ich hätte gern eine Portion Teigbällchen«, sage ich. »Mit extra viel braunem Zucker, wenn's geht.«

Die Streben dieses Zauns sind dicker als mein Arm. Meine Finger fahren darüber, dann finden sie ein Tor. Es steht offen. Gehe ich durch dieses Tor? In welche Zone führt es, führt es mich aus dem Sperrgebiet heraus? Führt es in die Gelbe Zone? In die Rote? Wer sagt, welche Zone schlechter und welche besser ist? Da ist wieder das Warnsignal, diesmal ist es eindeutig näher. Mein bester Badeanzug war blau, früher habe ich beim Training zwei Badeanzüge darüber gezogen. Der Trick kommt von Henk. Drei Anzüge geben mehr Auftrieb, damit gehe ich richtig ab und beim Wettkampf bin ich dann voller Zuversicht. Früher ging es um Sekundenbruchteile, es ging um Bruchteile von Sekundenbruchteilen. Auf die Plätze. Fertig. Silber. Bronze. Gold. Gold. Silber. Bronze. Bronze. »Der erste Platz geht an Tara Rubina Doron.« Manchmal konnte ich die Urkunden nicht entgegennehmen, so sehr tat mein Körper weh.

»Und wofür die Schmerzen?«, frage ich. »Kannst du mir das sagen, Alún? Wofür all die Schmerzen?«

Ich hatte einen Rucksack, in dem trug ich mein SigPhone und eine Wasserflasche und Alúns Sketchos und einen kaputten Goldring und meine Schwimmsachen, und da ist wieder ein Warnsignal. Es klingt anders als die drei Signale zuvor. Es ist dumpfer und es endet nicht. Meine Stirn knallt wieder gegen eine Wand. Diese Wand ist anders als die Wände zuvor. Sie ist glatt und sie endet nicht. Ich taste mich an dieser Wand entlang. Wenn Amber recht hat, fliegt mir gleich die Factory um die Ohren. Stahl, Steinbrocken, Glassplitter, Aktenordner, Computer, Monitore – all das fliegt mir um die Ohren. Brennende Teile landen neben mir, und selbst wer noch sehen kann, wird nicht erkennen, dass diese Teile früher ein Ganzes formten. Wer meinen Rucksack findet, wird nicht das Leben erkennen, das die Sachen darin formten. Abgesehen von dem wirren Schlag meines Herzens ist es absolut still. Ich bin Tara Rubina Doron und das hier war mein Leben.

ALÚN

Graublau. Nein: blaugrau.

Eben noch habe ich das Grün des Nordwalds und das Gelb der Weizenfelder gesehen. Dann habe ich die Augen geschlossen. Als ich sie wieder öffne, ist da nur noch dieses Grau. Je tiefer ich in den Zigosee sinke, umso dunkler wird es. Obwohl ich mit den Füßen paddle, sinke ich weiter. Es ist mein Rucksack, der mich nach unten zieht. Hektisch streife ich ihn ab, danach streife ich mir die Turnschuhe von den Füßen. Endlich sinke ich langsamer, dann stehe ich still. Meine Lungen schmerzen, ich drücke Luft aus der Nase. Erst jetzt merke ich, wie warm das Wasser ist, und vor allem ist es schwarz. Ich muss raus aus dieser schwarzen Höhle, denn die Luft wird mir knapp. Ich paddle mit Armen und Beinen, und obwohl ich mich bewege, lichtet das Schwarz sich nicht. Panik greift nach mir, die dunkle Angst, dass ich in die falsche Richtung schwimme – dass ich mich dem Seegrund nähere und nicht dem Licht.

Dann wird es heller und ich öffne den Mund eine Millisekunde zu früh. Hustend durchbreche ich die Oberfläche. Ich trete Wasser, in den Beinen spüre ich den Schmerz des Aufpralls. Dieser Sprung war eine hirnverbrannte Idee. Ich meine, zehn Sekunden warten – geht's noch? So lange bin ich ja schon durch die Luft geflogen und dann war ich mindestens eine halbe Minute unter Wasser. Wahrscheinlich kann ich von Glück sagen, dass ich nicht auf Taras Kopf gelandet bin. Wenn sie mich gleich sieht, lacht sie mich garantiert aus.

Ich drehe mich um die eigene Achse. Da ist keine Tara, die mich auslachen kann. Das Wasser um mich ist glatt wie Papier, vom Ufer glotzen mich die Steine an, und dass der Drohnenschwarm den Strahl von Ronin und Zeli erreicht hat, kann nur bedeuten, dass der Sternmarsch komplett aufgehalten wurde und die Factory 11 demnächst in die Luft gejagt wird. Vielleicht habe ich also ausnahmsweise die richtige Entscheidung getroffen und jetzt muss ich irgendwas machen. Jetzt muss ich, verdammt noch mal, Tara finden.

Ich hole tief Luft und tauche, und obwohl ich die Augen aufreiße, sehe ich nichts. Ich schwimme zurück an die Wasseroberfläche, atme aus, schöpfe frischen Atem. Ich muss tiefer tauchen, aber wie geht das? Gerade habe ich mich nach dem Auftrieb gesehnt, jetzt komme ich nicht dagegen an. Das Tauchen hat mit dem Atmen zu tun, kann das sein? Genau: Wenn ich meine Lungen leere, geht es leichter. Ich bin der dümmste Rettungsschwimmer in der Geschichte des Rettungsschwimmens und ich tauche wieder ab. Atme aus, komme tiefer. Aber in der Tiefe ist nichts als Grau und ich schwimme wieder nach oben. Einatmen, ausatmen, ab nach unten. Beim dritten Mal tauche ich so tief, dass mich das Graublau wieder vollständig umschließt. Meine Brust beginnt zu schmerzen und da sehe ich einen weißen Schimmer.

Drei Schwimmzüge bringen mich zu diesem Schimmer. Es ist Taras Bein, stelle ich fest und suche nach einem Arm. Tara ist unendlich schwer und ich darf sie nicht loslassen. Ich paddle mit den Beinen, aber ihr Gewicht zieht uns nach unten. Hatte ich vorhin Angst unterzugehen? Das hier ist Untergehen. Panisch paddle ich weiter, den freien Arm nehme ich zur Hilfe. Endlich gelingt es mir, den Widerstand zu überwinden, und das Wasser trägt uns langsam nach oben.

Ich weiß nicht, was ich erwartet habe, wenn wir auftauchen. Dass Tara zu Bewusstsein kommt? Dass sie die Augen aufschlägt und Wasser ausspuckt und dann zur Abwechslung mich rettet? Tara kann schwimmen wie sonst niemand, die Sache ist nur: Das ist nicht Tara. Ich halte ein Mädchen mit weißer Haut und roten Haaren fest, ein fremdes Mädchen, das in Taras Dino-Shirt steckt. Verzweifelt versuche ich, Mund und Nase des Mädchens über Wasser zu halten. Aber sie rutscht mir immer wieder weg, und wenn ihr Gesicht nicht unter Wasser ist, dann ist es meines. Meine Muskeln brennen und mir ist schleierhaft, wie wir bis zum Ufer kommen sollen. Es ist ja schon fraglich, ob ich es allein ans Ufer schaffen würde. Meine linke Schulter tut jetzt richtig weh. Einmal hat Tara mich zum Spaß gerettet, wie war das noch gleich? Ich drehe das Mädchen auf den Rücken und schiebe meine Hände unter ihre Achseln. Als auch ich mich auf den Rücken lege, wird es leichter. Langsam kommt das Ufer näher.

Mit meiner Kraft ist es nicht mehr weit her, als wir das Ufer erreichen, und dann muss ich noch eine halbe Ewigkeit nach einem flachen Stein suchen, auf den ich das Mädchen ziehen kann. Ungefähr eine Millisekunde gebe ich mir, um wieder zu Atem zu kommen. Dann beginne ich mit dem Teil, mit dem ich mich noch weniger auskenne. Klar, ich bin Arztsohn, aber ich habe keinen Plan von stabiler Seitenlage, Herzdruckmassage oder was immer jetzt kommt. Vielleicht ein Luftröhrenschnitt? Beherrsche ich eigentlich irgendwas von Belang? Wer braucht schon perfekt gezeichnete Augen?

Ich beuge mich über das Mädchen und drücke irgendwo dort herum, wo ich ihre Lungen vermute. Es passiert überhaupt nichts. Vermutlich muss ich stärker drücken, aber das Mädchen ist wahnsinnig dünn und ich will ihr nicht die Rippen brechen. Obwohl ein paar gebrochene Rippen wahrscheinlich besser sind, als mit Wasser in den Lungen zu sterben. Scheiße, das Mädchen kann echt sterben. Vielleicht ist sie sogar schon tot. Was soll ich nur machen? Ich drehe sie auf die Seite und drücke weiter an ihr herum. Halte ihr die Nase zu, atme ein und puste Luft in ihren Mund. Obwohl das Wasser des Zigosees so warm war, ist ihr Gesicht kalt unter meinen Lippen. Ich drücke wieder und beatme sie noch mal. Dabei zähle ich lautlos, das habe ich irgendwo aufgeschnappt, vielleicht in dieser Unterwasserfolge von *Lucifer's Paradise*. Eins, zwei, fünfzehn, zwanzig, ich denke beliebige Zahlen, das ist alles komplett sinnlos.

Und dann fängt das Mädchen tatsächlich an zu husten und eine Sekunde später krümmt sie sich zusammen und kotzt Wasser und gelbe Grütze und zuletzt sehr viel Schleim auf den Stein. Und auf sich. Und auf mich.

Mir wird weiß vor Augen, aber das liegt nur zum Teil an ihrer Kotze. Während das Mädchen noch würgt, lasse ich mich neben sie fallen. Vom Roten Felsen aus müssen wir wie zwei Verliebte aussehen, die vor lauter Übermut mit Klamotten in den Zigosee gesprungen sind. Von Nahem sehen wir aus wie ein Junge, der kurz davor ist, das Bewusstsein zu verlieren, und ein Mädchen, das immer noch nach Luft ringt.

»Tut ... mir ... leid.« Sie kriegt den Satz nur wortweise raus.

»Was genau tut dir leid?« Langsam komme ich wieder klar. »Dass du zwanzig Meter in die Tiefe gesprungen bist, bevor wir auch nur ein Wort wechseln konnten? Dass du mir damit keine Wahl gelassen hast, als dir hinterherzuspringen? Dass ich dich über den halben See schleppen musste und dabei auch fast abgesoffen wäre? Oder dass du eben auf meine Shorts gekotzt hast?«

Das Mädchen ringt immer noch nach Atem. Sie hat die blauesten Augen, die ich je gesehen habe, und auf ihrem Gesicht sind alle Goldtöne dieser Welt in Form von Sommersprossen versammelt.

»Mir tut leid ... dass ich nicht Tara bin.«

Ruckartig setze ich mich auf. »Du kennst Tara?«

»Dich kenne ich auch ...« Mitten im Satz kriegt das Mädchen den nächsten Hustenanfall. »Tara hat gesagt, dass du Wasser hasst. Wieso bist du gesprungen?«

»Soll ich mich jetzt dafür entschuldigen, dass ich dich gerettet habe?«

»Du weißt ja gar nicht, was es bedeutet, dass du im See warst.« Das Mädchen atmet wieder ruhiger und sie schaut mir jetzt direkt in die Augen. Das Hellblau ihrer Augen ist wirklich unfassbar intensiv. »Ich kapiere nicht, warum ich immer das Falsche mache. Seit einem Jahr will ich mich richtig verhalten und alles, was dabei rauskommt, ist die totale Katastrophe. Jetzt ist Tara in der Roten Zone und du bist bald blind.«

»Tara ist in der Roten Zone?« Mir wird kalt und das liegt nicht an meinen nassen Klamotten.

Das Mädchen nickt. »Ich glaube nicht, dass sie allein wieder nach draußen gefunden hat.«

»Was hat Tara in der Roten Zone verloren?«

»Wir mussten vor einem Watcher fliehen.«

»Bist du ganz sicher?« Meine Hände zittern. »Hat sie wenigstens ihr SigPhone dabei?«

»Meinst du das SigPhone, auf das du deine Messages geschickt hast? Das hat sie schon lange nicht mehr.«

»Hat sie es verloren?« Das wäre immerhin eine Erklärung dafür, dass Tara sich irgendwann nicht mehr gemeldet und mich vorhin mit ihrer alten Signatur angerufen hat. »Und deshalb konnte sie mir nicht mehr texten?«

»Tara hat dir nie getextet.«

»Ich habe aber ziemlich viele Messages von ihr gekriegt.«

»Die waren nicht von Tara.«

»Was soll das heißen?« Ich suche den Blick des Mädchens, aber sie sieht an mir vorbei. »Von wem waren sie dann?«

In diesem Moment ertönt ein sehr heller, sehr hoher Ton. Es dauert einen Moment, bis ich schalte. Die Securities haben alle Strahlen des Sternmarschs gestoppt und das ist jetzt das Warnsignal. Genau so hat Zeli diesen Ton beschrieben. Was sie sonst noch gesagt hat, stimmt leider nicht. Zumindest stimmt es nicht, dass TNE nur sprengt, wenn die Rote Zone menschenleer ist. Mindestens eine Person hält sich dort auf – eine Person, die weder die Securities noch die Aktivisten auf dem Schirm haben, und ab jetzt habe ich genau dreißig Minuten, um diese Person zu finden.

Ich springe auf und klettere über die Steine. Das Mädchen will mir folgen, aber ich bin schneller.

»Die Messages waren von mir«, ruft sie mir hinterher. »Aber das heißt nicht, dass Tara sie nicht auch geschrieben hätte. Sie hätte garantiert noch bessere Messages –«

Als ich den Weg erreiche, verliert sich ihre Stimme. Kiesel stechen in meine bloßen Fußsohlen, während ich zu meinem Hukji renne. In meinen nassen Klamotten bin ich unglaublich langsam. Kann der Fuß des Roten Felsens wirklich so weit entfernt sein, renne ich überhaupt in die richtige Richtung? *Du bist bald blind,* das hat das Mädchen gesagt. Immerhin bin ich nicht falsch gerannt, da vorn liegt der Hukji. Ich reiße ihn hoch. Das Trittbrett ist kalt unter meinen nackten Füßen. Was soll das hier eigentlich werden? Der Hukji aus dem Vorjahr bringt es höchstens auf fünfundzwanzig Sachen. Selbst wenn ich mein Leben riskiere und in den dritten Gang schalte, brauche ich bis zur Roten Zone eine halbe Stunde und dann habe ich Tara ja noch nicht mal gefunden. Aber wahrscheinlich habe ich keine Wahl. Ich schiebe den Hebel noch weiter nach oben. Der Widerstand, den ich erwartet habe, bleibt aus. Stattdessen verstummt der

Motor für einen Moment. Dann wird er lauter und der Hukji legt noch einen Zahn zu. Das hier ist definitiv mehr als der dritte Gang und ich riskiere definitiv mehr als mein Leben. (Wenn das geht.)

Zum ersten Mal stehe ich auf einem getunten Roller, aber ich habe jetzt keine Zeit für irgendwelche Tests. So schnell wie möglich folge ich dem Uferweg. Ich kann nicht mal ansatzweise einschätzen, wie schnell ich bin. Für das, was ich mit dem Roller tue, ist der Tacho eindeutig nicht gemacht. Aber wenn ich Tara finden will, muss ich eigentlich noch schneller fahren. Im besten Fall liegen zwischen Tara und mir zwanzig Kilometer und eine Reihe Betonspinnen. Im schlechtesten Fall kommt ein Drohnenschwarm hinzu.

Irgendwo auf der Höhe des Leisure Park wird mir klar, dass das Klappern, das ich die ganze Zeit höre, nicht aus dem Motor kommt. Es kommt aus meinem Mund: Ich klappere mit den Zähnen. Bis auf dieses Klappern und das leise Klopfen des Motors ist es still. Vielleicht habe ich mir das Warnsignal nur eingebildet. Vielleicht habe ich mir die Worte des Mädchens nur eingebildet. *Das SigPhone, auf das du deine Messages geschickt hast, hat Tara schon lange nicht mehr,* das kann das Mädchen nicht gesagt haben. *Die Messages waren nicht von Tara,* das habe ich ja zwischendurch selbst gedacht. Tara ist zu ungeduldig, um fehlerlose Messages zu verschicken, und Tara redet nie um die Dinge herum. Sie ist direkt und ab einem bestimmten Punkt waren die Messages nicht mehr direkt. *Die Messages waren von mir,* aber warum sollte mir ein wildfremdes Mädchen in Taras Namen texten?

Langsam lichtet sich der Nordwald und die Stahlkuppel kommt wieder in meinen Blick. Über Nipad steht immer noch der Drohnenschwarm, gerade löst sich daraus eine Drohne und bewegt sich in meine Richtung. Ich biege auf den Highway nach Rekan ein. Sobald der Hukji Asphalt unter den Rädern hat, dreht er richtig auf. Die Häuser von Rekan kommen rasend schnell näher. Im ersten Haus wohnte früher Jenita, dieses Haus ist nur noch eine Ruine. Ist das bei der Explosion passiert? Rechts von mir erkenne ich die Solardächer der Neubausiedlung, weiter hinten steht unser Haus. Ich werfe einen Blick über meine Schulter: Die Drohne ist mir in erschreckend kurzer Zeit erschreckend nahe gekommen. Ohne groß darüber nachzudenken, lenke ich den Hukji in ein Weizenfeld und halte auf die Rote Zone zu. Der Weizen ist schon abgeerntet und die kurzen Halme knicken unter dem Hukji einfach weg. Es klingt wie Regentropfen, die gegen eine Fensterscheibe schlagen, und über dieses Prasseln legt sich wieder ein Warnsignal. Es ist genauso hell und hoch wie das erste Signal und ich habe keine Ahnung, was es bedeutet. Sind seit dem letzten Signal fünfzehn Minuten vergangen? Zwanzig? Fünfundzwanzig? Knallt es gleich? Knallt es jetzt? Wenn meine Eltern wüssten, wo ich gerade bin. (Es ist mir so was von egal.) Wenn Lone das wüsste. (Falls ich das hier überlebe, muss ich Io finden.) Ist Liva auch in einem Strahl gelaufen? Ist sie vorhin zu Boden gegangen oder konnte sie sich in Sicherheit bringen?

Die Betonspinnen, die die Rote Zone markieren, sind größer als die in Itapu. Nicht weit dahinter erhebt sich das erste Haus von Galapa. Es ist ein Hochhaus mit geplatzten Fensterscheiben und mein Blick fällt auf eine dunkelrote Wohnlandschaft. Auf eine Badewanne, auf graue Vorhänge, auf einen Tisch mit umgekippten Gläsern. Ich zwinge mich, mich nicht nach der Drohne umzuschauen. *Tara hätte dir noch bessere Messages geschrieben,* das hat das rothaarige Mädchen auch gesagt. Hätte Tara mir auch verschwiegen, dass sie in der Gelben Zone lebt? Hätte Tara meine Anrufe weggedrückt, hätte sie plötzlich aufgehört, mir zu texten? Und dann war da noch dieser andere Satz: *Ich glaube nicht, dass sie allein wieder nach draußen gefunden hat.* Wenn jemand einen Weg allein nicht findet, heißt das dann, dass er blind ist?

In der Roten Zone komme ich nicht so schnell voran. Autos stehen mitten auf der Straße, ein Bus blockiert einen Kreisverkehr. Der Monitor darüber ist grau und still. Die Schiebetüren eines Wok-to-go stehen ein Stück offen, in diesem Spalt hat sich eine Plastikbox verfangen. Sie knattert im Wind, und auch wenn ich seit sechzehn Stunden nichts gegessen habe, sollte ich jetzt nicht an Seitan mit Brokkoli denken.

Das dritte Warnsignal trifft mich unvorbereitet. Ich zucke zusammen, so grell ist es hier. Bleiben mir noch fünf Minuten, bleiben mir noch sechzig Sekunden?

Ich lenke den Roller in den nächsten Kreisverkehr, das Schild in seiner Mitte weist den Weg zum Bus Terminal, zur Town Hall, zur Factory 11. Die Drohne hat mich jetzt fast erreicht, ich höre schon ihr Surren. Gleich ist sie bei mir, gleich setzt sie mich außer Gefecht. Es ist ausgeschlossen, dass ich Tara vorher finde. Mir fällt nur noch ein Ausweg ein: Ich nehme die Ausfahrt zur Factory 11 und gebe Gas. Ich muss die Sprengung selbst aufhalten. Wenn ich zur Factory fahre, wird die Sprengung vielleicht meinetwegen gestoppt.

Vor einem umgestürzten Zaun muss ich den Roller zum Stehen bringen. Es ist ein Hochsicherheitszaun, oben prangt beeindruckender Stacheldraht. Dahinter liegt mein Ziel und in dem Moment, in dem ich den Lenker loslasse, zischt es über mir. Ich presse die Lider aufeinander und berge mein Gesicht in den Händen, aber natürlich entgehe ich dem Tränengas nicht. Zuerst kommen die Tränen, danach kommt der Husten. Ich heule und würge und schnappe nach Luft und komme dabei irgendwie über den Stacheldraht. Die Blutspuren, die meine Füße nach der Kletterpartie auf dem Asphalt hinterlassen, machen wahrscheinlich keinen Unterschied mehr. Nichts macht mehr einen Unterschied, nur dass ich der Factory so nahe wie möglich komme. Oder kann TNE es sich leisten, einen fünfzehnjährigen Jungen in die Luft zu jagen?

Vom Parkplatz vor mir erkenne ich nur Schemen. Sämtliche Autos scheinen ineinander verkeilt zu sein und zwischen den Autos klemmen Jacken oder anderes, so genau will ich das nicht wissen. Die meisten Scheiben sind gesprungen, auf einer Hutablage sehe ich durch den Tränenschleier hindurch ein braunes Wollknäuel oder ein Schoßhündchen, da bin ich mir nicht sicher. Weiter hinten blendet mich Metall, und obwohl mich der nächste Hustenanfall schüttelt, renne ich darauf zu. *Fuck TNE. Do not blast. Zwei sind noch hier,* etwas in der Art müsste auf der Stahlkuppel stehen. Oder Rose zeichnet dafür ein Paste-up mit drei Affen, die schon die nächste Fabrik bauen, eine Fabrik für Drohnen, eine Fabrik für Tränengas, eine Fabrik für falsche Zertifikate. Meine Zunge brennt, mein Hals ist eine einzige Wunde und jeden Moment kann die Drohne wieder angreifen. Noch eine Ladung von diesem üblen Zeug überstehe ich nicht.

Das vierte Warnsignal ist anders. Es ist dumpf und zerreißt mir das Hirn, nimmt mir die Luft, übertönt meinen Atem. Ich schließe die Augen und warte auf den Knall. Aber es kommt kein Knall und ein Zischen höre ich auch nicht. Offenbar ist mein Plan aufgegangen: Ich bin jetzt so nah an der Factory, dass die Drohne meine Anwesenheit melden muss. Ich habe die Sprengung gestoppt.

Meine Augen brennen so stark, dass ich sie kaum offen halten kann. Nur verschwommen erkenne ich die Straße unter meinen Füßen, die Leitplanke neben mir und die Stahlkuppel, die am Ende der Straße beginnt. Sie wächst einfach aus dem Boden, so als wäre die Salatschüssel von Fap und Fop vom Himmel gefallen. Sie zerschneidet sogar die Leitplanke und genau auf diese Leitplanke läuft Tara zu. Sie läuft in meine Richtung und ich blinzle, um ihr Gesicht besser zu erkennen. Ich sehe aber nur, wie unglaublich schmal sie vor der Stahlkuppel wirkt. Sie trägt eine dieser kurzen Kansaiis, die sie sich immer gewünscht hat, und dazu ihre rote Fleecejacke. Ihre linke Hand liegt auf dem Metall der Kuppel, als hätte sie Angst, die Orientierung zu verlieren. Ob sie weiß, was sie unter den Fingern spürt? Sehen kann sie es nicht – jetzt ist sie nahe genug, dass ich das an ihrem Gesicht ablesen kann. Sie sieht auch nicht die Leitplanke und sie sieht nicht die Drohne. Sie hört sie aber, auch das erkenne ich jetzt in ihrem Gesicht. Mich hat sie noch nicht bemerkt und ich könnte mich noch aus dem Staub machen. Mehr als die Sprengung zu stoppen, konnte ich für Tara nicht tun. Und ich kann alles für sie tun. Erst mal kann ich sie davor bewahren, über die Leitplanke zu stürzen.

Als ich die Leitplanke fast erreicht habe, bleibt Tara stehen. Ich bin mir nicht sicher, ob sie schon weiß, wer ich bin. Sie hat aber gemerkt, dass sie nicht mehr allein ist. Sie reckt den Hals und drückt die Schultern durch. Es ist dieselbe Bewegung wie früher, wenn sie auf dem Startblock stand.

»Kann es sein, dass du mich vorhin angerufen hast?«, frage ich.

»Das erste Mal war ich«, sagt sie. »Die anderen Anrufe kamen von Juna.«

»War leider gerade ungünstig«, sage ich. »Jetzt habe ich Zeit.«

DREI JAHRE SPÄTER

Im Innern der Maschine herrschen zweihundertsiebzig Grad. Seit Haluska sich am Kessel den Handrücken verbrannt hat, hängt an der Plexiglastür ein Zettel: *Vor dem Reinigen abkühlen lassen!* Mittlerweile bin ich mit der Maschine vertraut, deshalb warte ich nicht so lange. Ich ziehe den Netzstecker, dann hänge ich die Türen aus und lege sie in warmes Wasser. Bevor ich mit dem Bodenblech weitermache, werfe ich mir eine Handvoll Popcorn aus dem letzten Durchgang in den Mund. Es ist lauwarm, pappig und höllisch scharf. Weiß der Himmel, warum die Leute in den Night Screenings auf Popcorn mit Chili stehen.

»Gibt's noch Tickets?«

Ich schlucke hinunter, dann drehe ich mich um. Die Frau am Tresen habe ich noch nie gesehen. Um diese Uhrzeit kommen immer dieselben Leute. Jón ist wieder da, außerdem die drei alten Frauen und ein blasser Typ, der letzte Woche nach einer halben Stunde abgehauen ist. Heute scheinen seine Nerven etwas stärker zu sein. *Curly Vamps* läuft zwar erst seit fünfzehn Minuten, aber darin geht es echt zur Sache.

Ich wische über den Monitor, als müsste ich nachsehen. »Ein paar sind noch da.«

»Einen Randplatz, wenn's geht.«

Ich mustere die Frau. Sie sieht eher nach Mitte-oben aus. Nein, sie sieht aus, als würde sie jede Nacht bei einem anderen Elektrokonzert abhängen, bei dem sie ihre knallgelbe Hose präsentieren und ihre blauen Haare schütteln kann. Im roten Licht des Tresens wirken sie fast lila und die Narbe über ihrer rechten Augenbraue sieht aus wie mit einem hellroten Stift gezogen.

»Bei den Night Screenings ist die Platzwahl frei«, sage ich.

Sie hält mir ihr SigPhone hin und ich buche den Betrag ab. Sie hat ihr Ranking für den Salepoint gesperrt, und bevor sie im Saal verschwindet, dreht sie sich noch mal um und blickt mir direkt ins Gesicht. Etwas stimmt nicht mit ihr und ich überlege kurz, ob ich mein SigPhone aus dem Case holen soll, das unter dem Tresen klebt. Haluska hat es dort angebracht. Wenn man in einem Independentkino arbeitet, gehört es ihrer Meinung nach einfach dazu, die Securities durcheinanderzubringen. Natürlich gebe ich ihr recht, aber bei solch obskuren Zuschauern fühle ich mich doch sicherer, wenn ich weiß, dass die Securities jedes Wort mitschneiden.

Ich ziehe das Bodenblech heraus und lasse das verbliebene Popcorn in eine große Tüte rutschen. Dann lege ich das Blech zu den Türen ins Spülbecken. Eigentlich stehe ich um diese Uhrzeit gern hinter dem Tresen. Es stört mich nicht, die Popcornmaschine zu putzen, und ich mag den Moment, in dem ich den Kassenabschluss an Haluska schicke. Später in der Metrocable finde ich garantiert einen Fensterplatz und Belo ist so dunkel, dass ich die Sterne erkennen kann.

Wenn ich mich dann zu Dima ins Bett schiebe, ist er vom Schlaf ganz warm. Gegen den Spätaufschlag habe ich auch nichts einzuwenden. Vielleicht kann ich mir nächsten Monat endlich den Vorjahreshukji leisten.

Ich sauge gerade die Maschine aus, als ich hinter mir jemanden spüre. Ich schalte den Handsauger aus und drehe mich um. Ich habe mich geirrt: Nicht dem blassen Typen war *Curly Vamps* zu krass. Die Frau mit der Narbe über der Augenbraue steht wieder am Tresen. Hoffentlich will sie nicht ihr Guthaben zurück.

»Gibst du dir so was auch?«, fragt sie.

Ich schüttle den Kopf. »Die Night Screenings sind nicht so meins.«

»Du verfolgst bestimmt lieber die Monitornews.« Ihr Spruch klingt einstudiert, so als hätte sie ihn sich schon vor Tagen zurechtgelegt. »Wird sicher aufregend, wenn nächste Woche der Prozess beginnt.«

»Welcher Prozess?« Ich weiß genau, welchen Prozess die Frau meint. Und ja, ich werde die Monitornews verfolgen, auch wenn ich das eigentlich nicht will.

»Die Berufung wegen dem Unfall in der Factory 11. Sieht alles danach aus, als würde TNE den nächsten Freispruch bekommen. Aber vielleicht hat die Gegenseite ausnahmsweise Glück und kriegt im letzten Moment noch den entscheidenden Beweis zugespielt.« Die Frau lehnt sich über den Tresen. Wenn sie jetzt den Arm ausstreckt, kann sie mir die Wange streicheln. Oder mich an meinem T-Shirt in die Luft heben, wie in einem billigen Actionfilm. »Manar hat erzählt, dass du ihr vor drei Jahren regelmäßig beim Kuchenbacken geholfen hast. Hast du noch mehr drauf, als Teig anzurühren?«

»Woran hast du gedacht?«

Die Frau sieht mich erstaunt an. »Wir konnten aus dem Wasser des Zigosees eine Substanz extrahieren, die in Tierversuchen zu einer Degeneration des Sehnervs geführt hat. Wir haben auch nachgewiesen, dass diese Substanz aus einem neuartigen Zytostatikum stammt, mit dem TNE kurz nach der Explosion in die Phase-1-Studie gehen wollte, und dass dieses Medikament in keinem Zertifikat auftaucht. Der Beweis, dass es tatsächlich in Factory 11 hergestellt wurde, fehlt uns aber noch.«

»Angenommen, ich wüsste, wovon du redest, und könnte dir irgendwie helfen – wie wollt ihr das vor Gericht verwenden?«

»Wir berufen uns auf eine geheime Quelle.«

»Hat einer von euch Jura studiert? Vor dem Districtgericht gibt es keinen Quellenschutz.«

»Dafür, dass der Prozess dich nicht interessiert, kennst du dich ziemlich gut aus.« Die Frau legt den Kopf schief, als müsste sie nachdenken. »Wir können sagen, dass wir einen Privatsecurity beauftragt haben. Es hat uns misstrauisch gemacht, dass TNE ein Medikament gegen die Sehnervdegeneration in Auftrag gegeben hat. Das klang für uns nach einem Schuldeingeständnis.«

»Und als TNE mit einem Medikament zufrieden war, das die Erblindung aufhalten kann, wart ihr da immer noch misstrauisch? TNE hat gar nicht versucht, den Rückkehrern zu helfen. Es haben nur die Leute profitiert, die noch nicht vollständig erblindet waren.« Ich tauche das Microfasertuch ins Wasser und wische die Türen und das Bodenblech ab. Die Popcornreste am Blech sind heute hartnäckig, ich muss es länger einweichen lassen. »Kann ich sonst noch was für dich tun? Wir haben seit Kurzem die Late Night Card. Oder willst du Popcorn? Es ist lauwarm, ich verkaufe es dir für die Hälfte.«

»Das klingt gut.« Die Frau zückt ihr SigPhone und ich schiebe ihr die große Tüte über den Tresen.

»Stepovic ist kein häufiger Name«, sagt sie mit vollem Mund.

Ich nicke. »Das stimmt.«

»Vielleicht interessieren sich die Leute vom Kino dafür, wer ihre Tickets verkauft.«

Ich schaue die Frau an. Sie stopft sich Popcorn in den Mund. Offenbar hat sie Hunger und offenbar will sie mich auf die armseligste Weise erpressen.

»Das wird Haluska egal sein«, sage ich.

»Bist du dir sicher?«

»Tut mir leid, wenn ich dir das sagen muss – aber außer den TNE-Anwälten und ein paar Aktivisten hat die Factory 11 niemand mehr auf dem Schirm.«

»Wenn nächste Woche der Prozess beginnt, ändert sich das.«

»Nächste Woche beginnt auch die neue Tour von Boood. Die erste Show ist in der Belo Hall, zumindest in dieser Stadt wird es tagelang um nichts anderes gehen.«

Die Frau wirft sich noch eine Ladung Popcorn in den Mund, dann drückt sie sich vom Tresen weg. »Ich versuche es noch mal mit dem Film.«

Sie verschwindet hinter dem Vorhang und ich atme tief ein, ehe ich mich wieder der Maschine widme. Das Bodenblech ist noch verkrustet, also mache ich mit dem Kessel weiter. Es ist nicht so einfach, ihn auszuhängen, ohne dabei die heiße Innenwand zu berühren. Aber meine Hände sind ruhig und ich verbrenne mich nicht. Ich klappe das Rührwerk hoch und prüfe, wie gut es sich drehen lässt. Weil es schwergängig ist, löse ich die zwei Schrauben und lege es zu den Türen und dem Blech. Dann poliere ich die Außenwand des Kessels, bis darin mein Spiegelbild erscheint. Ich weiß nicht, wie oft Dima mir schon gesagt hat, dass ich mir nichts vorzuwerfen habe. Immer wieder sagt er mir, dass ich mir meinen Vater nicht ausgesucht habe. Dass ich damals in der Gelben Zone gelogen habe, war natürlich falsch, aber kann ich die Zeit zurückdrehen? Nichts davon macht mich zu einem schlechten Menschen, sagt er, und wenn ich ihm das nicht glaube, dann darf ich ihm auch nicht glauben, dass meine Sommersprossen und unsere Filmsessions das Beste sind, was ihm je passiert ist.

»Das ist lecker.« Ich drehe mich um. Die Frau steht schon wieder am Tresen. »Hast du noch mehr?«

Ich kippe ein paar von meinen Popcorn in ihre Tüte. Als sie ihr SigPhone zückt, winke ich ab.

»Danke.« Die Frau wirft sich die nächste Ladung in den Mund. »Wir können auch sagen, dass wir misstrauisch geworden sind, als TNE den Rückkehrern dieses Stück Land geschenkt hat.«

»Als die Gelbe Zone nach dem Sternmarsch geräumt wurde, damit die Factory endlich gesprengt werden kann, ist TNE doch gar nichts anderes übrig geblieben. Oder hätten sie die Rückkehrer wieder in Notunterkünften unterbringen sollen?« Ich wringe das Microfasertuch aus. Inzwischen müsste das Innere des Kessels abgekühlt sein. »Wenn TNE es wirklich ernst gemeint hätte, wäre das Areal etwas größer ausgefallen und die Rückkehrer wären nicht sofort in eine Krise gestolpert.«

»Was hast du erwartet, wenn dreihundert Leute ohne jegliche Verwaltung zusammenleben? Dass sie sich jeden Morgen zur Emorunde versammeln und einander auch sonst von früh bis spät lieb haben?«

»Sei nicht so zynisch«, sage ich.

»Und du sei nicht so kalt«, sagt die Frau. »Manar und die anderen haben dich ganz anders beschrieben.«

Ich umklammere den Lappen. Ich darf jetzt den Kopf nicht heben.

»Tara hat auch anders über dich gesprochen.«

Jetzt schaue ich doch hoch. »Was hat sie gesagt?«

»Habe ich vergessen.« Die Frau knüllt ihre Popcorntüte zusammen. »Was habe ich von der Late Night Card?«, fragt sie.

»Du kommst für die Hälfte in die Night Screenings.«

»Sind die Filme immer so wirr?«

»Wie gesagt, die Night Screenings sind nicht so meins.«

Die Frau schaut zu, wie ich das Microfasertuch in das Innere des Kessels schiebe. Er ist doch noch ziemlich heiß, aber das will ich mir jetzt nicht anmerken lassen. Ich wische so schnell über das Metall, dass ich mich nicht verbrenne. Ich muss nur darauf achten, dass ich mit dem Handrücken nicht versehentlich an die Kesselwand komme. Ich wische so lange darin herum, bis ich es nicht mehr aushalte. Dann halte ich meine rechte Hand unter kaltes Wasser.

»Sie lebt aber schon noch dort?«

»Du meinst Tara?« Die Frau zuckt mit den Schultern. »Soweit ich weiß.«

»Und Alún?«

»Ich denke schon.«

»Warst du mal drin?«

»Ich habe bei der Umsiedlung geholfen. Danach haben sie das Gebiet ziemlich schnell geschlossen. Die Neuen haben der Gruppe nicht gutgetan.« Sie schiebt die zusammengeknüllte Popcorntüte auf dem Tresen hin und her. »Wie es weitergeht, hängt auch vom Prozess ab. Wenn wir eine vernünftige Entschädigung rausholen, können sie sich ein Stück Land dazukaufen. Wie in der Gelben Zone wird es sicher nicht, aber sie hätten zumindest eine realistische Chance, sich etwas aufzubauen.«

Ich schaue unauffällig auf meine Hand. Sie ist sehr rot, aber eine offene Wunde sehe ich nicht. Mit der anderen Hand taste ich noch mal nach dem Case. Jetzt bin ich doch froh, dass der Vorraum nicht abgehört wird. Das Case ist geschlossen, daran besteht kein Zweifel.

»Meinst du, dir fällt wieder ein, was Tara gesagt hat?«, frage ich.

»Glaube ich nicht«, sagt die Frau.

»Und was ist, wenn mir etwas einfällt? Wenn ich zum Beispiel einen Stick mit den Zertifikaten der Factory 11 finde?«

»Dann wirfst du einen Blick hier rein.« Die Frau lässt die zusammengeknüllte Popcorntüte in den Papierkorb fallen. »Das machst du aber erst, wenn du allein bist.«

Dann drückt sie sich vom Tresen ab und im nächsten Moment ist sie weg. Ich schaue zum Papierkorb. Er ist bis zum Rand mit leeren Popcorntüten gefüllt, die Frau hat ihre Tüte ziemlich in der Mitte platziert. Ich präge mir die Lage ein, dann nehme ich das Rührwerk aus dem Wasser. Jetzt lässt es sich wieder leichter drehen. Ich wische es trocken und lege es auf das Microfasertuch. Die Türen und das Bodenblech lege ich daneben. Während sie trocknen, schicke ich den Kassenabschluss an Haluska. Dann baue ich die Maschine wieder zusammen und putze den Tresen.

Als ich fertig bin, kommen die anderen Leute aus dem Saal. Die drei alten Frauen lachen, der blasse Typ hat plötzlich Farbe im Gesicht.

»Krasser Stoff«, sagt Jón. »Was kommt nächste Woche?«

»*Blood Explosion* Teil eins und zwei. Wir zeigen sie direkt hintereinander.«

»Klingt korrekt.« Jón klopft auf den Tresen. »Hau rein.«

»Ich versuch's.«

Ich muss blinzeln, als ich im Saal das Licht andrehe. Meine rechte Hand tut immer noch weh und ich trage den

Staubsaugerroboter mit der linken Hand aus dem Funktionsraum. Dann setze ich mich in einen Sessel und beobachte seinen Weg. Wenn er unter den Sitzreihen entlangfährt, höre ich nur sein leises Brummen. Der Saal ist so sauber wie noch nie, als er zwischen zwei Sesseln hängen bleibt. Er fährt immer hin und her, das muss ein Softwarefehler sein. Ich befreie ihn und bringe ihn in den Funktionsraum, dann lösche ich das Licht. Ich nehme mein SigPhone aus dem Case und verriegle die Tür. In der Metrocable erwische ich wirklich einen Fensterplatz. Die zerknüllte Popcorntüte beult meine Hosentasche aus und der Himmel über Belo ist schon zu hell, um noch Sterne darin zu erkennen.

DANK

Ich danke Eva, Sascha und Sten, dass sie ihr Wissen rund um Fliesen, Paste-ups und Haltebuchten mit mir geteilt haben. Bei Heike und Thomas Franke bedanke ich mich für die geduldigen Antworten auf meine unzähligen Fragen zur Toxikologie. Leseeindrücke und Kritik erhielt ich von Bettina, Carolin, Kaśka, Olivia, Ricarda, Sibylla und Simon, von Anja und Anke, von David. Danke!

PERSONEN

Tara	Schwimmerin, lebt in Rekan
Aino	Taras Mutter
Beer	Taras Großvater
Ste	lebt allein in Taras Nachbarhaus
Amber und **Lex**	Geschwister, die in die Gelbe Zone zurückkehren
Karmiel	Junge in der Gelben Zone, hat Vater verloren, Technikfreak
Tulip	Junge aus dem Schwimmteam, kehrt in die Gelbe Zone zurück
Manar	früher Außenseiterin im Dorf, kehrt gemeinsam mit Taras Familie zurück
Ronin	Gynäkologe, einziger Arzt, der in die Gelbe Zone zurückgekehrt ist
Silver	Journalist
Jenita und **Mai**	frühere Freundinnen von Tara, leben jetzt in Belo
Henk	Schwimmlehrer von Tara und Tulip, ist bei der Explosion ums Leben gekommen

Alún	Taras ehemaliger Freund und Nachbar, lebt jetzt mit seiner Familie in Tonfato
Liva	Alúns ältere Schwester
Lone	Alúns jüngere Schwester
Kent und **Dror**	Alúns Schulfreunde
Aldo	Alúns Kunst- und Mathelehrer, hat etwas mit den Aktivisten zu tun
Rose	Streetartistin, die Alún beim Kleben der Fliesen hilft
Anse Len Griven	wichtige Künstlerin, Roses Lehrerin
Maira	Roses Freundin
Holm Stepovic	General Manager der Factory 11
Zeli	Aktivistin

BEGRIFFE

After School	Nachmittagsbetreuung
Boood	Rapperin
Case	Etui für SigPhones, das die Übermittlung der Signatur verhindert
Cruiser	fahrerloser Überwachungswagen
Devil	Getränk
Docwarn	Warnsystem für Ärzte
Florazul	Taras Laube
Freework	Projektarbeit
Frntnrf	angesagte Band
Garman B	Rapperin
Hukji	teure Elektroroller-Marke
Janoxol	Wirkstoff der Schmerzpflaster, die laut offziellen Angaben in der Factory 11 hergestellt wurden
Joja	Puppe/Spielzeug für Kinder
Kansaii	teure Hosenmarke

Mister Better	Imbissstand für Teigbällchen
Office	Polizeiwache
Operator	Mitarbeiter am Auskunftsschalter
Scoreboard	Anzeigetafel
Securities	Polizei/Sicherheitsleute
SickPhone	SigPhone mit gefakter Signatur
SigPhone	Smartphone/Handy, das u.a. auch zur Identitätsfeststellung und zum Bezahlen benutzt wird
Signatur	Nummer des SigPhones, zum Anrufen, Versenden von Nachrichten
Sketchos	Skizzenbücher
Speedbus	fahrerloser Bus
Tapefato	Geländespiel mit Kassetten und Walkmans
Watcher	Beobachtungsdrohne

ORTE

CAMPO DISTRICT:

Rekan	Wohnort von Tara und Alún
Nipad	Nachbarort von Rekan
Itapu	größerer Ort mit Bahnhof/Busbahnhof
Coramba, Juka	weitere Orte am Zigosee
Galapa	Standort der Factory 11
Zigosee	natürlicher See nahe Rekan
Leisure Park	Badestrand am Zigosee mit Seebrücke und der Sunset, einem historischen Schaufelraddampfer
Roter Felsen	Felsformation am Zigosee

TONFATO:

Ota	Viertel, in dem Alúns Familie nach der Explosion lebt
Banvío	Luxusviertel, in dem Dror lebt; eine Art Gated Community, die mit einer Glaskuppel überdacht ist
Patache	Viertel, in dem Kent lebt

Tocalma	einkommensschwaches Viertel
Dream Center	großes Einkaufszentrum
Hillside Complex	ehemaliges Bauprojekt, nun Genossenschaft von freien Kunstschaffenden
Freezone	Café ohne Überwachung
Tonfato Central Station	Hauptbahnhof
TNE Arena	große Konzerthalle
Tonfato Tower	Aussichtsturm mit Fünf-Sterne-Restaurant
Central Ave	zentrale Einkaufsstraße
Palast-Garden	Park im Zentrum mit Spielplätzen und Imbissständen

IM NORDEN:

Bélo	Großstadt, dort leben Jenita und Mai
Canota und **Gera**	zwei weitere Großstädte

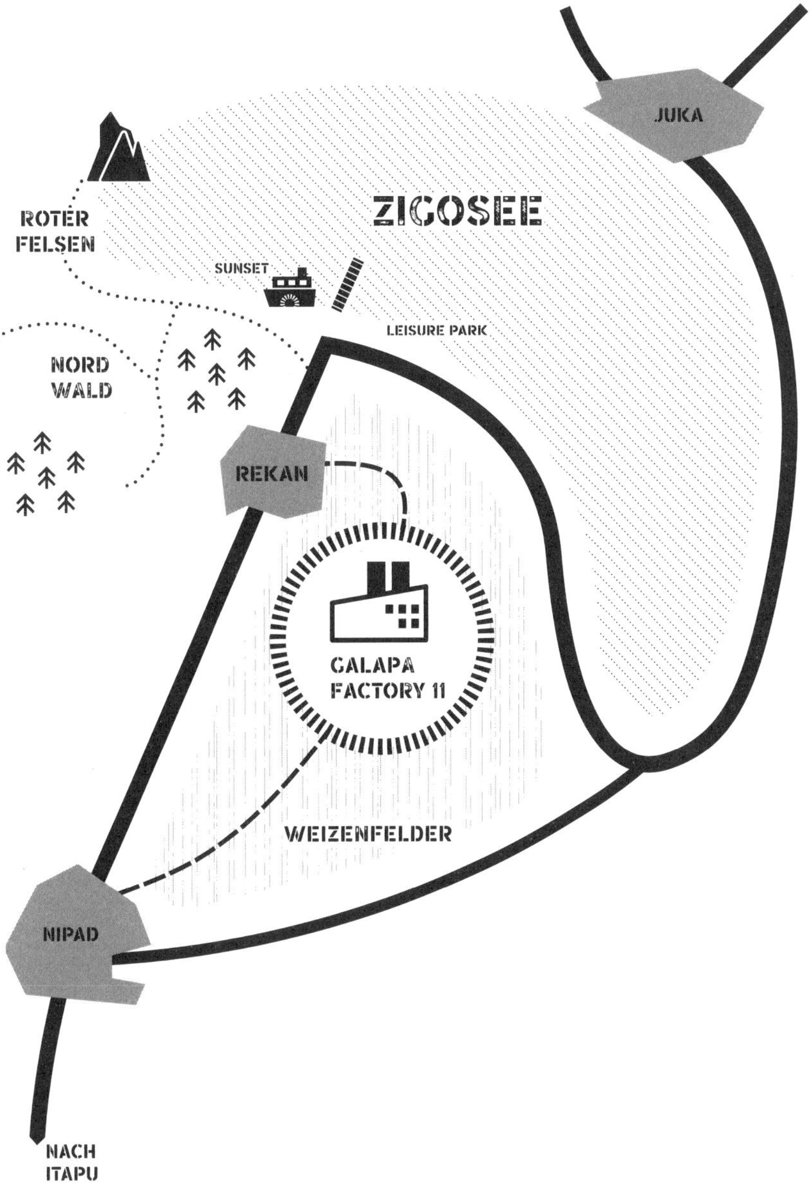
JUKA
ZIGOSEE
ROTER
FELSEN
SUNSET
LEISURE PARK
NORD
WALD
REKAN
GALAPA
FACTORY 11
WEIZENFELDER
NIPAD
NACH
ITAPU